DAS VERSTECK

WEITERE TITEL VON HELEN PHIFER

In deutscher Sprache

Detective Morgan Brookes-Serie

Die Überlebende

Das Kind des Mörders

Das Versteck

Die erste Tote

In englischer Sprache

Detective Morgan Brookes-Serie

One Left Alive

The Killer's Girl

The Hiding Place

First Girl to Die

Find the Girl

Sleeping Dolls

Silent Angel

Their Burning Graves

Hold Your Breath

Stolen Darlings

Save Her Twice

Beth Adams-Serie

The Girl in the Grave

The Girls in the Lake

Detective Lucy Harwin-Serie

Last Light

Dark House

Dying Breath

Außerdem

Lakeview House

HELEN PHIFER

DAS VERSTECK

Übersetzt von Reinhard Ferstl

bookouture

Die Originalausgabe erschien 2021 unter dem Titel
„The Hiding Place"
bei Storyfire Ltd. trading as Bookouture.

Deutsche Erstausgabe herausgegeben von Bookouture, 2024
1. Auflage Februar 2024

Ein Imprint von Storyfire Ltd.
Carmelite House
50 Victoria Embankment
London EC4Y 0DZ

deutschland.bookouture.com

ISBN: 978-1-83525-358-8
eBook ISBN: 978-1-83525-357-1

Dieses Buch widme ich all meinen Leser:innen.
Ich danke euch von ganzem Herzen, dass ihr meine Geschichten so gern lest, wie ich sie schreibe.

PROLOG

Charlie Standishs Magen knurrte so laut, dass sie kichern musste. Die Neunjährige hatte einen Bärenhunger. Ihre Mum zankte sich am Telefon schon wieder mit ihrem Dad. Charlie schloss die Küchentür, damit sie es nicht mit anhören musste. Sie öffnete den Kühlschrank, um nachzusehen, was darin war, verzog jedoch das Gesicht. Salat. Sie hasste Salat. Es war ihr ein Rätsel, warum ihre Mutter sich überhaupt die Mühe machte, ihn zu kaufen, denn sie aß ihn nie, weshalb er jedes Mal an das Hauskaninchen von nebenan verfüttert wurde. Dann war da noch etwas Käse und eine halb volle Dose Nudelringe in Tomatensoße. Sie aber suchte nach den Pizzaresten. Die konnte sie wenigstens in der Mikrowelle aufwärmen, wenn ihre Mum sie nicht weggefuttert hatte, während sie in der Schule war. Sie hob den Rand eines Tellers an und strahlte. Da waren sie – die letzten beiden Stücke. Sie zog den Teller heraus und stellte ihn in die Mikrowelle. Als sie ihn wieder herausholte, musste sie die Pizzaecken mehrere Minuten lang anpusten, damit sie sich nicht den Mund daran verbrannte.

Nachdem sie die Stücke gegessen hatte, beschloss sie, nach draußen zu gehen, weg vom Geschrei. Es gefiel ihr, draußen zu sein und andere zu beobachten. Ihr Dad nannte es »die Welt vorbeigehen sehen«, ihre Mum hielt es für eine seltsame Beschäftigung. Charlie war es egal, sie konnten es nennen, wie sie wollten. Die Nachbarn nebenan ließen ihr Kaninchen im Vorgarten frei herumlaufen. Charlie mochte das Häschen und auch die Katze aus dem Haus weiter unten in der Straße mehr als die Menschen. Jedes Tier war besser, selbst Vögel, obwohl ihr deren flatternde Flügel nicht geheuer waren. Ihre Schuluniform hatte sie heute schon ausgezogen, weil sie gleich zu ihrem Vater gehen sollte und er sie immer diese neuen, schrecklichen, kratzigen Kleider tragen ließ, die Pippa, seine Freundin, für sie gekauft hatte. Sie hasste sie, diese Sachen, nicht ihren Dad und auch nicht Pippa, obwohl die ein bisschen nervte. Ihr Haus war viel zu aufgeräumt. Außerdem ließen sie sie nicht auf die Straße. Dabei passierte da draußen gar nicht viel, weil es die merkwürdigste Straße war, die sie je gesehen hatte. Die Häuser waren in Hufeisenform angeordnet und die Leute mussten mit ihren Autos im Kreis fahren, wenn sie wegwollten. Die Straße, in der Pippa wohnte, ging nie jemand entlang, so wie es hier der Fall war. Außerdem waren die Kinder dort gemein. Sie starrten sie an. Hier hingegen ließen sie sie in Ruhe. Das gefiel ihr. Sie konnte im Vorgarten spielen oder die Straße auf und ab laufen, ohne Angst haben zu müssen, dass jemand sie schlecht behandelte oder hänselte.

Charlie lief zur Haustür hinaus. Sie hatte beschlossen, etwas spazieren zu gehen, und wollte sehen, ob sie der großen roten Katze begegnete. Sie mochte das Tier – es war auf niedliche Art hässlich. Während sie die Straße hinunterschlenderte, sah sie ihre Mutter mit einer Weinflasche in der Hand durch das Gartentor gehen. Sie war wieder unterwegs zu Julie. Dort verbrachte Mum mehr Zeit als mit ihr, aber das störte Charlie nicht. Bald würde Dad hier sein. Sie würde seinen großen, lauten schwarzen Pick-up kommen sehen und dann würde er sie zum Übernachten mitnehmen. Da sah sie einen buschigen

Schwanz durch den kaputten Zaun und den Vorgarten in Richtung des Hauses verschwinden, zu dem die Katze gehörte, und lief hin.

»Bsbsbsbsbs«, lockte sie das Tier.

Die Katze blieb stehen, drehte sich um und steckte ihre Nase durch den Zaun, damit Charlie sie streicheln konnte. Charlie beugte sich zu ihr hinunter und strich ihr über den Kopf. Sie begann so laut zu schnurren, wie Charlies Magen geknurrt hatte. Charlie musste lachen. Sie streckte sich ein Stück weiter hinein, um die Katze am Rücken zu streicheln. Mit den Fingern fuhr sie ihr bis zum buschigen Schwanz und ließ ihn durch ihre Hand gleiten. Plötzlich spürte sie einen schneidenden Schmerz am Unterarm und zuckte zurück. Da war ein langer, dünner Kratzer auf ihrer Haut, der bereits zu bluten begann. Blut hasste sie, es war eklig. Immer wenn sie es sah, bekam sie weiche Knie. Sie begann zu weinen. Dicke Tränen liefen ihr über das Gesicht, während sie auf ihren Arm starrte.

»Hey, alles okay mit dir?«

Sie blickte auf, um zu sehen, wer sie angesprochen hatte, und nickte langsam.

»Hat Tiddles dich gekratzt?«

Charlie streckte ihren blutenden Arm aus. Er brannte wie Feuer.

»Oje, so ein böses Tier. Das sieht ja richtig schlimm aus. Du läufst am besten nach Hause und zeigst die Wunde deiner Mum, damit sie sie reinigt.«

»Sie ist weggegangen.« Ihre Stimme war nicht mehr als ein Flüstern.

»Wer ist sonst noch zu Hause?«

Charlie zuckte die Schultern. »Niemand, nur ich.«

»Wann kommt sie zurück?«

Wieder zuckte sie mit den Schultern. »Sie ist zu Julie

gegangen. Es kann Stunden dauern, bis sie wieder da ist. Ich mag deine Turnschuhe. Die sehen echt cool aus.«

»Danke. Möchtest du mit nach drinnen kommen, damit ich dir die Wunde säubere? Wenn wir es nicht machen, könnte sie sich infizieren. Katzen tragen alle möglichen Krankheitserreger mit sich herum.«

»Infizieren – was ist das?«

»Dein Arm könnte grün werden und abfallen.«

Erschrocken riss Charlie Augen und Mund auf. Sie wollte nicht, dass ihr Arm abfiel.

»Ich mache nur Spaß. Er fällt nicht ab. Aber er könnte rot und sehr wund werden.«

Sie sah hinunter auf die lange, blutige Linie. »Ist er schon.« Sie stand auf. »Ich will nicht, dass mein Arm abfällt.«

Er lächelte sie an. »Dann kommst du besser mit nach drinnen und ich mache ihn dir sauber. Wenn deine Mum heimkommt, kannst du ihr erzählen, was passiert ist.«

Er öffnete das Tor und schob die Mülltonne beiseite, die er den Weg entlanggezogen hatte, um sie auf die Straße zu stellen.

»Ich darf nicht mit Fremden reden und nicht mit ihnen mitgehen.«

»Gut, das sollst du auch nicht. Aber ich bin eigentlich kein Fremder. Ich wohne in der gleichen Straße wie du. Hast du mich nicht schon einmal gesehen?«

Sie nickte.

»Wenn du mich also schon einmal gesehen hast und weißt, wer ich bin, dann bin ich auch kein Fremder.«

Sie biss sich auf die Unterlippe, sah die Straße hinauf und hinunter und blickte ihn an. Dann folgte sie ihm durch das Tor und starrte auf das große, heruntergekommene Haus. Ein Fenster war zerbrochen und die Farbe blätterte ab.

»Ich heiße Charlie. Spukt es in deinem Haus? Ich mag nämlich keine Geister.«

Er drehte sich um und sah sie an. »Wer hat das gesagt? Hier spukt es nicht.«

»Die Kinder in der Schule behaupten es aber.«

»Hm. Kinder in der Schule reden viel Unsinn. Ich habe ein paar Kekse für dich, wenn du welche magst.«

Kekse. Die mochte Charlie. Sie hoffte, dass er Schokokekse hatte. Hüpfend lief sie den restlichen Weg zur offen stehenden Eingangstür. Er drehte sich zu ihr um und legte einen Finger an seine Lippen.

»Du musst still sein. Meine Mutter schläft und wir wollen sie doch nicht wecken.«

Charlie nickte. Mucksmäuschenstill würde sie sein. Sie wollte nur, dass er ihr einen Keks gab und ihren Arm versorgte, damit er sich nicht infizierte.

EINS

Detective Constable Morgan Brookes und ihr Sergeant, Ben Matthews, stiegen aus dem Mietwagen, mit dem Ben zur Polizeidienststelle Carleton Hall in Penrith gefahren war.

»Siehst du, wir haben es rechtzeitig geschafft«, sagte Morgan. »Das verdanken wir deiner rasanten Fahrweise. Und falls du es noch nicht weißt: Du siehst richtig gut aus.«

Ben sah auf seinen marineblauen Anzug hinunter. Morgan entging nicht, dass er einen roten Hals bekam.

»Was? Der ist alt.«

»Wirklich? Ich habe dich noch nie darin gesehen.«

»Weil er mir nicht gepasst hat. Er hing in meinem Schrank in einem Kleidersack, seit ich ihn gekauft habe. Du siehst übrigens auch sehr gut aus. Es gefällt mir, dass du für jeden Anlass ein Paar Doc Martens hast.«

»Danke.«

»Gut. Nachdem wir uns nun gegenseitig Komplimente gemacht haben, können wir jetzt los?«

Morgans Nachbarin Emily, die in einem Apartment in der obersten Etage wohnte, stieg aus dem Rücksitz des Wagens. Morgan wunderte sich, wie sie es schaffte, so früh am Morgen derart hinreißend auszusehen. Sie waren alle drei hier, um eine Belobigung durch den Chief Constable dafür entgegenzunehmen, dass sie es geschafft hatten, einen Serienmörder dingfest zu machen. Er hatte die Kleinstadt Rydal Falls terrorisiert, aus der sie alle kamen.

»Schon okay, Morgan. Du verdienst das. Ich verspreche dir, es wird nicht allzu sehr wehtun.«

Es gefiel ihr überhaupt nicht, dass er ständig ihre Gedanken zu erraten schien.

»Danke. Ich bin mir allerdings nicht sicher, ob ich eine Belobigung für die Festnahme von Taylor Marks verdiene. Ich war einfach nur zur richtigen Zeit am richtigen Ort.«

Emily lächelte Ben an und Morgan fragte sich, ob zwischen den beiden etwas lief. Wieso hatte sie das nicht mitbekommen? Falls es wirklich so war, freute sie sich für ihn. Wenn jemand es verdiente, glücklich zu sein, dann Ben.

»Tut mir übrigens leid, dass ich euch so lange habe warten lassen«, meinte Emily. »Mein verfluchtes Glätteisen hat den Geist aufgegeben und ich musste mein Haar bügeln.«

Morgan und Ben drehten sich gleichzeitig zu ihr um und starrten auf ihre Haare. Morgan lächelte.

»Du hättest dir meines ausleihen können, statt Verbrennungen dritten Grades zu riskieren.«

»Hast du wirklich ein Bügeleisen benutzt, um dein Haar zu glätten?«, fragte Ben mit entsetztem Ton. Emily wurde knallrot. Sie nickte. Ben wandte sich wieder ab und warf Morgan einen Seitenblick zu, als wolle er von ihr wissen, ob Emily verrückt geworden sei. Sie fühlte sich gleich etwas besser.

»Wie auch immer, ich denke, diese Auszeichnung ist Zeitverschwendung«, sagte Morgan. »Nicht für dich, Emily, du verdienst sie. Du hast dich schließlich nicht beruflich verpflichtet, der Krone und dem Land zu dienen. Aber Ben und ich tun nur unsere Arbeit, nicht wahr?«

Ben schüttelte den Kopf. »Nein, Morgan, wir machen nicht

nur unsere Arbeit. Du warst nun schon zum zweiten Mal in einer lebensgefährlichen Situation. Wie viele Leben hast du, die du aufs Spiel setzen kannst? Du verdienst ein bisschen Anerkennung. Und was mich betrifft, so hänge ich mich lediglich an deinen Rockzipfel und versuche, etwas von deinem Glanz abzubekommen. Ich mache diesen Job nun schon eine ganze Weile und bin nie in so brenzlige Situationen geraten wie du.«

Morgan stieß einen langen Seufzer aus. »Also, bringen wir es hinter uns.«

Sie wusste nicht genau, wohin sie mussten, und folgte ihm durch das Gebäudelabyrinth in den Raum, in dem sie ihre Würdigung in Empfang nehmen sollten.

Morgan nahm das Belobigungsschreiben vom Chief Constable entgegen, schüttelte ihre Hand und rang sich für die Fotos ein Lächeln ab. Dann verließ sie eilends das Zimmer, denn es war hier unerträglich stickig.

Sie spürte, wie Ben, der es die ganze Zeit nicht geschafft hatte, Emily abzuschütteln, ihr nachsah. Er hatte gerade etwas zu ihr sagen wollen, doch bevor jemand sie daran hindern konnte, war sie schon durch die Tür nach draußen geschlüpft.

Das hier war nicht so ihr Ding, wenn sie ehrlich war. Auch Menschen waren in letzter Zeit nicht so ihr Ding. Und wenn beides zusammenkam, war die Katastrophe vorprogrammiert. Wäre sie doch in ihrem eigenen Auto gekommen, dann hätte sie jetzt wegfahren können. So musste sie warten, bis Ben seinen Small Talk mit den hohen Tieren beendet hatte, bevor er sie nach Hause brachte. Wenn sie ihn wenigstens in weiser Voraussicht um seinen Autoschlüssel gebeten hätte, um sich in den Wagen setzen zu können. Sie fröstelte, während sie Carleton Hall entlangging. Das Gebäude war früher ein Herrenhaus gewesen, diente jedoch nun als Dienststelle der Polizei von Cumbria. Es war recht kühl heute. Ein Teppich aus rotem, goldenem und gelbem Herbstlaub säumte die schmale Straße zum Parkplatz. Sie schlenderte durch den Blätterteppich und horchte auf das Rascheln unter ihren schweren Stiefeln. Sie mochte den Oktober – er war ihr Lieblingsmonat. Heimelige Abende im Kerzenlicht, Pullis, Lesen, Kürbisgewürze und Halloween ... mehr brauchte sie nicht. Höchstens noch jemanden, mit dem sie das alles teilen konnte. Ihr letztes Date lag schon so lange zurück, dass sie ganz vergessen hatte, wie es sich anfühlte.

»Morgan Brookes, bist du es?«

Aus dem modernen Gebäude neben dem Parkplatz, in dem sich das Fitnessstudio und die Abteilung für Arbeitsmedizin befand, drang eine Stimme zu ihr. Sie blickte nach oben und lächelte, als sie Richard erkannte. Er war ihr Ausbilder gewesen. Sie ging zu ihm hinüber und nickte ihm zu.

»Hallo, Richard, wie geht es dir?«

»Mir geht es gut. Du siehst großartig aus und nach dem, was ich mitgekriegt habe, bist du so eine Art Superbulle geworden. Glückwunsch zur Belobigung übrigens. Ich habe zwölf Jahre gebraucht, bis ich so ein Ding bekommen habe.« Er deutete auf das Zertifikat, das sie in den Händen hielt.

Sie lachte. »Danke. Allerdings glaube ich nicht, dass es an meinen Superkräften liegt. Ich scheine eher alle möglichen Katastrophen anzuziehen.«

»Warum genießt du nicht Kaffee und Kuchen mit denen da drüben?« Er deutete mit dem Kopf in Richtung des Hauptgebäudes, aus dem sie gerade geflüchtet war.

»Das ganze Getue mag ich nicht. Ich warte nur darauf, dass sich mein Fahrer loseist, damit ich mich wieder an meine Arbeit machen kann.«

»Willst du hier drinnen warten? Da ist es etwas wärmer als auf dem Parkplatz.«

Ihr Handy klingelte. Auf dem Display war Bens Name zu sehen. »Schon okay, Richard, danke. Wenn er noch länger braucht, komme ich auf das Angebot zurück.«

Sie nahm das Gespräch an und ging weiter. »Was ist?«

»Das Auto ist offen. Wir brauchen nicht mehr lange.«

»Danke.«

»Soll ich dir ein Stück Kuchen mitbringen? Ich könnte es in eine Serviette einpacken.«

»Nein, danke, ich brauche nichts. Du musst dich wegen mir nicht beeilen. Alles okay.«

Die Verbindung wurde unterbrochen. Sie fragte sich, wie es sein konnte, dass er sie besser kannte als sie sich selbst. Er hatte damit gerechnet, dass sie sich davonmachen würde, sobald sie ihr Belobigungszertifikat erhalten hatte, obwohl sie es selbst nicht einmal geahnt hatte. Allerdings wusste sie nicht, ob ihn das sympathischer oder einfach nur nervig machte. Überhaupt war es völlig egal, was sie von ihm hielt: Es war offensichtlich, dass etwas zwischen ihm und Emily lief. Ben verdiente ein bisschen Glück und Emily war einfach reizend. Sie setzte sich ins Auto, legte den Kopf an die Stütze und schloss die Augen. Sie hatte rasende Kopfschmerzen. In ihrer Tasche vibrierte das Smartphone. Sie zog es heraus.

»Ich will keinen Kuchen«, rief sie hinein.

»Was? Ich habe keinen. Morgan, bist du noch in der Dienststelle?«

Sie öffnete die Augen. Am anderen Ende der Leitung war ihre Kollegin Amy Smith.

»Ja, aber hoffentlich nicht mehr lange. Tut mir leid, Amy, ich dachte, du seist Ben. Was gibt es?«

»Wir haben ein vermisstes Kind. Charlie Standish. Sie ist möglicherweise schon seit gestern Abend abgängig. Ihrer Mutter ist gerade erst aufgefallen, dass sie nicht da ist.«

»Was? Wie kann es sein, dass sie nicht weiß, wo ihr Kind ist?«

»Genau das haben wir uns auch gefragt. Im Moment ist eine Opferschutzbeamtin bei ihr, doch sie ist völlig aufgelöst und kaum ansprechbar. Ich fahre hin, aber wir brauchen auch Ben und dich. Möglicherweise handelt es sich um eine Entführung. Kannst du ihm sagen, dass er kommen soll? Ich habe versucht, ihn anzurufen, aber er ist nicht rangegangen.«

»Ja, natürlich, wir sind gleich da.«

Amy beendete das Gespräch. Beim Gedanken an das vermisste Mädchen bekam Morgan ein flaues Gefühl im Magen. Sie wollte gerade Ben anrufen, da sah sie ihn die Straße entlang auf das Auto zulaufen. Emily hatte nicht mit ihm mithalten können und war ein Stück hinter ihm. Er riss die Wagentür auf und stieg ein.

»Amy hat gerade angerufen.«

»Ich weiß. Der Disponent der Einsatzleitstelle ist gekommen und hat mir gesagt, was los ist. Himmel, ich hasse es, wenn Kinder verschwinden. So etwas ist für uns immer ein Albtraum, nicht wahr?«

Er startete den Wagen und fuhr Emily entgegen, die keuchend einstieg. Morgan sah Ben an.

»Sie tauchen doch wieder auf, oder nicht? Als ich in Ausbildung war, ist ein Vierjähriger weggelaufen. Ein Erzieher seines Kindergartens hat ihn in einem Supermarkt vor Ort entdeckt.«

»Ja, meistens tauchen sie wieder auf.« Er warf einen Blick in den Rückspiegel zu Emily. Morgan verstummte augenblicklich. Sie sprachen gerade über vertrauliche Informationen, die nicht unbedingt für fremde Ohren bestimmt waren. Ben fuhr noch schneller nach Rydal Falls zurück, als er nach Penrith gekommen war.

ZWEI

Nachdem Ben Emily zu ihrer Wohnung gebracht und mehr oder weniger aus dem Auto geworfen hatte, fuhr er in die Cloisters Lane, wo sie ein auf den ersten Blick komplettes Chaos erwartete. Überall auf der schmalen Straße standen Polizei-Vans und Streifenwagen, abgestellt von Polizisten und Kontaktbereichsbeamten, die ausgeschwärmt waren, um zu Fuß nach Charlie zu suchen. Es war zwar gängige Praxis, so viele Beamte wie möglich in ein Areal zu schicken, wenn ein Kind als vermisst gemeldet worden war und gesucht werden musste, aber sollte sich herausstellen, dass die Straße ein Tatort war – was Gott verhüten mochte –, dann hatten sie ihn gründlich kontaminiert. Ben sprang aus dem Wagen und nahm das Durcheinander in Augenschein. Sergeant Paul Madden – oder Madds, wie er von allen liebevoll genannt wurde – war heute der Streifenbeamte im Dienst. Er kam auf sie zu. Ben streckte ihm die Hand hin und deutete auf sein Funkgerät. Madds löste es von seiner Schutzweste und reichte es ihm.

»Hier spricht Detective Sergeant Matthews. Kann bitte jeder Streifenbeamte, der gerade in der Cloisters Lane ist, für ein kurzes Briefing zu meinem Wagen kommen?«

Er gab ihm das Gerät zurück. »Habt ihr schon eine Spur von ihr? Wurde das Haus durchsucht?«

»Wir haben das Haus von oben bis unten auf den Kopf gestellt. Nichts. Nur der Hund war drinnen.«

»Dachboden, Keller?«

»Zum Dachboden gibt es nur einen kleinen Zugang. Im Haus sind keine Trittleitern. Sie kann unmöglich dort hinaufgekommen sein.«

»Nicht freiwillig. Aber wenn sie jemand hochgeschafft hat ...« Er sprach nicht weiter.

»Shit.«

Madds rief, jemand solle eine Leiter organisieren. Ben wartete, bis sich alle um ihn versammelt hatten. Er zählte sechs Polizei- und vier Kontaktbereichsbeamte. Hinzu kamen er selbst, Morgan, Madds und Amy, die gerade mit einem weiteren Polizisten im Haus mit der Mutter des Mädchens sprach.

»Danke, aber wenn wir von Charlie keine Spur finden, müssen wir vorschriftsgemäß vorgehen. Ich will eine Tatortwache an beiden Enden der Straße. Die Spurensicherung soll sich das komplette Haus vornehmen. Wir schicken einen Suchtrupp los. Ich will, dass jeder Anwohner in der Straße befragt wird. Außerdem prüfen wir alle Nebengebäude, Gartenschuppen und Garagen in der Nachbarschaft. Wir müssen herausfinden, wo Charlie das letzte Mal nachweislich gesehen wurde.«

Ben wandte sich an Madds. »Seit wann wird sie vermisst?«

»Ihre Mutter hat sie gestern am Spätnachmittag allein gelassen und ist zu einer Freundin gegangen. Sie sagt, sie habe draußen auf der Straße gespielt und darauf gewartet, dass ihr Vater sie abholt. Als sie ein paar Stunden später nach Hause kam, hatte sie ein paar Gläser Wein zu viel intus und ist auf dem Sofa eingeschlafen.«

»Was? Ohne nach der Kleinen zu sehen? Wie alt ist Charlie?«

»Neun. Nein, sie hat sich nicht die Mühe gemacht, nach ihr zu sehen. Anscheinend ist das Mädchen sehr selbstständig und kommt gut allein zurecht.«

Ben spürte, wie blanker Zorn in ihm aufstieg. Unwillkürlich ballte er die Faust.

»Sie hat tatsächlich ihre neun Jahre alte Tochter unbeaufsichtigt gelassen, während sie zu ihrer Freundin gegangen ist und sich hat volllaufen lassen? Dann ist sie nach Hause und hat sich nicht einmal die Mühe gemacht, nachzusehen, ob die Kleine im Bett ist? Verflucht, was hat sie sich dabei gedacht? Toller Dämmerschoppen. Der ist jetzt über zwölf Stunden her.«

Madds nickte. »Zu ihrer Verteidigung muss man sagen, dass Charlie eigentlich von ihrem Vater hätte abgeholt werden sollen. Unser Suchhund hat bis jetzt noch nichts Ungewöhnliches entdeckt. Er hat ihre Witterung auf der gesamten Straße und vor jedem Haus aufgenommen. Den Nachbarn zufolge hat Charlie meistens allein draußen gespielt und war zufrieden, wenn sie einfach nur die Straße auf und ab laufen konnte.«

Ben wandte sich an Morgan. »Kannst du bitte hineingehen, mit Amy reden und mir Bescheid geben, was sie herausgefunden hat?«

Sie nickte und ging zu der Sozialwohnung mit dem verwilderten Vorgarten, in dem lauter kaputtes Spielzeug lag. Ein Teil der Straße bestand aus Sozialwohnungen, während weiter unten ein von Bäumen gesäumter Abschnitt mit Doppelhaushälften und Einfamilienhäusern begann.

Ein Kastenwagen der Polizei kam angefahren. Am Steuer saß Cain. Er stieg aus, ging zum Heck und zog eine Trittleiter heraus, die er aus dem Schrank des Hausmeisters im Revier geholt hatte.

»Seid ihr mit der Befragung der Nachbarn fertig?«

Eine der Kontaktbereichsbeamtinnen deutete auf das untere Ende der Straße und meinte: »Wir haben dort angefangen.«

»Ich will, dass sich vorerst an jedem Ende ein Kontaktbereichsbeamter postiert. Anwohner können kommen und gehen, aber kein Fahrzeug fährt mir in die Straße. Die übrigen Kollegen befragen die Nachbarschaft und durchsuchen die Gärten. Dann sehen wir weiter. Hoffentlich taucht die Kleine auf, bevor wir zur Dienststelle zurückfahren und einen Einsatzplan erstellen müssen.«

Morgan ging nach drinnen. Die Wohnung machte einen wesentlich besseren Eindruck, als sie erwartet hatte. Zum einen war sie sauber und gepflegt. Der Laminatboden glänzte fast, so streifenfrei war er. Keine schmutzigen Fingerspuren an den weiß gestrichenen Wänden deuteten darauf hin, dass hier eine Neunjährige lebte. Zum anderen wirkten die Zimmer überraschend aufgeräumt. Sie blieb vor der Treppe, die nach oben führte, stehen, atmete tief durch und ging ins Wohnzimmer. Dort saß eine bleiche Frau mit Ringen unter den Augen. Sie wirkte nur wenig älter als Morgan und klammerte sich an eine Teetasse, während sie auf einem riesigen Ecksofa auf den Fersen saß. Hinter Morgan kam Ben mit der Trittleiter herein und lehnte sie an die Wand. Amy stand auf.

»Chef, Morgan, das ist Charlies Mutter, Amanda Standish.«

Ben ging zu ihr und streckte ihr die Hand hin. Sie sah ihn an und nahm sie langsam. Morgan tat es ihm nach und reichte der Frau ebenfalls die Hand. Amandas Finger waren eiskalt.

»Ich bin Detective Constable Morgan Brookes und das ist mein Vorgesetzter, Detective Sergeant Ben Matthews.«

Morgan fiel ein, dass sie eigentlich gar nicht wusste, was sie die Frau fragen sollte. Am liebsten hätte sie ihr an den Kopf geworfen: *Was zum Teufel haben Sie sich dabei gedacht, Ihr Kind die ganze Zeit allein zu lassen?* Doch sie wollte nicht schon von Anfang an alles falsch machen. Später auf dem Revier würden ihr noch genug Fragen gestellt werden.

»Ich weiß, dass Sie anderen Beamten bereits erzählt haben, was passiert ist. Aber könnten Sie es noch einmal wiederholen?«

Amanda sah Amy an, die ihr aufmunternd zunickte.

»Ich hatte Zoff mit meinem Ex. Er hätte Charlie eigentlich abholen und zu sich nehmen sollen. Weil er aber gerade erst mit seiner schicken Freundin zusammengezogen ist, sagt er ständig Termine ab und da habe ich rotgesehen. Ich habe ihm gesagt, dass er gefälligst kommen und sie abholen soll, denn ich würde zu meiner Freundin gehen und wenn er nicht käme, wäre Charlie unbeaufsichtigt.«

Amanda hielt den Kopf gesenkt und vermied Augenkontakt mit Morgan, die Amy ansah. Ben hielt sich zurück und überließ ihr die Befragung.

»Haben wir seine Kontaktdaten?«, fragte Morgan. »Hat er Charlie abgeholt?«

»Er heißt Brett Mosley«, antwortete Amy. »Wir haben schon mit ihm gesprochen. Er hat Charlie nicht abgeholt, weil er mit seiner Freundin Phillipa Summers essen war. Beide wurden getrennt voneinander befragt. Sie haben Charlie seit letztem Wochenende nicht mehr gesehen.«

»Ist das glaubhaft, Amanda? Würde Brett Charlie abholen und es Ihnen nicht sagen, um Ihnen eins auszuwischen?«

Amanda schüttelte den Kopf. »Nein. Er ist ein Idiot, aber das würde er nicht tun.«

Morgan beschloss, Bretts Haus durchsuchen und sein Alibi überprüfen zu lassen.

»Was also ist passiert nach Ihrer Auseinandersetzung mit Brett?«

»Ich war wütend. Charlie hat draußen gespielt. Sie ist gern draußen, sogar wenn es regnet. Sie ist mein Ein und Alles, aber als Alleinerziehende ist es für mich nicht leicht mit ihr und ich freue mich auf eine gelegentliche Auszeit, wenn sie bei ihrem Vater ist. Charlie ist ein bisschen langsamer als die meisten Kinder und sehr stur. So trägt sie immer dieselben Sachen. Sie hat zwar einen ganzen Schrank voller schöner Kleider und eine nagelneue Schuluniform, besteht aber darauf, ihre alte anzuziehen, obwohl sie ihr zu klein und ziemlich abgetragen ist. Angeblich, weil sie nicht so kratzt wie die neue. Wir haben schon gestritten deswegen. Sie sieht aus wie eine Landstreicherin, um die sich niemand kümmert, aber das stimmt nicht. Die Nachbarn haben sogar schon ein paarmal beim Sozialamt angerufen, weil sie bei jedem Wetter draußen ist, immer diese schäbigen Sachen trägt und nie eine Jacke anhat. Sie denken, ich würde sie vernachlässigen, doch das ist nicht wahr. Ich gebe mein Bestes.«

»Aber gestern haben Sie sie allein gelassen?«

»Ich dachte, er würde kommen und sie abholen. Als sie von der Schule nach Hause kam, habe ich sie gefragt, ob sie mit mir zu Julie kommen möchte, aber sie wollte nicht. Sie mag Julie nicht besonders.«

»Wo wohnt Julie?«

»Um die Ecke, nicht weit von hier, Bay Fell Grove Nummer drei. Julie hat gemerkt, dass ich aufgebracht war, und hat deshalb eine Flasche Wein für uns aufgemacht. Ich wollte nur ein, zwei Gläser trinken.« Die Stimme versagte ihr und sie begann zu schluchzen. Amy reichte ihr ein Taschentuch. Morgan nahm aus den Augenwinkeln eine Bewegung wahr und sah, dass Ben die Leiter nach oben getragen hatte, um den Dachboden zu durchsuchen.

»Ich bin kein schlechter Mensch. Ich habe gestern Abend nur einen Riesenfehler gemacht.«

»Ich mache Ihnen keinen Vorwurf, Amanda. Wir müssen

uns lediglich ein genaues Bild von der Lage machen, um herauszufinden, wo Charlie ist, und sie gesund wieder nach Hause zu bringen. Außerdem benötigen wir ein Foto von ihr, damit wir es allen Beamten geben können. Haben Sie eines?«

Sie nickte, stand auf, ging zum Sideboard und öffnete eine Schublade. Aus einem Packen Schulfotos in einer Plastikhülle zog sie eine kleine Aufnahme hervor und reichte sie Morgan, die einen Blick darauf warf. Charlie sah aus, als würde sie schmollen. Ihre Augen waren niedergeschlagen. Die leicht nach oben gezogenen Mundwinkel wirkten eher wie eine Grimasse als ein Lächeln. Ihre blonden, eigens für das Foto frisch geflochtenen Zöpfe waren an den Enden ausgefranst und hatten sich dort ein wenig gelöst, als hätte sie damit gespielt. Vielleicht war sie nervös gewesen, weil man eine Aufnahme von ihr machen wollte. Morgen spürte, wie sich ihre Brust noch etwas mehr zusammenschnürte.

»Schließlich bin ich länger als geplant geblieben und zusammen haben wir drei Flaschen billigen Weißwein getrunken. Ich war so betrunken, dass ich nach Hause gestolpert bin. Weil Charlie nicht auf der Straße war und kein Licht brannte, dachte ich, dass Brett sie abgeholt hätte.«

»Wann haben Sie gemerkt, dass das nicht der Fall war?«

»Als die Schule angerufen und gefragt hat, warum Charlie nicht gekommen sei. Ich habe ihnen gesagt, dass sie bei ihrem Vater sei und ich dort anrufen würde, um herauszufinden, was los sei. Als ich das gemacht habe, ist seine Freundin rangegangen. Sie meinte, sie hätten sie nicht abgeholt, weil sie ausgegangen seien.«

»Was haben Sie dann gemacht?«

»Ich habe Panik bekommen, bin aufgestanden und in ihr Zimmer gelaufen. Aber es war leer. Ich habe im ganzen Haus nach ihr gesucht, sie allerdings nirgends gefunden. Daraufhin habe ich die Polizei gerufen.«

Inzwischen liefen ihr Tränen über das Gesicht. Sie

schluchzte laut, schnappte zwischendurch Luft und versuchte, ihre Angst unter Kontrolle zu bekommen. Morgan sah Amy an. Sie hatte nicht den Eindruck, als verschweige Amanda etwas. Die Frau hatte nur eine falsche Entscheidung getroffen, die sie womöglich für den Rest ihres Lebens bereute.

»Was ist mit Großeltern, Freunden, Nachbarn. Könnte sie dort irgendwo sein?«

Amanda schüttelte den Kopf. »Mit meinen Eltern rede ich nicht mehr, sie leben in Morecambe. Ich denke, wenn sie bei Nachbarn wäre, hätten die schon bei Ihnen und dann beim Jugendamt angerufen. Die einzige Freundin, die hier in der Nähe wohnt, ist Julie. O Gott, wo kann Charlie nur sein? Was, wenn sie verletzt ist oder jemand sie entführt hat?«

»Wir finden sie. Ich verspreche Ihnen, dass wir sie finden. Kann ich mich einmal hier umsehen?«

»Natürlich. Die anderen haben es ja auch schon getan.«

Morgan nickte. Sie ging hinauf, wo Ben gerade auf der obersten Stufe der Trittleiter stand und dabei war, in den Dachboden zu steigen. Er hatte die Taschenlampen-App auf seinem Handy eingeschaltet und leuchtete herum. Morgan ging zur Leiter und hielt sie fest.

»Ist etwas zu sehen?«

»Nein. Ein paar Pappkartons. Warte, ich sehe sie mir an.«

Seine Beine verschwanden in der Luke. Sie wollte ihm noch sagen, dass er vorsichtig sein solle, doch er war bereits verschwunden. Dann hörte sie, wie er herumging und Schachteln öffnete. Schließlich kam er zurück zur Luke und ließ sich wieder auf die Leiter herunter.

»Nichts. Ein bisschen Weihnachtsschmuck, das ist alles.«

Sie flüsterte: »Nichts, wo man eine Leiche verstecken könnte?«

»Nein. Da ist zwar ein Holzboden, aber der ist mit Staub bedeckt. Auf dem Staub sind keinerlei Spuren zu sehen.«

»Okay.«

Ben stieg die Leiter herunter. »Was denkst du?«, fragte er, als er wieder auf dem Teppich stand.

»Ich denke, dass jemand Charlie allein draußen hat spielen sehen, vielleicht gemerkt hat, dass die Mutter nicht da war, und sie mitgenommen hat.«

Er nickte. »Das arme Mädchen. Sie ist inzwischen sicher völlig verängstigt. Wir müssen sie finden.«

Falls sie überhaupt noch lebt, dachte Morgan, behielt es jedoch für sich. Sie hoffte es inständig, denn was im schlimmsten Fall passiert sein könnte, wagte sie nicht einmal zu denken.

DREI

Sie gingen wieder nach unten. Ben entschuldigte sich, trat vor das Haus und sprach mit dem Hundeführer. Morgan setzte sich Amanda gegenüber.

»Sie haben sie also nicht gefunden?«, stieß Amanda hervor.

»Nein, leider ist sie nirgends und versteckt sich auch nirgendwo.«

»Warum sollte sie sich auch die ganze Zeit, in der wir schon nach ihr gesucht haben, hier verstecken?« Amanda schluchzte laut auf.

»Wir müssen einfach nachsehen, Amanda. Sie wollen doch nicht, dass sie da hochgeklettert ist und sich verletzt hat. Sie wissen, wie Kinder sind, sie bringen sich in alle möglichen Schwierigkeiten. Wir können nichts ausschließen und da ist es besser, wenn wir auf Nummer sicher gehen.« Sie verkniff sich, hinzuzufügen: »Statt uns hinterher Vorwürfe machen zu müssen.«

»In welche Schule geht Charlie denn?«, fragte Morgan, um das Thema zu wechseln.

»In die Priory Grove um die Ecke.«

»Gefällt es ihr dort? Kommt sie mit den anderen Kindern

und den Lehrern klar?«

Amanda zuckte die Schultern. »Nicht so recht. Aber gibt es ein Kind, dem die Schule gefällt? Sie kommen ganz gut mit ihr zurecht, aber sie kann schon eine richtige ...« – sie machte eine Pause, als suche sie nach den passenden Worten, um ihre Tochter zu beschreiben, ohne negativ zu klingen – »... Diva sein. Sie hat ihren eigenen Kopf und wenn sie beschließt, etwas nicht zu tun, lässt sie sich nicht umstimmen.«

»Denken Sie, dass sie mit Fremden mitgehen würde? Haben Sie ihr beigebracht, dass sie das nicht darf? Versteht sie, wie gefährlich das ist?«

»Sie ist nicht dumm. Nur weil sie einen Dickkopf und ihre Flausen hat, heißt das nicht, dass sie beschränkt ist. In den letzten beiden Sommerferien hat sie einen Kurs bei der Polizei gemacht, in dem speziell vor Gefahren gewarnt wurde, die von Fremden ausgehen. Ich glaube, er hieß ›Sicher nach Haus‹ oder so. Der Kurs hat ihr gefallen, sie hat sogar eine Urkunde dafür bekommen. Also, ja, sie kennt die Gefahren. Ich würde sie nicht allein rauslassen, wenn es anders wäre.«

Morgan nickte. Sie hatte von dieser Sicherheitsschulung für Kinder noch nie gehört und fragte sich, wer sie durchführte. Allerdings hatte sie das ungute Gefühl, dass der Kurs überhaupt nichts gebracht hatte. Oder bedeutete es, dass derjenige, der sie mitgenommen hatte, vielleicht gar kein Fremder war? Womit sie wieder bei der Liste von Personen war, bei denen Charlie sein könnte.

»Würden Sie mir bitte die Namen und Adressen von allen geben, die Charlie kennt, selbst wenn es sich nur um flüchtige Bekannte handelt? Wer liefert Ihnen die Milch? Haben Sie immer dasselbe Postzustellungspersonal? Gibt es vielleicht jemanden, den Charlie gerade so gut kennt, dass sie ihn nicht als Fremden ansieht? Hat sie eine beste Freundin oder sonst jemanden aus der Schule, zu dem sie gegangen sein könnte?«

Amanda richtete sich auf und schüttelte den Kopf. »Nein,

nein, verdammt noch mal, nein. Ich kann es mir nicht leisten, die Milch liefern zu lassen. Die Post wird jeden Tag von jemand anderem gebracht. Und sie hat weder in der Schule noch sonst irgendwo eine beste Freundin. Ich habe Ihnen und der anderen Polizistin doch schon gesagt, dass sie am liebsten allein ist.«

Morgan wusste, dass sie Amanda mit ihren Fragen nervte, aber das war ihr egal. Ihr Kind, dieses neunjährige Mädchen, das sie seit gestern am Spätnachmittag nicht mehr gesehen hatte, war Gott weiß wo mit Gott weiß wem und sie hatte den schrecklichen Verdacht, dass ihr etwas Schlimmes zugestoßen war. Also musste sie unangenehme Fragen stellen und die Frau hatte Antworten zu geben, ob sie wollte oder nicht.

»Gibt es hier in der Straße jemanden, den sie kennt oder mit dem sie redet? Kann sie weggelaufen sein?«

»Himmel! Wie oft soll ich es noch sagen? Sie redet ja selbst an guten Tagen kaum mit mir. Und wo zum Teufel soll sie denn hingelaufen sein? Es gibt keinen Ort, wo sie hinkönnte. Hören Sie auf, Zeit zu verschwenden, und finden Sie sie.«

Morgan stand auf. Sie musste von hier weg, bevor sie etwas sagte, was nicht besonders professionell war. Nach dem, was sie gehört hatte, war Charlie in etwa so, wie sie selbst als Kind gewesen war: ruhig, bis ins Teenageralter ohne beste Freundinnen und viel allein. Sie fragte sich, ob es daran gelegen hatte, dass sie unbewusst geahnt hatte, was ihrer Mutter widerfahren war. Hatte das ihre Kindheit indirekt geprägt? Auf jeden Fall war es eine ziemlich miese, einsame Kindheit gewesen. Umso mehr hoffte sie, dass Charlie nichts geschehen war.

Ich hoffe, es geht dir gut, Mädchen, und dass wir dich irgendwo in einem Schuppen oder einer Garage eingesperrt finden, weil wir eigenartigen Kinder zu ziemlich erstaunlichen Erwachsenen werden und du dein ganzes Leben noch vor dir hast. Es wird dir nicht immer so schlecht gehen wie jetzt. Ich verspreche dir, es wird besser.

VIER

Kontaktbereichsbeamte wurden losgeschickt, um allen Häusern in der Nachbarschaft einen Besuch abzustatten. Megan und Cathy waren für die ungeraden Hausnummern, Rob und Paul für die geraden zuständig. Megan begann an einem Ende der Straße bei den Privathäusern, während Cathy die Sozialwohnungen vom anderen Ende aus abklapperte, bis sie sich irgendwann in der Mitte trafen. Aus den ersten zwei Häusern gab es nichts zu vermelden. Beide Bewohner sahen in ihren Schuppen und Garagen nach, meldeten aber, dass dort niemand war. Megan klopfte kräftig an Nummer elf, doch öffnete ihr niemand. Sie vermerkte es in ihrem Notizbuch und wollte es später noch einmal versuchen. Die Suchaktion war langwierig und aufwendig, aber es führte kein Weg daran vorbei – sie mussten so gründlich wie möglich vorgehen. Megan nahm sich ein Haus nach dem anderen vor. Das nächste wirkte verglichen mit den übrigen Gebäuden in diesem Straßenabschnitt ein wenig vernachlässigt und ungepflegt und hatte einen zugewucherten Vorgarten. Außerdem war das Tor kaputt. Sie musste sich durch die Lücke zwischen Tor und Mauer zwängen, um nach drinnen zu gelangen. Vermutlich gehörte es einer älteren, vielleicht verwitweten Person. Es war eine Schande, dass die Besitzer es so herunterkommen lassen hatten, denn es war größer als die meisten anderen Häuser. Sie klopfte kräftig an die Tür, ohne damit zu rechnen, dass sich jemand meldete. Deshalb war sie überrascht, als sie von drinnen eine Stimme hörte: »Komme gleich.«

Sie trat etwas zurück, da sie der Person, die ihr die Tür öffnete, nicht zu nah sein wollte. Sie ließ ihren Blick die Straße auf und ab schweifen. Ihr Magen spielte vor lauter Sorge um das Mädchen verrückt. Hatte jemand Charlie gekidnappt? Sie hatte einen siebenjährigen Sohn, der gern im Vorgarten spielte. Schon allein bei dem Gedanken, dass ihn jemand mitnehmen könnte, wurde ihr übel. Sie hörte, wie der Schlüssel im Schloss gedreht wurde. Von der Tür blätterte die Farbe ab. Mit einem lauten Knarzen ging sie auf.

»Guten Morgen, Officer, wie kann ich Ihnen helfen?«

Sie fuhr zusammen. *Ihn* in einem so großen Haus hier zu sehen hatte sie nicht erwartet. Er war ein etwas schrulliger, aber freundlicher Mann, der immer auf einen Plausch stehen blieb, wenn er sie auf Streife sah. Sie mochte ihn trotz seines haarsträubenden Kleidergeschmacks. Heute trug er einen rosa und violetten Trainingsanzug und darüber eine blumengemusterte Schürze.

»Oh. Hallo, wie geht es Ihnen?«, rief sie.

»Pst, meine Mutter schläft«, erwiderte er. »Es geht ihr in letzter Zeit nicht besonders gut. Ach, Sie sind es, Morgan. Hallo. Bitte entschuldigen Sie meinen Aufzug. Ich backe gerade Cupcakes. Mutter isst gern Süßes. In letzter Zeit kann man ihr nur noch damit eine Freude machen.«

Sie lächelte und nickte. »Das kenne ich, weiß Gott. Aber ich bin Megan, nicht Morgan. Wir sind auf der Suche nach einem vermissten Kind. Kennen Sie Charlie Standish, die ein Stück weiter die Straße hinunter wohnt?«

Sie deutete auf die Sozialwohnungen, wo gerade viele Polizisten herumliefen. »Sie ist neun und hat langes, blondes Haar. Ihre Mutter sagt, sie spiele viel draußen.«

Er nickte. »Sie lebt in einer der Sozialwohnungen, sagen Sie? Dann weiß ich, wen Sie meinen. Ich kenne sie zwar nicht näher, sehe sie aber manchmal hier herumhängen.«

»Haben Sie sie gestern nach der Schule gesehen?«

Er zuckte die Schultern. »Möglich. Ich mag Kinder nicht besonders, deshalb beachte ich sie nicht groß.«

Megan nickte. Sie wusste, dass das stimmte. Er kam mit Kids nicht gut aus, vor allem nicht mit den Halbwüchsigen vor Ort, die ihn gern hänselten. »Wenn Sie die Kleine sehen, sagen Sie uns bitte sofort Bescheid. Haben Sie Nebengebäude, Schuppen, Garagen oder so etwas, in denen Sie nachsehen können? Womöglich ist sie hineingeraten und kommt nicht mehr heraus.«

»Ich habe einen Schuppen und eine Garage, aber die sind zugesperrt. Die Garage benutze ich nicht. Der Schuppen ist mit einem Vorhängeschloss gesichert. Soll ich trotzdem nachsehen?«

»Ja, bitte. Sie wissen ja, wie Kinder sind. Sie bringen sich bei ihren Erkundungszügen in allerlei Schwierigkeiten.«

»Ja, das stimmt. Warten Sie, ich hole die Schlüssel für die Garage. Sie können einen Blick hineinwerfen, während ich mich im Schuppen umsehe. O nein.« Er stieß einen Schrei aus und lief in die Küche zu seinen Cupcakes, die zu verbrennen schienen. Sie hörte, wie er die Herdklappe laut schloss. Eine Minute später kam er zur Eingangstür zurückgeeilt und gab ihr den Schlüssel.

»Tut mir leid, ich hätte fast das Haus angezündet, konnte die Cupcakes aber zum Glück noch retten. Hier ist der Schlüssel. Sie sehen in der Garage nach, ich im Schuppen.«

Er machte sich erneut davon und ließ Megan stehen, die ihm erstaunt nachsah. Sie warf einen Blick ins Haus, in dem es überhaupt nicht so aussah, wie sie es erwartet hatte. Es war sehr sauber und roch nach frischen Cupcakes. Blütendekor zierte die Räume: Auf Wänden, Teppichen und Vorhängen prangten die unterschiedlichsten Blumenmotive. Sie ging zur Garage, die direkt an das Haus angebaut war, und versuchte eine hölzerne Flügeltür zu öffnen, die jedoch verschlossen war. Der Schlüssel sah nicht so aus, als ob er passen würde. Also ging sie um die Garage herum und gelangte zu einer alten Holztür. Sie steckte den Schlüssel ins Schloss, musste aber mit aller Kraft drehen. Schließlich gab der Mechanismus nach und sie konnte die Tür aufschieben. Drinnen war es dunkel. Sie leuchtete mit ihrer Taschenlampe herum, sah aber nur ein paar alte, verstaubte Werkzeuge und ein rostiges Fahrrad.

»Ist da was?«

»Huch!«, rief Megan. Sie hatte ihn nicht kommen hören. »Sie haben mich zu Tode erschreckt. Nein, da ist nichts. Was ist mit dem Schuppen?«

Er schüttelte den Kopf. »Entschuldigung, ich wollte Sie nicht erschrecken. Nein, im Schuppen ist nur der Rasenmäher.«

»Danke. Einen Versuch war es wert.«

Sie ging wieder zur Vorderseite des Hauses. »Auf Wiedersehen.«

»Wiedersehen. Ich hoffe, Sie finden sie bald. Wenn Sie etwas brauchen, melden Sie sich. Sie dürfen gern auf ein heißes Getränk und einen Cupcake vorbeikommen.«

Damit ging er wieder in das Haus und schloss die Eingangstür. Megan lächelte. Er mochte ein schrulliger Zeitgenosse sein, aber er hatte ein gutes Herz.

FÜNF

Morgan verließ das Haus. Die Atmosphäre drinnen belastete sie sehr. Sie war froh, wieder im Freien zu sein. Selbst die Kälte draußen war besser als diese Wohnung, die ihr den Atem nahm. Sie stand am Eingangstor und ließ ihren Blick über die Straße schweifen. *Wo bist du, Charlie?* Sie ging den Gehweg entlang und begann nach dem Gebäude zu suchen, das sie des Öfteren kontrolliert hatte, als sie noch Streifenpolizistin und mit ihrem Tutor Dan Hunt unterwegs gewesen war. Der Gedanke an ihn schmerzte noch immer, was sich vermutlich nie ändern würde. Sie versuchte, es zu finden – es musste hier irgendwo sein. Ein registrierter Sexualstraftäter wohnte darin mit seiner alten Mutter, die sich bereits im Anfangsstadium einer Demenz befand. Die Straße lag nah an einer Schule – für ihren Geschmack zu nah –, aber dem Mann war erlaubt worden, hier wieder einzuziehen, weil sich niemand gefunden hatte, der sich um seine Mutter kümmerte.

Mit quietschenden Reifen raste ein großer schwarzer Pick-up durch die polizeiliche Absperrung und bremste vor Charlies Haus abrupt ab. Morgan sah erstaunt, wie ein Mann in Jogginghose und einem mit Farbklecksen übersäten T-Shirt heraussprang und durch das Eingangstor ins Haus lief. Ein blau-weißes Absperrband hing über der schwer chromverzierten Motorhaube seines Wagens und flatterte im Wind.

Morgan drehte sich um und lief zurück zum Haus, das sie soeben erst verlassen hatte. Drinnen konnte sie die Stimme des Mannes hören.

»Wo ist sie, Mandy? Sag mir, wo sie ist.«

Morgan ging nach drinnen und sah Ben zwischen Amanda und dem Mann stehen, der vermutlich Charlies Vater Brett war.

»Bitte beruhigen Sie sich, Brett, das bringt uns nicht weiter.«

»Wer zum Teufel bist du? Ihr Freund? War sie so damit beschäftigt, dich zu vögeln, dass sie die Kleine wieder einmal allein draußen herumlaufen lassen hat?«

Morgan sah, wie sich winzige rote Flecken auf Bens Wangen bildeten, und merkte, dass er nicht nur verlegen wurde, sondern auch wütend. Sie konnte sich nicht erinnern, dass er jemals so heftig reagiert hatte, seit sie angefangen hatte, mit ihm zusammenzuarbeiten.

»Ich bin Detective Sergeant Ben Matthews und leite die Suche nach Ihrer Tochter. Falls Sie uns nichts über den Verbleib von Charlie sagen können, schlage ich vor, dass Sie sich hinsetzen und die Fragen beantworten, die Ihnen gestellt werden.«

Brett stand mit geschwellter Brust und überkreuzten Armen vor Ben und sah aus, als wolle er gleich eine Prügelei beginnen. Morgan trat zwischen die beiden. Bretts Schultern entspannten sich etwas.

»Ich weiß, dass Sie außer sich vor Sorge um Charlie sein müssen, aber Ihr Verhalten hilft uns bei der Suche nach ihr nicht weiter. Sie müssen sich beruhigen. Haben Sie eine Ahnung, wo sie sein könnte?«

Er schüttelte den Kopf, senkte ihn und ließ die Schultern

hängen. »Nein. Meine Eltern habe ich schon angerufen. Ich habe hier in der Gegend keine Freunde, die Charlie kennen.«

Morgan nahm ihn beim Arm und ging mit ihm zu einem Sessel, der möglichst weit von Amanda weg stand. Sie deutete darauf und er setzte sich hinein.

»Sie haben sie gestern nicht abgeholt. Haben Sie überhaupt mit ihr gesprochen?«

»Nein. Ich habe ihr ...« – er deutete auf Amanda – »... gestern gesagt, dass ich Charlie nicht holen kann. Wir hatten einen Tisch reserviert. Verdammt noch mal, ich hätte trotzdem kommen und sie mitnehmen sollen, statt sie hier zu lassen.«

Er blinzelte seine Tränen weg und war plötzlich nur noch der Schatten des wütenden Mannes, der gerade hereingestürmt war und sich aufgeplustert hatte.

»Wo ist sie? Jemand muss sie entführt haben.«

»Das wissen wir noch nicht, aber im Moment suchen alle verfügbaren Kräfte nach ihr. Der Hund hat bisher keine Spur von ihr gefunden, die darauf hindeutet, dass sie die Straße verlassen hat.«

»Dann muss sie noch hier sein, in irgendeinem Haus. Haben Sie schon in allen nachgesehen?« Er sprang wieder auf, als sei er entschlossen, die Dinge selbst in die Hand zu nehmen und die Häuser eigenhändig zu durchsuchen.

»Gerade jetzt, in diesem Augenblick, gehen Beamte von Haus zu Haus und fragen nach«, sagte Ben.

»Ach so, na, dann ist es ja gut und wir brauchen in den Häusern gar nicht mehr nachzusehen. Was bringt es, die Nachbarn zu fragen, wenn jemand von denen Charlie gefangen hält?«

»Ich verstehe, wie besorgt und frustriert Sie sein müssen, Brett«, entgegnete Ben. »Aber wir können nicht so einfach in alle Wohnungen gehen.«

»Warum nicht? Erzählen Sie mir nicht, dass Sie nicht hineingehen würden, wenn es Ihr Kind wäre.« Er wandte sich an Morgan. »Ich wette, Sie haben nicht einmal Kinder. Sie haben doch keine Ahnung.«

Morgan biss sich auf die Lippen und versuchte, Verständnis für seine Wut und Frustration aufzubringen. »Ich habe keine Kinder und wenn ich welche hätte, ginge es mir wahrscheinlich genauso wie Ihnen, Brett. Aber wir müssen die Vorschriften beachten. Wir dürfen nur in Wohnungen, wenn jemandes Leib und Leben in Gefahr ist, eine Verhaftung erfolgen muss oder eine Störung der öffentlichen Ordnung verhindert werden soll. Wir können zum derzeitigen Zeitpunkt noch nicht sagen, ob sie nicht vielleicht jemand mit dem Auto mitgenommen hat. Es lässt sich zumindest nicht ausschließen. Möglicherweise konnte der Hund deshalb ihre Fährte nicht auf der Straße aufnehmen.«

Ben nickte Morgan zu. Bretts Reaktion wechselte erneut, diesmal von verständnislosem Zorn zu Resignation. Er drehte sich zu Mandy, hob den Finger und deutete auf sie.

»Unsere Tochter, das einzig Gute, was uns gemeinsam gelungen ist, wird vermisst, Mandy, und das ist alles deine Schuld. Wenn irgendein Verrückter sie mit dem Auto entführt hat, möchte ich nicht einmal daran denken, was er mit ihr gemacht hat.«

Brett drehte sich um und stapfte in den Vorgarten, in dem eine ganze Menge kaputtes Spielzeug lag. Morgan folgte ihm. Er ging in die Hocke, hob eine Puppe auf, die nur einen Arm hatte und lediglich Socken trug, und drückte sie an seine Brust. Dann stieß er einen Laut aus, der halb Schrei und halb Heulen war. Sie hatte noch nie etwas Vergleichbares gehört und hoffte inständig, es auch nie wieder hören zu müssen. Das Einzige, was ihr in diesem Augenblick einfiel, war, sich zu bücken, ihn am Arm zu nehmen und wieder auf die Beine zu ziehen.

»Ich verspreche Ihnen, Brett, wir suchen so lange nach ihr, bis wir sie gefunden haben.« Nicht versprechen allerdings konnte sie, dass Charlie noch dasselbe kleine Mädchen sein würde, wenn sie sie gefunden hatten, oder dass sie überhaupt noch am Leben sein würde, aber das behielt sie für sich. Sie wusste nur, dass sie so lange weitermachen würden, bis sie wieder dort war, wo sie hingehörte.

Eine Opferschutzbeamtin traf gerade am Eingang ein. Morgan atmete erleichtert auf. Sie wollte sich an der Suche nach Charlie beteiligen und nicht ihre verzweifelten, streitenden Eltern beruhigen. Die Vorstellung, dass ein kleines Mädchen allein da draußen war, verängstigt und womöglich verletzt, lastete schwer auf ihr. Sie würde alles tun, um sie wieder sicher nach Hause zu bringen.

SECHS

Zwei Stunden später hatten sie an jeder Haustür geklingelt und mit den meisten Anwohnern gesprochen. Den wenigen, die sie nicht angetroffen hatten, wollten sie später noch einen Besuch abstatten. Ben und Amy waren zur Dienststelle zurückgefahren. Ein Helikopter der britischen Polizeiflugstaffel mit Sitz in Lancashire war losgeschickt worden und kreiste auf der Suche nach Charlie mit einer Wärmebildkamera über dem Viertel. Das nächstgelegene offene Gelände war zehn Gehminuten entfernt, aber der Fluss Rothay floss nur ein paar Straßen weiter vorbei. Auf der anderen Seite erstreckten sich die Covel Woods, ein ausgedehntes Waldgebiet. Morgan hoffte, dass Charlie nicht zum Fluss gelaufen und hineingestürzt war. In der starken Strömung wäre sie im Nu flussabwärts getrieben worden. Die Aufzeichnungen der Überwachungskameras von Geschäften und Häusern am Weg zum Fluss, den sie mit größter Wahrscheinlichkeit genommen hatte, waren bereits gesichtet worden, doch hatten sie nichts ergeben.

Morgan fuhr zu Charlies Schule. Sie parkte in einer schmalen Seitenstraße vor dem Haupteingang, achtete aber darauf, nicht die Garagen des Bestattungsunternehmens zu blockieren, das dort seinen Sitz hatte. Welch eine Kombination, dachte sie bei sich, eine Grundschule und ein Bestattungsunternehmen in direkter Nachbarschaft. Die Kinder mussten es gewöhnt sein, Leichenwagen wegfahren und ankommen zu sehen, dennoch schauderte sie bei dem Gedanken daran. Sie hasste Beerdigungen, konnte den Tod und den Gedanken daran nicht ausstehen und fragte sich, ob es daran lag, dass sie ihm schon so oft nur knapp entkommen war und zudem beide Eltern verloren hatte. Nachdem sie am Schuleingang geklingelt hatte, zog sie ihren Polizeiausweis heraus und hielt ihn für den Fall hoch, dass der Eingang kameraüberwacht wurde.

»Ja, bitte, kann ich Ihnen helfen?«

»Polizei. Ich möchte mit jemandem über Charlie Standish sprechen.«

»Einen Augenblick. Bitte kommen Sie herein.«

Die Tür klickte. Morgan drückte sie auf. Die Sekretärin saß in einem kleinen, quadratischen Büro mit Glaswänden, das sie fast an ein Gewächshaus erinnerte. Bei warmem Wetter musste es darin höllisch heiß sein. Sollten die Glaswände vor den Kindern oder vor zornigen Eltern schützen? Der Glaskubus sah fast wie ein gläserner Beichtstuhl aus. Die Sekretärin, eine ältere Frau mit weißer Lockenpracht, beugte sich über den Schreibtisch und schob eines der Fenster auf. Morgan hielt ihr den Dienstausweis hin. Sie nahm ihn, sah ihn sich an und gab ihn lächelnd zurück.

»Haben Sie sie gefunden?«

»Nein, leider noch nicht.«

»Oh, das arme Ding. Wo kann sie nur sein?«

Morgan lächelte und dachte bei sich: *Ja, das ist die Millionen-Dollar-Frage, nicht wahr?*

»Es wurden Suchtrupps, ein Helikopter und Spürhunde losgeschickt, um sie zu finden. Ich bin sicher, dass wir sie bald haben.« Sie sah nach unten und merkte, dass sie unbewusst zwei Finger ihrer rechten Hand gekreuzt hatte.

»Sehen Sie Charlie oft? Kennen Sie sie gut?«

Die Sekretärin nickte und deutete auf eine alte Kirchenbank mit gelben und blauen Kissen in den Schulfarben. Sie stand ein Stück weit den Korridor hinunter.

»Ich nenne das Charlies heißen Sitz.«

»Wie meinen Sie das?«

»Die Kinder sagen stille Treppe oder Eselsbank dazu. Die Bank steht vor Mrs Harts Büro. Es gibt ein paar Schüler, die öfter mal dort sitzen, aber Charlie war praktisch darauf abonniert.«

Morgan hörte Schritte im Flur hinter sich und drehte sich um. Eine mindestens ein Meter achtzig große Frau kam auf sie zu. Sie trug einen lila Hosenanzug und roch nach Lavendel.

»Mrs Hart, Rektorin und Dompteurin wilder Tiere«, stellte sie sich vor und gab Morgan die Hand.

Morgan lächelte, was die Frau, die ein langes, schmales Gesicht hatte, mit einem so strahlenden Lächeln erwiderte, dass Morgan sie sofort sympathisch fand.

»Sollen wir in mein Büro gehen? Sandra, ich brauche unbedingt einen Kaffee. Möchten Sie auch einen?«

»Ja, bitte, das wäre nett. Kein Zucker, nur Milch.«

Sandra nickte und schloss die Tür etwas kräftiger, als nötig gewesen wäre. Mrs Hart führte Morgan in ihr Büro. Auf der Tür war ein großer Smiley zu sehen und darunter stand in gelben Großbuchstaben: HAST DU HEUTE SCHON GELÄCHELT? Als sie drinnen waren, deutete Mrs Hart auf einen Stuhl. Morgan setzte sich.

»Mrs Hart ...«

Die Rektorin hob die Hand. »Bitte nennen Sie mich Andrea, falls Sie nicht gerade hier sind, um mir eine schreckliche Nachricht zu überbringen.«

»Keine schreckliche, Andrea, aber auch keine gute. Wir können Charlie nicht finden, besser gesagt, wir haben sie noch nicht gefunden. Aber ich bin sicher, dass das bald der Fall sein wird.«

Andrea setzte sich in ihren schwarzen Büroledersessel hinter dem Schreibtisch und seufzte.

»Das arme Mädchen. Es muss völlig verängstigt sein. Aber ich verstehe das nicht. Wie kann ihre Mutter nicht gemerkt haben, dass sie nicht im Bett war? Wo dachte sie denn, dass sie sei? Allerdings überrascht es mich auch nicht, was ich umso bestürzender finde.«

»Amanda hatte mit Brett gestritten. Ich nehme an, Sie kennen beide Eltern?«

»Ich kenne sie gut, obwohl der Vater im Augenblick nicht groß in Erscheinung tritt und Charlies Mutter trotz unserer Bemühungen nicht viel Lust hat, mit uns zu kommunizieren.«

»Erzählen Sie mir von Charlie.« Morgan zog ihr Notizbuch und den Stift heraus.

»Sie ist ein cleveres Mädchen, hat aber für ihr Alter sehr feste Vorstellungen, wie es laufen soll. Sie weicht nicht von dem ab, was sie für richtig hält, was zu vielen Konflikten mit Klassenkameraden und Lehrkräften führt. Ich versuche gerade, sie testen zu lassen, weil ich glaube, dass sie im Autismusspektrum zu verorten ist. Aber ihre Mutter ist damit nicht einverstanden.«

»Warum nicht?«

»Sie will nicht, dass Charlie einen Stempel aufgedrückt bekommt und dann vielleicht gemobbt wird. Allerdings ist sich Amanda nicht darüber im Klaren, dass Charlie sich durch ihr Verhalten schon jetzt unter ihren Klassenkameraden ins Abseits manövriert und deshalb, wie ich befürchte, während der Pausen oft ausgeschlossen wird. Sie ist sehr ruhig und will nicht viel mit der übrigen Klasse zu tun haben, weshalb sie meistens links liegen gelassen wird. Nicht, dass die anderen gemein zu ihr wären, denn wenn mir eines am Herzen liegt, dann ist es, Mobbing zu verhindern. Manchmal ist es eher umgekehrt: Charlie bringt die anderen gegen sich auf und wird deshalb in mein Büro geschickt. Ich habe ihre Eltern um ein Gespräch gebeten, damit wir überlegen können, wie man Charlie die Hilfe geben könnte, die sie braucht. Eigentlich hätte es morgen stattfinden sollen. Ich bitte Sandra besser, den Termin zu streichen, bis Charlie wieder unversehrt zu Hause ist.«

»Wusste Charlie von dem anstehenden Gespräch? Glauben Sie, dass sie deswegen Angst bekommen haben und weggelaufen sein könnte?«

Bisher hatten sie noch nicht in Betracht gezogen, dass sie vielleicht gar nicht entführt worden, sondern aus freien Stücken verschwunden war.

»Ich weiß nicht. Ich habe beide Eltern angerufen und eine Nachricht hinterlassen. Ob sie die Sache mit ihr besprochen haben, kann ich nicht sagen. Ich will nicht herzlos klingen, aber ich glaube nicht, dass sie sich Gedanken gemacht hätte, wenn sie es ihr gesagt hätten. Sie ist nicht der grüblerische Typ. Was in ihrem Fall vielleicht sogar ein Geschenk Gottes ist.«

»Würde sie mit Fremden reden oder mit jemandem mitgehen, den sie nicht kennt?«

»Ich halte es für unwahrscheinlich, aber sie ist neun Jahre alt. So sehr wir Menschen zu kennen glauben, sie können doch das exakte Gegenteil dessen tun, was wir von ihnen erwarten. Das gilt allerdings für alle Kinder, nicht nur für Charlie.«

Morgan lächelte. An der Tür klopfte es und Sandra trat mit hochrotem Kopf und schuldbewusstem Blick ein.

»Wir haben noch keine frische Milch geliefert bekommen. Ich habe an der im Lehrerzimmer gerochen – sie ist sauer geworden.«

Andrea schloss die Augen und öffnete sie wieder. Sie zog die oberste Schublade ihres Schreibtisches auf, holte eine Schachtel mit Zitronen-Ingwer-Tee heraus und hielt sie Sandra hin.

»Morgan, wie wär's mit Kräutertee?«

»O nein, vielen Dank. Kräutertee trinke ich nur vor dem Schlafengehen.«

Sandra nahm die Schachtel und ging. Morgan stand auf und gab Andrea ihre Visitenkarte.

»Danke. Wenn Ihnen noch etwas einfällt, sagen Sie mir bitte Bescheid. Sie können jederzeit eine Nachricht hinterlassen.«

»Ja, natürlich. Ich hoffe bei Gott, dass Sie Charlie bald finden.«

»Ich auch, Andrea. Wir tun unser Bestes.«

»Davon bin ich überzeugt, vielen Dank. Bitte richten Sie allen meinen Dank aus. Es ist sicher keine leichte Aufgabe.«

Wieder klopfte jemand an die Tür. Sandra kam mit einem Becher herein. Sie stellte ihn auf den Schreibtisch, folgte Morgan auf den Korridor und ging mit ihr zum Eingang.

»Ich hoffe wirklich, dass Sie sie finden. Wissen Sie, es ist nicht das erste Mal, dass ein Mädchen hier verschwindet.«

Morgan hatte bereits den grünen Kopf an der Wand gedrückt, um die Tür zu öffnen, hielt jedoch nun abrupt inne und drehte sich zu Sandra um.

»Wie bitte, was haben Sie gerade gesagt?«

Sandra wirkte für Morgans Geschmack etwas zu aufgeregt. »Es ist schon lange her und sie war auch viel älter als Charlie. Aber wir sind eine kleine Stadt und die Leute reden.«

Die feinen Härchen in Morgans Nacken sträubten sich. Sie spürte, wie ein Schauder ihren Körper durchlief. »Wann war das?«

»Vor ungefähr fünfzehn Jahren. An das genaue Datum erinnere ich mich nicht.«

»Wie hieß sie? Hat man sie gefunden?«

»Ihr Name war Eleanor Fleming. Ein nettes Mädchen. Sie ist hierhergekommen und dann auf die Alfred Barrow School in Kendal gewechselt. Als sie verschwand, muss sie etwa vierzehn, fünfzehn gewesen sein.«

»Wo ist sie jetzt?«

»Das weiß niemand. Die Polizei hat sie nie gefunden. Ihre Mutter hat das fast umgebracht. Die Polizei war der Meinung, dass sie weggelaufen sei und irgendwohin ist, wo es sich aufregender leben ließ. Sie hat immer davon gesprochen, Schauspielerin werden zu wollen, und gesagt, dass sie so bald wie möglich von hier wegwollte.«

»Wo wohnt ihre Mutter jetzt?«

»In der Cloisters Lane. Zumindest haben sie da gewohnt, als Eleanor noch hier zur Schule ging. Ich habe keine Ahnung, ob sie je weggezogen ist, und bin nicht einmal sicher, ob sie noch lebt. Gesehen habe ich sie schon lange nicht mehr. Nach dem Verschwinden von Eleanor ist sie zu einer Art Einsiedlerin geworden. Ihren Sohn sehe ich aber noch hin und wieder. Ich denke, er kümmert sich um sie.«

Morgan hatte das Gefühl, als sei ihr gerade die Luft aus der Lunge gesaugt worden. Charlie wohnte in der Cloisters Lane.

»Wie heißt ihr Sohn?«

»Elliot Fleming. Er war älter als Eleanor, müsste jetzt also etwa Mitte dreißig sein.«

Morgan kannte den Namen – aber woher?

»Sie werden Elliot kennen, jeder kennt ihn. Er ist etwas seltsam, nett, zieht sich aber ein bisschen wie ein Paradiesvogel an. Ich glaube, er ist etwas verwirrt, wenn Sie verstehen, was ich meine. Aber ein liebenswerter Mensch. Ich bin sicher, er kann Ihnen von Eleanor erzählen und Ihnen sagen, ob sie je wieder von ihr gehört haben.«

»Vielen Dank. Ich rede mit ihm.«

»Denken Sie, dass es da eine Verbindung gibt – zwei Mädchen, die in derselben Straße wohnen und verschwinden?«

Sandra versuchte, Stoff für Klatsch zu bekommen, den sie den Lehrkräften und vermutlich allen anderen, die sie kannte, erzählen konnte. Morgan lächelte sie gequält an.

»Das bezweifle ich. Es gibt große Unterschiede zwischen

den beiden Mädchen. Wahrscheinlich ist es nur ein schrecklicher Zufall. Rydal Falls ist eine kleine Stadt. Trotzdem danke für die Informationen.«

Sandra strahlte über das ganze Gesicht. Sie war sehr mit sich zufrieden. Morgan drückte wieder den grünen Knopf.

Sie verließ die Schule und ging über den leeren Spielplatz zum Tor. Gerade als sie auf die Straße trat, sah sie, wie sich die großen Garagentore auf der Rückseite des Bestattungsunternehmens in Bewegung setzten und langsam ein mit einem Sarg beladener Leichenwagen herausfuhr. Sie schauderte. Dieser Tag wurde gerade zum surrealsten, traurigsten in ihrem Leben. Sie musste mit Ben und dem Team über das andere vermisste Mädchen reden und fragte sich, ob er davon gewusst hatte und es ihm etwas ausmachen würde, wenn sie in dieser Richtung weiter ermittelte. Allerdings konnte es auch nicht schaden, wenn sie schon jetzt zu Eleanors Familie ging und mit ihr redete, bevor sie zur Dienststelle zurückfuhr.

SIEBEN

Morgan fuhr zurück in die Cloisters Lane. Sie parkte ihr Auto und zog ihr hypermodernes Arbeitssmartphone mit allem möglichen Schnickschnack hervor. Dann rief sie die Adresssuche auf und tippte »Fleming« sowie den Straßennamen ein. Nummer dreizehn gehörte einer Gladys Fleming und auch Elliot Fleming war dort gemeldet. Morgan duckte sich unter dem polizeilichen Absperrband hindurch und ging zur Hausnummer dreizehn. Das Gebäude war etwas heruntergekommen. Sie fragte sich, ob Gladys mit dem Verschwinden ihrer Tochter ihren Lebenswillen verloren hatte. Sie ging den Weg zum Haus und klopfte an die Holztür. Wenige Augenblicke später ging die Tür auf. Als Elliot Fleming lächelnd vor ihr stand, wusste sie, warum sein Name ihr etwas gesagt hatte. Er war in Rydal Falls bekannt. Mit seiner Vorliebe für ausgefallene Kleidung wurde er regelmäßig von den Halbwüchsigen der Stadt aufs Korn genommen. Morgan hatte er immer leidgetan. Im Gegensatz zu vielen anderen war er stets höflich und dankbar für alles, was die Polizei tat.

»Guten Tag. Sind Sie nicht Morgan?«

Sie lächelte. »Natürlich bin ich es. Sie haben ein sehr gutes

Gedächtnis, Elliot. Kann ich auf einen Plausch hereinkommen?«

Er strahlte sie an und machte die Tür weit auf für sie. Sie trat in den Flur.

»Möchten Sie eine Tasse Tee und ein Stück Kuchen?«

»Nein, danke. Ich habe nicht viel Zeit. Ich wollte Ihnen nur ein paar Fragen stellen.«

»Oh, ich habe schon mit Megan gesprochen. Es tut mir leid, aber ich habe das Mädchen nicht gesehen.«

»Ich bin nicht wegen Charlie hier. Ich wollte etwas über Ihre Schwester Eleanor wissen.«

Alle Farbe wich aus Elliots Gesicht. Sein Lächeln erstarb. Er warf einen Blick in Richtung der Treppe und flüsterte: »Bitte leise, Mama geht es nicht gut. Sie fühlt sich seit einiger Zeit nicht wohl. Ich glaube, sie ist nie über den Schock hinweggekommen.«

»Das ist verständlich. Es tut mir leid, aber haben Sie Eleanor je wiedergefunden? Hat sie sich irgendwann mit Ihnen in Verbindung gesetzt und verraten, wo sie war?«

Er schüttelte den Kopf. »Nein. Wir haben von ihr kein Lebenszeichen erhalten und keine Ahnung, was mit ihr passiert ist oder ob es ihr gut geht. Ich würde gern glauben, dass sie zufrieden ist und vielleicht sogar irgendwo eine Familie gegründet hat. Allerdings sollte man meinen, dass sie es uns hätte wissen lassen, wenn sie Kinder hat, finden Sie nicht auch? Mama würde nur zu gern erfahren, ob sie Enkel hat, um die sie sich kümmern könnte. Ich bin sicher, es würde sie aus dem dunklen Nebel holen, in dem sie ständig zu leben scheint.«

Morgan taten Elliot und seine Mutter leid. Seit fünfzehn Jahren machten sie sich Sorgen und wussten nicht, ob Eleanor überhaupt noch lebte. »Es muss für Sie beide sehr schwer sein. Erinnern Sie sich noch an die polizeilichen Ermittlungen von damals?«

Er lachte und hielt sich die Hand vor den Mund. »Welche

Ermittlungen? Die Polizei hat entschieden, dass sie weggelaufen ist, um Ruhm und Reichtum zu erlangen und allem hier den Rücken zu kehren. Ende der Ermittlungen, Fall abgeschlossen.«

»Kann das sein?«

Er zuckte die Schultern. »Das ist eine gute Frage. Allerdings glaube ich, dass der Kriminalbeamte, der mit der Angelegenheit befasst war, vor ein paar Jahren in den Ruhestand gegangen ist. Warum fragen Sie ausgerechnet jetzt danach? Es ist so lange her, dass sich jemand nach Eleanor erkundigt hat.«

»Die Sekretärin in Charlies Schule hat es erwähnt. Ich finde, wir sollten untersuchen, ob es Parallelen zwischen beiden Fällen gibt.«

»Eleanor war ein typischer Teenager, ein sehr lautes, beliebtes Mädchen. Sie hatte einen Freund, der ein paar Jahre älter war als sie und zum Studieren nach London gegangen ist. Wir glauben, dass sie ihm hinterher ist. Ich glaube nicht, dass es da Parallelen zu einem kleinen Mädchen gibt, das von heute auf morgen spurlos verschwindet.«

Morgan seufzte. »Nein, wahrscheinlich nicht. Tut mir leid, dass ich Sie belästigt habe. Danke, dass Sie mit mir geredet haben.«

»Sehr gern. Aber fragen Sie bloß nicht meine Mutter. Es könnte sie völlig aus dem Gleichgewicht bringen. Wir reden nicht mehr über Eleanor, es ist für sie einfach zu schmerzlich.«

Morgan öffnete die Tür. Sie ging den Weg entlang und drehte sich noch einmal um, um ihm zuzulächeln, aber er hatte die Tür bereits wieder geschlossen. Es war kaum zu glauben, dass die Polizei das Ganze nie ernst genommen und das Mädchen als Ausreißerin hingestellt hatte. Es musste doch genug Gründe gegeben haben, um sich näher mit dem Fall zu befassen. Morgan hatte keine Ahnung, warum man das unter den Teppich gekehrt hatte, war jedoch fest entschlossen, es herauszufinden.

Auf der Dienststelle sah sie Ben in seinem Büro telefonieren. Sie wollte es gerade betreten, als Amy rief: »Warte lieber, bis er das Gespräch mit dem Detective Chief Inspector beendet hat, Morgan. Bist du in der Schule weitergekommen?«

»Amy, wie lange arbeitest du schon bei der Polizei?«

»Viel zu lange, warum?«

»In Jahren ungefähr?«

»Im Januar sind es zehn Jahre. Wieso?«

»Erinnerst du dich an den Fall der vermissten Eleanor Fleming vor fünfzehn Jahren?«

»Der Name sagt mir etwas. Ich glaube, das war ein paar Jahre bevor ich bei der Polizei angefangen habe.«

Ben kam aus seinem Büro. »Ich erinnere mich an den Fall Eleanor Fleming. Warum fragst du?«

Sie drehte sich zu ihm um und hoffte inständig, dass nicht er es gewesen war, der den Fall ad acta gelegt hatte.

»Die Schulsekretärin meinte, Charlie sei nicht das erste Mädchen, das hier verschwunden sei. Ich dachte, es wäre vielleicht wichtig.«

»Als das passiert ist, war ich noch in der Probezeit. Soweit ich mich erinnere, war man der Ansicht, sie sei von zu Hause weggelaufen.«

»Wer hat das gesagt? Wusstest du, dass sie in der Cloisters Lane gewohnt hat, von Charlie aus gesehen am anderen Ende der Straße, in einem Einfamilienhaus?«

»Nein, das wusste ich nicht. Ich war nie mit dem Fall befasst.«

»Wer dann?«

»Geoff Peterson war damals der Detective Sergeant. Er ist vor Jahren in den Ruhestand gegangen. Der alte Peterson war ein fauler Hund, die Art von Polizist, die mit einem Flachmann herumlief und während der Arbeit ungeniert und offen trank. Was soll das Ganze, Morgan?«

»Es ist ein bisschen seltsam, dass vor fünfzehn Jahren ein Teenager aus der Cloisters Lane spurlos verschwand und wir nun eine vermisste Neunjährige aus derselben Straße haben. Findest du nicht?«

»Das hier ist eine kleine Stadt und in dem Viertel wohnen viele Leute. Kann ein Zufall sein.«

»Möglich. Aber dort sind zwei Mädchen verschwunden. Meinst du nicht, dass es zumindest theoretisch eine Verbindung geben könnte?«

»Eigentlich nicht. Zunächst einmal ist zwischen den beiden ein großer Altersunterschied. Ich weiß, dass die Gegend damals abgesucht wurde. Wir haben Plakate aufgehängt und in der Presse um Hinweise gebeten. Es haben sich ein paar von Eleanors Freundinnen gemeldet, die alle dasselbe sagten: Es hat ihr hier nicht gefallen und sie wollte so schnell wie möglich weg. Außerdem hatte sie einen Freund, der weggezogen ist, um zu studieren. Man war der Ansicht, dass sie ihm gefolgt sei. Morgan, nichts hat damals auf ein Verbrechen hingedeutet. Ich weiß deine Hartnäckigkeit und Entschlossenheit zwar ohne Wenn und Aber zu schätzen, aber uns reicht die Zeit nicht, dich darauf anzusetzen. Wir müssen uns darauf konzentrieren, Charlie zu finden, und können nicht wertvolle Stunden damit verschwenden, einem Phantom von damals nachzujagen.«

Sie erwiderte nichts. Obwohl sie anderer Meinung war, respektierte sie die Entscheidung ihres Vorgesetzten. Zudem hatte er recht: Jetzt, in diesem Augenblick, hatte Charlie Priorität. Was allerdings nicht bedeutete, dass sie nicht privat ein bisschen herumschnüffeln und Eleanor Fleming aufzuspüren versuchen konnte.

ACHT

Morgan ging auf und ab und wartete auf Bens nächste Entscheidung. Er telefonierte wieder mit der für Rydal Falls zuständigen Ermittlerin in Penrith, Detective Chief Inspector Claire Williams, da Tom, ihrer beider Vorgesetzter, gerade im Urlaub war. Morgan hoffte, er würde ihr von Eleanor Fleming erzählen. Amy kam mit drei Bechern herein und stellte sie auf Morgans Schreibtisch.

»Danke. Worauf warten wir? Warum sind wir nicht draußen und suchen?«, fragte Morgan.

»Weil inzwischen kein Zweifel mehr daran besteht, dass sie nicht einfach weggelaufen ist«, erwiderte Amy. »Der Hund hat ihre Spur nicht aufgenommen und auch der Helikopter ist noch nicht fündig geworden, obwohl ich immer noch hoffe, dass er sie entdeckt. Wir müssen es allmählich ernsthaft als Verbrechen einstufen und davon ausgehen, dass jemand sie entführt oder, schlimmer noch, ihr etwas angetan und ihre Leiche versteckt hat. Suchkoordinator Sergeant Al McNulty und sein Team übernehmen gerade die Fahndung, während wir uns auf die Ermittlungen konzentrieren.«

Morgan setzte sich und nahm einen Becher mit dem viel zu

heißen Kaffee. Er war so frisch, dass sogar noch schwarzer Satz in der Mitte wirbelte. Sie blies über die dampfende Flüssigkeit und nahm vorsichtig einen Schluck, weil sie nicht wusste, was sie sonst tun sollte, verzog jedoch sogleich das Gesicht, denn das Gebräu verbrannte ihre Zunge und schmeckte zudem fürchterlich. Sie brauchte einen anständigen Kaffee, um auf Touren zu kommen, nicht diese Brühe.

»Hattest du schon jemals mit etwas Ähnlichem zu tun, Amy?«, fragte sie.

Amy schüttelte den Kopf. »Nein, obwohl Kinder manchmal richtig nerven können. Sie laufen davon und scheren sich nicht im Geringsten darum, was ihre Eltern ihnen sagen. Sicher, verloren gegangene Kinder hatten wir schon, aber normalerweise tauchen sie innerhalb einer Stunde nach der Vermisstenmeldung wieder auf. Mir ist noch kein Fall untergekommen, bei dem eines über Nacht abgängig war. Es ist jetzt ...« – sie warf einen Blick auf ihre Armbanduhr – »... neunzehn Stunden her, dass die Mutter das letzte Mal mit Charlie geredet hat. Keiner der Nachbarn hat sie gestern gesehen. Und wenn, haben sie keine Notiz von ihr genommen, weil sie sowieso ständig auf der Straße ist. Niemand hat etwas Ungewöhnliches gesehen oder ein fremdes Fahrzeug bemerkt.«

Ben beendete sein Telefongespräch. »Die Sexualstraftäterdatei listet einen einschlägig Vorbestraften in der Straße, Vincent Jackson. Hat ihn schon jemand befragt?«

Morgan ging zum freien Schreibtisch mit dem Stapel Klemmbretter, auf denen die Namen und Adressen aller Befragten standen. »Welche Hausnummer hat er?«

»Achtundsechzig.«

Sie fand das dazugehörige Klemmbrett und blätterte die Seiten durch.

»Männlicher Bewohner. Wurde befragt. Hat alte Mutter mit Alzheimer, die aber geschlafen hat. Mit ihr wurde nicht gesprochen. Sichtung von Garten und Gewächshaus negativ.«

»Wer hat mit ihm gesprochen?«

Sie warf einen Blick auf die Dienstnummer oben auf den Blättern und erkannte sie. »Cain.«

»Kannst du ihn auftreiben, Morgan? Und Amy, du kontaktierst Intel, unseren polizeilichen Nachrichten- und Archivdienst, und besorgst mir von dort die kompletten Unterlagen über ihn. Ich erinnere mich nur dunkel an ihn, bin mir aber sicher, dass er verhaftet wurde, weil er sich für unter Sechzehnjährige interessierte, nicht für Kinder unter dreizehn.«

Morgan verkniff sich zu sagen, dass Eleanor Fleming ja dann gerade das richtige Alter für ihn gehabt hatte, wollte Ben aber nicht verärgern. Trotzdem würde sie es im Hinterkopf behalten. Amy verschwand und ging in das Stockwerk über ihnen, wo Intel untergebracht war. Morgan versuchte, Cain über Funk und anschließend auf seinem Handy zu erreichen, doch er antwortete nicht.

»Ich fahre hin und sehe, ob er noch dort ist.«

Ben nickte und legte seine Hand über die Sprechmuschel des Telefons.

»Morgan, kannst du trotzdem mit Vincent Jackson sprechen? Ich will wissen, wie du ihn einschätzt.«

Sie nickte, während er mit der Leitstelle in Lancashire die Suchaktion mit Helikopter zu erörtern begann, und ging.

In der Cloisters Lane ging es nicht mehr so hektisch zu wie vorher. Allerdings war die Straße noch immer an beiden Enden abgeriegelt. Vor den Absperrbändern standen Kontaktbereichsbeamte.

»Entschuldigung, Morgan, kann ich mit Ihnen sprechen?«

Sie drehte sich um, denn sie erkannte die Stimme des Mannes nicht, der sie mit Namen ansprach.

»Wer sind Sie?«, fragte sie, als er mit einem gewinnenden

Lächeln auf sie zukam. Mit seinen perfekten weißen Zähnen strahlte er sie so herzlich an, dass sich um seine braunen Augen Falten bildeten. Verdammt, sah der gut aus – oder war es nur sein Lächeln? Er hatte einen kahl geschorenen Kopf und trug ein weißes Hemd, das viel zu eng wirkte und sich über seine Brustmuskeln spannte. Unter einem Ärmel ragte das Ende eines Tattoos hervor. Hätte Morgan ihren Idealtypus Mann beschreiben müssen, wäre ziemlich genau er dabei herausgekommen.

Er streckte ihr die Hand hin. »Finley Palmer. Ich arbeite als Journalist für die *Cumbrian News*.«

Und damit hatte er ihre Illusion bereits gründlich zerstört. Ihr Lächeln verwandelte sich, ohne dass sie es wollte, in ein spöttisches Grinsen.

»Hey, ich bin neu hier. Seien Sie ein bisschen nachsichtig mit mir.«

Er hatte recht, sie sollte nicht so voreingenommen sein.

»Was wollen Sie, Finley? Ich kann Ihnen nicht auf die Nase binden, was hier abläuft. Wenn Sie auf dem Laufenden gehalten werden möchten, müssen Sie sich an die Pressestelle der Polizei wenden.«

»Nennen Sie mich Fin. Finley ist mein Sonntagsname. Ich weiß, die Meldung von Ihrer Pressestelle habe ich bereits. Ich wollte nur Hallo sagen und Ihnen verraten, dass Sie toll aussehen.«

Das hatte Morgan nicht erwartet. Sie musste unwillkürlich auflachen. »Ach so, na dann, danke.«

»Ich meine es ernst. Ich habe mich mit Ihrem Background befasst und damit, was Sie im Fall Potter und dem des mordenden Polizisten geleistet haben. Also wirklich, meinen großen Respekt, wow. Sie haben dafür auch eine Belobigung erhalten, habe ich gesehen. Gratuliere.«

Sie merkte, wie sie misstrauisch wurde. Er machte seine Sache gut, sehr gut sogar. Mit seinem Kompliment hätte er sie beinahe überrumpelt. Doch er war Journalist, bezweckte also etwas.

»Wie wär's, wenn wir ein bisschen plaudern? Etwas zusammen trinken oder gemeinsam essen gehen?«

»Worüber wollen Sie reden? Sie haben die offizielle Presseerklärung.«

»Über Sie und was passiert ist, gar nicht so sehr über die Presseerklärung. Aber der Fall Taylor Marks wird ganz schön einschlagen, wenn die Sache vor Gericht geht. Die ganze Story ist echt verrückt.«

Sie nickte. »Verrückter, als man es sich vorstellen kann.«

»Genau. Ich wollte einen Artikel aus Ihrer Sicht schreiben. Wissen Sie, die Öffentlichkeit und alle Schmierblätter konzentrieren sich nur auf den Täter. Ich finde das nicht richtig. Warum soll er die ganze Aufmerksamkeit bekommen? Ich denke, es wird Zeit, dass sich jemand damit befasst, wie großartig Sie sind, besser gesagt, Sie und Ihr Team, nicht nur Sie.«

Seine Wangen waren wesentlich röter als noch vor wenigen Augenblicken. Es war ihm offensichtlich peinlich, Sie zu fragen. Er und seine Idee gefielen ihr, stellte sie fest. Warum sollte Taylor wegen seiner abscheulichen Verbrechen im Rampenlicht stehen? Natürlich wollte sie keine Anerkennung dafür, dass sie ihre Arbeit machte, aber die Vorstellung fand sie durchaus ein bisschen verlockend.

»Das ist wirklich nett von Ihnen. Aber ich weiß nicht, ob ich darüber sprechen darf, vor allem, bevor es überhaupt vor Gericht verhandelt wird. Trotzdem vielen Dank, dass Sie gefragt haben. Ich weiß das wirklich zu schätzen.«

Sie lächelte ihn an und drehte sich weg, um unter dem Absperrband hindurchzuschlüpfen.

»Warten Sie.«

Sie blieb stehen und wandte sich ihm wieder zu.

»Wie wäre es, wenn wir uns nur auf einen Drink treffen? Ich bin neu hier und kenne im Grunde noch niemanden. Wir müssen auch gar nicht über die Arbeit sprechen. Sie können mir sagen, wie man hier heimisch wird, und ich zahle den Wein.«

»Sind Sie immer so hartnäckig?«

Er zuckte die Schultern und schenkte ihr wieder dieses Lächeln, mit dem er vermutlich jede Frau bedachte, die er herumkriegen wollte. Sie fragte sich, wie viele ihm hatten widerstehen können. Dann dachte sie daran, wie lange es schon her war, dass sie sich mit jemandem getroffen hatte – es erschien ihr wie eine Ewigkeit. Sie wollte nicht wieder in ihre leere Wohnung zurück, nachdem sie daran erinnert worden war, wie sie durch ihr Bemühen, einen Killer zur Strecke zu bringen, wieder einmal ins Rampenlicht geraten war. Ein bisschen Gesellschaft wäre nicht schlecht. Was sprach dagegen, mit Fin etwas trinken zu gehen?

»Na gut.«

»Wirklich? Sie gehen mit mir aus?« Er wirkte überrascht, aber nicht so überrascht wie sie über ihre eigene Reaktion.

»Ja, wirklich. Heute Abend, acht Uhr, im Black Dog. Wissen Sie, wo das ist?«

Er nickte. »In der Hauptstraße im Zentrum. Großartig. Danke, Morgan, Sie werden es nicht bereuen.«

Wieder strahlte er sie mit diesem Lächeln an. Sie lächelte zurück, war sich aber nicht sicher, ob es wirklich ein Date war oder ob er nur etwas von ihr erfahren wollte. Solang sie jedoch nicht über die Arbeit sprachen, war es für sie okay. Sollte er wirklich auf eine Story aus sein, würde er bald die Nase voll haben. Denn auch wenn es in Morgans Arbeitsalltag verrückt zuging, ihr Privatleben war das krasse Gegenteil – unfassbar langweilig.

»Bye. Dann bis acht.« Er ließ sie allein und ging über den Parkplatz. In diesem Augenblick vibrierte ihr Handy in der Tasche. Sie zog es heraus und sah Bens Namen auf dem Display.

»Warum gehst du nicht an dein Funkgerät? Mit wem hast du gerade geredet?«

»Du bist viel zu neugierig, das tut dir nicht gut. Ich wollte gerade mit Vincent sprechen. Und davor habe ich mit einem Journalisten namens Finlay Palmer geredet.«

»Was wollte er? Um Himmels willen, die sind doch nur ein Haufen Geier.«

»Er wollte lediglich loswerden, dass ich großartig sei, und hat mich um ein Date gebeten.«

Die Stille am anderen Ende sprach Bände. Sie brauchte Bens Rat ebenso wenig wie seine Meinung, dass es eine ganz schlechte Idee war. Aber er würde sie trotzdem loswerden wollen.«

Doch er sagte nur: »Das geht mich nichts an, Morgan.«

»Da hast du recht.« Sie sprach weiter, bevor er etwas sagen konnte. »Ich bin erwachsen, Ben. Und ich bin nicht dumm. Schon seit einer Ewigkeit hat mich niemand mehr ausgeführt. Ein bisschen Abwechslung kann ich gut gebrauchen. Ich arbeite wie verrückt und gehe dann nach Hause in meine leere Wohnung. Wo bist du überhaupt? Stellst du mir etwa nach?«

Sie sah, dass er sein Auto etwas weiter die Straße hinunter geparkt hatte und gerade ausstieg. Er kam auf sie zu und steckte sein Handy zurück in die Tasche. Als er bei ihr war, sagte er: »Ich stelle dir nicht nach. Als du die Dienststelle verlassen hast, bin ich dir nach, aber du bist weggefahren. Ich wollte nur wissen, ob ich mit zu Vincent kommen soll. Dann könnten wir noch schnell eine ordentliche Tasse Kaffee trinken, bevor wir zum Briefing zurückfahren.«

»Oh, tut mir leid. Danke, das wäre super, einen Kaffee könnte ich jetzt vertragen. Aber wenn wir das Briefing hinter uns haben und es nichts mehr zu tun gibt, fahre ich nach Hause, falls das okay ist. Dann komme ich morgen mit einem Lächeln auf den Lippen wieder zur Arbeit.«

»Und einem Kater.«

»Ja, und, was wäre dann?«

»Nichts. Sei nur vorsichtig, Morgan. Ich mache mir Sorgen um dich.«

»Du bist nicht für mich verantwortlich, Ben, und brauchst dir keine Sorgen zu machen. Ich bin erwachsen und weiß, was ich tue.«

Er hob die Hände. »Ja, das bist du. Du hast recht. Sorry.«

Als sie am Tor der Hausnummer achtundsechzig angelangt waren, fiel ihr ein, dass es gar nicht so lange her war, dass sie um ihr Leben gefürchtet hatte und vor Taylor Marks weggelaufen war. Wer war derjenige gewesen, von dem sie sich am sehnlichsten gewünscht hatte, dass er herbeieilen und sie retten würde, auch wenn sie sich letzten Endes selbst gerettet hatte? Ben. Er hätte kommen und ihr aus der Patsche helfen sollen. Aber warum eigentlich? Weil sie ihm vertraute? Oder weil sie ihn viel mehr mochte, als sie eigentlich sollte? Sie schob die Gedanken beiseite und packte sie wieder in die hintersten Ecken ihres Bewusstseins, aus denen sie gekommen waren. Einfach lächerlich: Sie waren Freunde und Kollegen, weiter nichts.

NEUN

Morgan pochte an die einst weiße, geschlossene Hartplastiktür, die aussah, als sei sie seit ihrem Einbau nicht mehr geputzt worden. Sie schlug einmal laut und kräftig daran, dann zweimal schnell hintereinander. Durch die Wucht vibrierte die Tür in ihrem Rahmen. Ben nickte ihr zu. Es blieb nicht mehr viel Zeit, Charlie zu finden, weshalb sie ein schlechtes Gewissen hatte, einem Treffen mit Fin später überhaupt zugestimmt zu haben. Aber sie brauchte unbedingt eine kleine Auszeit und wenn der Suchkoordinator die Fahndung nach Charlie übernahm, konnten sie sich darauf konzentrieren, jeden zu befragen, der zuletzt Kontakt zu dem vermissten Mädchen gehabt hatte. Die Tür öffnete sich einen winzigen Spalt.

»Polizei.«

»Also wirklich. Wenn jemand so an die Tür donnert, muss es entweder die Polizei oder der Gerichtsvollzieher sein. Was wollen Sie? Ich habe schon mit einer Beamtin gesprochen.«

»Ja, aber das war, bevor wir wussten, wer Sie sind, Vincent. Deshalb möchten meine Kollegin und ich gern einen Augenblick reinkommen und noch einmal überprüfen, ob es stimmt, was Sie uns erzählt haben.«

Die Tür ging weit auf. Morgan sah den Mann und dachte, dass er einen hervorragenden Siebzigerjahre-Pornostar abgeben würde. Sie fragte sich, ob er so unrasiert war, weil er an der Movember-Aktion teilnahm. Doch dann fiel ihr ein, dass noch Oktober war. Ben trat ein und sie folgte ihm in die schmale Diele.

»Also, Vincent, können Sie sich denken, warum wir hier sind?«

Er schüttelte den Kopf und sah sie ungläubig an. »Ein Kind aus der Straße hier wird vermisst und Sie möchten es finden«, antwortete er.

Ben blickte Morgan an. »Er ist gut, nicht wahr? Genau, Vincent, wir möchten Charlie Standish dringend finden. Sie ist schon seit einigen Stunden verschwunden und wir machen uns große Sorgen um sie.«

Der Mann verschränkte die Arme. »Sie ist nicht hier. Das habe ich Ihnen bereits gesagt. Wie alt ist sie?«

»Charlie ist neun und ihre Eltern sind außer sich vor Sorge«, antwortete Morgan.

»Das kann ich mir denken. Geht es um das Mädchen, das bei jedem Wetter ohne Jacke allein auf der Straße hier herumlungert?«

»Ja.«

»Warum fragen Sie nicht ihre Eltern, wo sie ist? Es ist eine Schande, sie sind ständig unterwegs. Man sollte sie einmal überprüfen.«

»Sie scheinen das Mädchen ja ganz gut zu kennen«, meinte Ben.

»Es ist schlecht möglich, sie nicht zu kennen. Ich wohne in ihrer Nähe und sehe sie, wenn ich gehe und komme. Also, natürlich kenne ich sie. Genauso, wie ich die Nachbarin kenne, die ständig ihren Mann anbrüllt, und den Typen gegenüber, der Tag und Nacht draußen an Autos herumschraubt.«

»Sie hat Ihnen nicht leidgetan, sodass Sie sie zu sich geholt haben, damit sie etwas essen oder sich aufwärmen kann und einen sicheren Platz hat, wo sie bleiben kann? Wobei ich mir allerdings nicht so sicher bin, ob sie bei Ihnen wirklich gut aufgehoben ist, wenn ich mir Ihr Vorstrafenregister ansehe.«

Vincent wurde rot und blähte die Nasenflügel auf. Er war jetzt sichtlich wütend auf Ben. Morgan fragte sich, ob er nicht nur ein Sexualstraftäter, sondern auch gewalttätig war. Sie steckte ihre Hand in die Hosentasche und umfasste die Sprühflasche mit dem Reizgas, die sie zuvor noch schnell eingesteckt hatte. Wenn Vince auch nur eine falsche Bewegung machte, würde sie dem Mistkerl eine Ladung in die Augen sprühen.

»Hören Sie, ich mag Kinder gar nicht.«

»Da habe ich aber etwas anderes gehört.«

»Ich habe einen Fehler gemacht. Ich bin online mit irgendeinem Teenager ins Gespräch gekommen. Sie hat mir zuerst Fotos geschickt und ausgesehen, als sei sie achtzehn oder neunzehn. Woher sollte ich wissen, dass sie erst vierzehn war? Teenies sehen normalerweise nicht so erwachsen aus. Ich habe mich geirrt und das hat mein Scheißleben ruiniert. Wagen Sie es also nicht, hier anzutanzen und mich zu beschuldigen, dass ich ein Kind von der Straße weg entführt hätte. Haben Sie überhaupt einen Durchsuchungsbeschluss?«

»Vincent, wer ist da? Wen schreist du so an?«

»Ich komme gleich, Mama. Kein Grund, sich Sorgen zu machen.« Er wandte sich wieder den beiden zu und zischte: »Bitte, es geht ihr nicht gut. Regen Sie sie nicht auf. Es ist so schwer, sich um sie zu kümmern, wenn sie aufgebracht ist. Sie können gern das Haus durchsuchen und wenn Sie fertig sind, scheren Sie sich weg und kommen nicht wieder.«

»Vincent«, rief die Mutter erneut.

Morgan sah Ben an, der sagte: »Danke. Wir sehen uns rasch um und lassen Sie dann in Ruhe. Morgan, sieh hier unten im Erdgeschoss nach. Ich nehme mir den oberen Stock vor.«

Morgan ging durch den schmalen Flur. Sie warf einen Blick

ins Wohnzimmer, wo eine Frau, die gar nicht so alt aussah, in einem Sessel vor einem offenen Kamin saß und so damit beschäftigt war, eine Katze zu streicheln, dass sie Morgan nicht bemerkte. Keine Spur von Charlie. Sie lief weiter, prüfte den Schrank unter der Treppe und warf noch einen Blick in die Küche, bevor sie wieder zur Eingangstür zurückkehrte. Dort stand Vincent, wartete auf Ben und hielt die Tür bereits weit auf. Ben kam die Treppe herunter, sah sie an und schüttelte den Kopf.

»Warum ist oben das Zimmer, das zur Straße hinausgeht, abgeschlossen?«

»Es ist das meiner Mutter. Sie schließt es immer ab, falls sie daran denkt, weil sie glaubt, dass Leute hereinkommen und ihr etwas stehlen, wenn sie nicht da ist. Ich kann sie fragen, ob sie mir ihren Schlüssel gibt, aber sollte sie nicht wollen, müssen Sie morgen wiederkommen.«

Ben schüttelte den Kopf. »Haben Sie keinen Zweitschlüssel?«

»Hatte ich, aber sie hat ihren verloren, deshalb hat sie nun meinen.«

»Können Sie versuchen, den Schlüssel von ihr zu bekommen?«

Vincent fluchte leise. Er wollte gerade gehen und mit seiner Mutter reden, als Bens Handy in der Tasche zu brummen begann.

»Amy?«

»Chef, es gibt ein Problem mit dem Alibi von Charlies Vater. Ich habe das Restaurant angerufen und der Geschäftsführer erzählte mir, die beiden hätten ihre Reservierung so spät in Anspruch genommen, dass er sie beinahe wieder weggeschickt hätte. Hat jemand schon mit seiner Freundin gesprochen, ohne dass er dabei war? Er scheint ziemlich aufbrausend zu sein. Vielleicht hatte sie beim letzten Mal Angst, etwas zu sagen.«

»Danke. Morgan und ich fahren gleich bei ihm vorbei.« Er beendete das Gespräch und ging zur Haustür, gerade als Vincent mit einem Schlüssel in der Hand aus dem Wohnzimmer kam.

»Schon okay. Es hat sich etwas Neues ergeben. Aber wenn wir nicht weiterkommen, stehen wir wieder bei Ihnen auf der Matte.«

Morgan sah sich Vince an. Dem Alter nach käme er durchaus als Entführer von Eleanor infrage. »Wie alt sind Sie?«, fragte sie ihn.

»Was hat das mit dem Ganzen zu tun? Ich bin fünfundvierzig.«

Sie nickte ihm zu, drehte sich um und folgte Ben nach draußen. Als sie sich ein Stück weit vom Eingang entfernt hatten, flüsterte sie. »Was ist los? Warum hast du dir das verschlossene Zimmer nicht angesehen?«

»Charlies Vater hat uns angelogen. Ich will mit seiner Freundin reden. Wenn ein Kind verschwindet, ist in neun von zehn Fällen kein Fremder im Spiel. Vincent hat uns die Wahrheit über die Sache damals erzählt. Es ging um eine Minderjährige, aber nicht um Kinderpornografie. Ich habe an der Zimmertür gehorcht und nichts weiter als eine alte Uhr ticken gehört. Außerdem habe ich Charlies Namen gerufen. Wenn sie dort drinnen gewesen wäre, meinst du nicht, dass sie wenigstens versucht hätte, irgendein Geräusch von sich zu geben?«

Morgan zuckte die Schultern. Sie hätte trotzdem nachgesehen und fand, dass er es auch hätte tun sollen.

»Wir treffen uns bei ihrem Haus. Oder möchtest du mit mir mitfahren und dein Auto hier stehen lassen?«

Es wäre sinnvoll gewesen, mit Ben zu fahren, aber sie wollte nicht. Sie ärgerte sich über ihn und wollte etwas Zeit für sich haben, um den Kopf freizubekommen, bevor sie mit Brett sprachen, der so hitzköpfig war, dass ein Funke genügte, um ihn zum Explodieren zu bringen.

»Ich fahre hinter dir her. Wohin müssen wir?«

»Cedarwood Grove, Nummer sechs. Es ist eines der neuen Häuser in deiner Siedlung.«

»Ich weiß, ich habe davon gehört.«

Sie stieg ein und schauderte. Es war kalt, aber sie fröstelte nicht nur wegen des Temperatursturzes. Sie hatte ein ungutes Gefühl, was Charlie anbetraf, und hoffte, dass es keine böse Vorahnung war.

ZEHN

Morgan parkte ihr Auto hinter Bens riesigem Pick-up, der die Einfahrt völlig in Beschlag nahm. Das Haus in der Cedarwood Grove, einer kurzen Sackgasse, hatte eine für einen Neubau ansehnliche Größe. Mit seinen roten Ziegeln und teilweise verputzten Wänden sowie den hellgrünen Fenstern und Türen sah es recht einladend aus. Morgan fragte sich, womit Brett sein Geld verdiente, wenn er sich die Hypothek für ein solches Eigenheim leisten konnte. Ben wartete schon auf sie. Sie hatte ein schlechtes Gewissen, weil sie mit ihren beiden Fahrzeugen viel Platz in Anspruch nahmen und die Nachbarn, wenn sie zu Hause waren, sicher neugierig hinter den Fenstern stehen und sich fragen würden, was dort vor sich ging.

»Hast du Handschellen dabei, Ben? Nach seinem Verhalten von vorhin zu urteilen wird er nicht gerade erfreut sein. Ich habe mein Reizgas in der Tasche. Wie ist dein Plan?«

Ben nickte und deutete auf seine Tasche, aus der die Handschellen ragten.

»Ich bin bereit für ihn. Von mir aus kann er loslegen.«

Sie merkte, dass er auf eine Auseinandersetzung buchstäblich aus war, und fragte sich, warum er heute in solch einer

Stimmung war. Lag es daran, dass ein Mädchen vermisst wurde, oder hatte ihn ihre Verabredung zu einem Drink mit einem Journalisten so aufgebracht? Eines von beidem musste der Grund sein.

»Wir müssen herausfinden, warum er gelogen hat und erst so spät in das Restaurant gekommen ist. Wenn er uns keinen vernünftigen Grund liefert, nehmen wir ihn mit auf die Dienststelle.«

»Was ist mit seiner Partnerin, Phillipa?«

»Versuch, nach Möglichkeit allein mit ihr zu reden. Lässt er es nicht zu, können wir sie ebenfalls aufs Revier bringen.«

Sie nickte und fragte sich, worauf das alles hinauslaufen würde. Sie hatte ein ungutes Gefühl im Magen. Brett und Phillipa zur Rede zu stellen würde nicht leicht werden. Das Geräusch von Bens Klopfen an der Tür riss sie aus ihren Gedanken. Sie trat neben ihn. Die Tür öffnete sich und eine nicht mehr ganz junge Frau mit langem, perfekt gewelltem Haar stand vor ihnen. Sie sah sie an, als seien sie verrückt geworden.

»Ja?«

»Polizei. Ist Brett hier? Wir müssen mit ihm reden.«

Sie keuchte, schlug die Hand vor den Mund und sackte förmlich in sich zusammen. Morgan wurde klar, dass sie annahm, sie wären hier, um eine Todesnachricht zu überbringen.

»Wir haben Charlie nicht gefunden, sondern nur noch ein paar Fragen.«

Sie brauchte ein paar Augenblicke, um sich wieder aufzurichten. »Gott sei Dank. Es ist alles so schrecklich.«

In ihren Augen lag ehrliches Entsetzen. Morgan war sich sicher, dass ihr das Verschwinden des Mädchens wirklich zusetzte.

»Bitte kommen Sie herein. Leider ist Brett nicht unbedingt in einer guten Verfassung. Er macht sich Vorwürfe, weil er

Charlie nicht abgeholt hat – das heißt, wir beide machen uns Vorwürfe.«

Sie folgten ihr ins Haus, das ganz in Weiß gehalten war. Die Wände, das Gebälk, der helle Bodenbelag aus Holz, all das gab Morgan das Gefühl, ein riesiges Marshmallow zu betreten. Die Frau führte sie in einen offenen Bereich aus Wohnzimmer und Küche. Wenigstens waren der Wasserkocher und der Toaster kupferfarben, sonst hätte man sie womöglich nicht einmal gesehen. Weder Spielzeug noch Bücher lagen herum – nichts, was darauf hindeutete, dass Charlie sich gelegentlich hier aufhielt. Morgan konnte sich nicht verkneifen, das anzusprechen.

»Hat Charlie ihr eigenes Zimmer hier? Einen Raum, wo sie spielen kann? Können wir ihn sehen?«

Bevor Phillipa antworten konnte, stürmte Brett herein. Seine bloße Anwesenheit störte die Ruhe des Hauses. Er musterte sie beide von oben bis unten. »Haben Sie sie gefunden?«

Ben schüttelte den Kopf.

»Warum verschwenden Sie dann Ihre Zeit damit, hierherzukommen?«

»Haben Sie nicht vergessen, uns etwas zu erzählen, Brett?«

»Und das wäre?«

Die Atmosphäre im Raum knisterte förmlich von der Energie, die von den beiden Männern ausging. Morgan musste Phillipa zugutehalten, dass die ganze Situation sie sichtlich mitnahm.

»Bitte setzen Sie sich. Kann ich Ihnen etwas zu trinken bringen? Brett, beruhige dich, die beiden wollen nur helfen. Ich weiß, dass du aufgebracht bist, aber hör auf zu denken, dass jeder gegen dich sei. Das ist bei der Suche nach Charlie nicht hilfreich, findest du nicht auch?«

Brett starrte sie einen Augenblick an und nickte dann. Er

setzte sich auf eines der weißen Ledersofas. Ben und Morgan nahmen auf einem Stuhl Platz.

»Danke, Phillipa. Warum setzen Sie sich nicht auch?«

Philippa nahm ebenfalls Platz. Sie ließ sich neben Brett nieder, nahm seine Hand und legte ihre langen, eleganten, perfekt manikürten Finger um sie.

»Ich komme gleich zum Punkt. Meine Kollegin hat im Restaurant nachgefragt. Man hat Ihre Anwesenheit dort bestätigt, aber auch gesagt, Sie hätten sich so sehr verspätet, dass Sie beinahe wieder weggeschickt worden wären. Möchten Sie uns erzählen, warum Sie so spät dran waren und wieso Sie uns das nicht schon früher gesagt haben?«

Phillipa antwortete für ihn. »Es war meine Schuld. Ich konnte mich nicht entscheiden, was ich anziehen sollte. Es war einer dieser Tage, an denen man sich viel zu fett vorkommt und nichts passt. Ich fühlte mich in allem schlecht angezogen.«

Morgan sah die schlanke Frau ungläubig an. Sie hatte die Art von durchtrainiertem Körper, für den sie alles tun würde. Es war nicht zu übersehen, dass sie ins Fitnessstudio ging, joggte oder Yogakurse nahm – wahrscheinlich sogar alles gleichzeitig. Sie hatte kein Gramm Fett am Körper. Dann dachte sie, dass sie nicht so voreingenommen sein sollte. Sie wusste besser als die meisten, dass man an manchen Tagen nicht ausstehen konnte, was da im Spiegel vor einem stand. Bretts ganzer Körper hatte sich verkrampft, während er mit durchgedrücktem Kreuz neben ihr saß. Morgan konnte den Blick nicht von den verschränkten Händen der beiden abwenden. Phillipa umklammerte Bretts Finger so fest, dass sie weiß wurden. Was wollte sie ihm signalisieren? Welche stumme Kommunikation lief zwischen ihnen ab?

»Das ist alles? Sie waren so spät dran, weil Sie sich nicht für das Richtige zum Anziehen entscheiden konnten?«, fragte Ben, bemüht, nicht allzu ungläubig zu klingen.

Brett sah ihn wütend an. »Ja, warum ist das so schwer zu

begreifen? Es ist immer dasselbe, wenn wir ausgehen: Philippa will einfach nicht glauben, dass sie in allem großartig aussieht.«

Als Brett sie ansah und lächelte, war für einen kurzen Augenblick eine innige Verbundenheit zwischen den beiden erkennbar. Morgan hatte ein schlechtes Gewissen, konnte sich jedoch nicht verkneifen zu fragen: »Ist es okay für Sie, wenn ich einen Blick in Charlies Zimmer werfe?«

Brett starrte sie an. »Warum?«

Ben antwortete an Morgans Stelle. »Hören Sie, Ihr Kind wird vermisst und wir wissen nicht, wo es ist. Es ist ein ganz normales Vorgehen und kein Misstrauen, wenn wir uns ihr Zimmer ansehen. Je schneller wir hier fertig sind, desto mehr Zeit haben wir, nach Charlie zu suchen. Das muss doch in Ihrem Interesse sein, oder?«

»Natürlich«, erwiderte Brett. »Ich mag nur nicht die Art, wie Sie mir Vorwürfe machen.«

»Niemand macht Ihnen Vorwürfe, Brett. Warum haben Sie ein so schlechtes Gewissen? Wollen Sie uns vielleicht etwas sagen?«

»Fick dich!«

Er sprang auf und stürmte aus dem Wohnzimmer und zur Haustür hinaus zu seinem Pick-up.

»Ist er immer so aufbrausend?«

Phillipa wandte sich an Ben. »Er ist wütend, weil er sich selbst die Schuld gibt. Und wenn Sie herkommen und ihn beschuldigen, ist das nicht unbedingt hilfreich. Er würde Charlie nie etwas tun. Er liebt sie über alles.«

Sie ging nach oben. Morgan folgte ihr und gab Ben ein Zeichen, unten zu warten. Phillipa führte sie zu einer Tür. Als Morgan sie öffnete, blieb ihr fast die Luft weg. Da waren Unmengen Spielzeug, Bücher und Puppen. Sie hatte das ungute Gefühl, dass von der armen Charlie nichts weiter erwartet wurde, als in diesem Zimmer zu verschwinden und bloß nicht zu stören, wenn sie hier war.

»Ich weiß, was Sie denken«, sagte Phillipa. »Aber ich kann nun mal nicht anders: Ich mag mein Haus minimalistisch und ohne Krimskrams. Hier drinnen dagegen kann sie so viel Unordnung machen, wie sie möchte. Und das tut sie auch, glauben Sie mir.«

»Wie kommen Sie mit Charlie aus? Es muss doch recht schwer sein, sich eines Kindes anzunehmen, das nicht das eigene ist, vor allem, wenn es ein bisschen zusätzliche Unterstützung braucht.«

Phillipa ging zum Bett. Sie hob ein großes, weiches Einhorn auf, setzte sich und nahm es in die Arme.

»Ich wollte nie Kinder, absolut nicht. Ich mag sie, aber ich kann nicht gut mit ihnen umgehen. Manche Menschen sind geborene Eltern, andere nicht. Ich gehöre leider zu letzterer Sorte.«

»Mögen Sie Charlie nicht?«

»Ich würde sie nie verletzen wollen, wenn Sie das meinen. Ich würde nicht sagen, dass ich sie nicht mag, nur mag sie mich nicht. Wenn wir zu zweit sind, tut sie nie, was ich ihr sage. Sie kommt sehr ungern hierher und es ist dann für uns beide nicht leicht. Aber ich verstehe auch, dass Amanda eine Auszeit braucht. Außerdem ist Brett ihr Vater.«

»Was ist mit Charlie und Brett: Kommen die beiden miteinander aus?«

»Ja, gut sogar. Sie mag ihn sehr. Ich weiß, seit wir wissen, dass Charlie verschwunden ist, war er nur streitsüchtig und aggressiv. Aber normalerweise ist er nicht so.«

»Gegenüber Amanda war er so.«

»Man kann es ihm kaum verübeln. Sie hat Charlie allein gelassen, ist zu einer Freundin zum Trinken gegangen und hat erst am nächsten Tag nach ihr gesehen. Was ist das für eine Mutter, die so etwas macht?«

»Eine müde, gestresste. Wir alle machen Fehler. Manche

allerdings verändern unser Leben und stellen sich als die schlimmsten Entscheidungen heraus.«

Phillipa sah sie an und nickte. »Ja, ich glaube, perfekt ist niemand von uns.«

»Sie haben ein sehr schönes Haus.«

»Danke, ich arbeite hart, um es mir leisten zu können.«

»Ach, das gehört Ihnen?«

Sie nickte. »Natürlich. Ich liebe Brett, aber er verdient nicht einmal genug Geld, um das Essen und den Wein zu bezahlen, geschweige denn die Hypothekenzinsen. Weil er so aufbrausend ist, bekommt er immer wieder Probleme am Arbeitsplatz und muss öfter die Stelle wechseln. Gerade ist er allerdings dabei, seine eigene Malerfirma zu gründen. Langfristig ist das wohl das Beste für ihn.«

»Ist er gewalttätig? Sie sagten, dass er aufbrausend sei. Glauben Sie, dass er Charlie je etwas antun würde?«

»Um Himmels willen, nein. Auf keinen Fall.«

»Was ist mit Ihnen? Hat er Sie je geschlagen?«

Diesmal zögerte Phillipa. Das reichte Morgan schon als Antwort, ohne dass die Frau gegenüber auch nur einen Ton sagte.

»Nein, so etwas würde ich nicht zulassen.« Während sie sprach, fiel das Einhorn zu Boden. Als sie sich bückte, um es aufzuheben, rutschte der Saum ihrer Bluse nach oben. Über ihrer Hüfte erkannte Morgan einen blau und gelb unterlaufenen Fleck. Phillipa bemerkte, dass Morgan darauf starrte, und zog die Bluse rasch wieder nach unten. Sie stand auf, setzte das Kuscheltier auf das Bett und ging zur Tür. Morgan folgte ihr und flüsterte: »Wenn Sie Hilfe brauchen, sagen Sie es mir. Ich bin nur einen Anruf weit weg.«

Sie gab ihr eine Visitenkarte. Phillipa nahm sie, zerknüllte sie und warf sie in einen Papierkorb neben der Zimmertür. »Machen Sie sich nicht lächerlich. Ich brauche keine Hilfe von Ihnen. Ich denke, es wird Zeit, dass Sie beide jetzt gehen. Ich hoffe, Sie erst wieder zu sehen, wenn Sie uns mitteilen, dass Sie Charlie gefunden und sicher nach Hause gebracht haben.«

Sie marschierte nach unten zur Haustür und öffnete sie weit. Ben, der im Flur stand, ging ebenfalls zur Tür. Morgan folgte ihm nach draußen. Hinter ihnen wurde die Tür zugeschlagen. Da standen sie nun draußen in der feuchten Kälte. Es hatte zu nieseln begonnen.

»Das hätte besser laufen können. Wir sehen uns dann auf der Dienststelle«, sagte Ben, stieg ein und ließ Morgan mit offenem Mund zurück. Sie lief zu ihrem Wagen und hielt sich dabei die Hände über den Kopf, bevor ihr geglättetes rotes Haar sich in eine krause Mähne verwandelte.

Während sie zur Dienststelle zurückfuhr, gingen ihr die letzten Augenblicke ihres Gesprächs mit Phillipa noch einmal durch den Kopf. Sie versuchte zu verstehen, warum sie so wütend auf sie geworden war, und erkannte, dass sie überfordert gewesen war. Falls Brett sie wirklich misshandelte, konnte sie nicht um Hilfe bitten. Sie war eine ehrgeizige, erfolgreiche Geschäftsfrau, die sich keinesfalls die Blöße geben würde, zugeben, dass sie Probleme hatte. Aber wenn er der Frau, die ihn liebte und ihn unterstützte, wehtun konnte, was war ihm dann zuzutrauen, wenn es um sein Kind ging?

ELF

Ben, Amy, Morgan und Des trafen sich im blauen Raum der Dienststelle von Rydal Falls zu einer Besprechung. Der Raum hatte zwar schon einen neuen Namen, aber wider Erwarten noch keinen neuen Anstrich, weshalb er nach wie vor in Rosa erstrahlte. Von der Direktion in Penrith waren der Chief Superintendent und Claire zugeschaltet. Kurz darauf stieß Al dazu. Sie warteten noch auf Wendy, die sich gerade erst Charlies Haus angesehen hatte, um sicherzustellen, dass es dort nichts Ermittlungsrelevantes gab, was etwas anderes vermuten ließ, als ihnen Charlies Mutter Amanda erzählt hatte. Sie traf mit roten Wangen ein, weil sie sich so beeilt hatte, rechtzeitig zu kommen. Ben lächelte ihr zu.

»Wendy, wir fangen mit dir an, falls du gleich wieder wegmusst.«

»Ich habe nichts Neues für euch. Es gab keinen Hinweis auf einen Kampf, keine Blutspuren, nichts, was darauf hindeutet, dass Charlie im Haus etwas zugestoßen ist.«

Ben nickte. »Also sagt Amanda die Wahrheit? Im Augenblick deutet alles darauf hin.«

»Das denke ich auch«, pflichtete Wendy ihm bei. »Aber um

sicherzugehen, würde ich Knotty mit dem Leichenspürhund holen. Nur zur Sicherheit.«

»Gute Idee. Vielleicht gab es auch gar keinen Kampf oder sonstige gewaltsame Handlungen. Denkbar ist aber, dass Amanda ausgerastet ist und ihre Tochter im Schlaf erstickt hat. Das hinterlässt keine Spuren.«

Morgan schauderte. Sie sprachen über Charlie, als sei sie bereits tot. Ben warf ihr einen Blick zu und sie senkte den Kopf. Bei dem Gedanken an das Mädchen überkam sie Trauer, obwohl sie die Kleine nicht einmal kannte. Falls sie noch lebte, musste sie völlig verängstigt sein.

»Wir dürfen auch nicht vergessen, dass die Rektorin von Charlies Schule wegen ihres Verhaltens für morgen eine Besprechung mit den Eltern anberaumt hatte. Es ist durchaus möglich, dass Charlie davon wusste und vielleicht beschlossen hat, wegzulaufen. Allerdings denke ich, dass wir sie dann schon hätten finden müssen. Ich glaube daher, dass sie entführt wurde. Darauf sollten wir uns konzentrieren.«

Alle drehten sich zu ihr und sahen sie an. Diesmal machte sie keinen Rückzieher, ganz gleich, wie viele Blicke auf sie gerichtet waren.

»Darauf kommen wir noch zu sprechen, Morgan. Danke für deinen aufschlussreichen Input«, erwiderte Ben.

Alle kicherten. Sie musste sich zurückhalten, um nicht mit einer sarkastischen Bemerkung zu kontern, fuhr jedoch fort: »Wenn Amanda gelogen hätte, hätte sie sicher nicht uns gegenüber zugegeben, dass sie betrunken war, ihre Tochter auf der Straße spielen lassen hat, während sie bei ihrer Freundin war, und dann nach Hause gekommen und ins Bett gegangen ist, ohne überhaupt nach ihr zu sehen. Mal ehrlich, wer würde sich solche Lügen ausdenken? Sie ließen sie als schlechteste Mutter der Welt dastehen.«

»Zunächst einmal müssen wir ausschließen, dass Amandas Haus kein Tatort ist, den wir nur deshalb außer Acht lassen, weil die Frau eine überzeugende Lügnerin ist«, entgegnete Ben. »Sie könnte ihre Tat mit einer so haarsträubend schlechten Lüge kaschieren, dass wir gar nicht auf die Idee kommen, ihr nicht zu glauben.«

Amy lächelte Morgan an. Sie wandte den Blick ab und fragte sich, wann sie endlich lernen würde, den Mund zu halten. Wahrscheinlich nie, wurde ihr klar. Aber jemand musste schließlich diese Fragen stellen. Da konnte es genauso gut sie sein.

»Die Umgebung wurde mit einem Hund und einem Helikopter durchsucht«, fuhr Ben fort. »Al, was steht als Nächstes auf dem Programm?«

»Für die Drohne ist es noch zu dunkel, aber wir starten sie, sobald es hell wird. Ich will ehrlich sein, Ben: Wenn der Helikopter sie nicht entdeckt und auch der Hund keine Spur von ihr gefunden hat, sollten wir uns, glaube ich, auf die unmittelbare Umgebung konzentrieren. Wir müssen alle Häuser auf den Kopf stellen und vom Dachboden bis zum Keller durchsuchen, denn meiner Meinung nach ist sie noch irgendwo dort in der Nähe. Mein Team macht sich bereit, zurückzufahren und jeden Garten zu durchsuchen. Ich weiß, wir haben die Hausbesitzer gebeten, in Schuppen, Nebengebäuden usw. nachzusehen, aber wir müssen da selbst ran. Ich hoffe, Charlies Nachbarn lassen uns ohne viel Aufhebens hinein. Wenn auch das nichts ergibt, wurde sie in einem Fahrzeug weggeschafft. Dass das Kind aus freien Stücken weggelaufen ist, darauf deutet unseren bisherigen Erkenntnissen zufolge nichts hin.«

Er warf einen Blick zu Morgan hinüber. »Wenn ihr mich fragt, bin ich auch der Ansicht, dass ihre Mutter die Wahrheit sagt. Ich glaube, dass sie entführt wurde. Womit wir wieder bei den registrierten Sexualstraftätern in der Gegend wären.«

Er nickte ihr zu. Sie hätte sich am liebsten über den ovalen Tisch gebeugt und ihm ein High five gegeben, weil er mit ihr einer Meinung war, lächelte aber stattdessen.

»Wir wissen, dass Vincent Jackson mit seiner alten Mutter in der Straße wohnt.« Ben machte eine Pause und Morgan fragte sich, ob er sich jetzt nicht Vorwürfe machte, weil er den verschlossenen Raum nicht überprüft hatte, denn ihr bereitete es arges Kopfzerbrechen, dass sie es nicht getan hatten.

»Morgan und ich haben ihm einen Besuch abgestattet. Wir haben das Haus auf die Schnelle durchsucht, aber da war noch ein verschlossener Raum, angeblich das Schlafzimmer seiner Mutter. Bevor wir es uns ansehen konnten, bekamen wir einen Anruf, dass das Alibi von Charlies Vater nicht stichhaltig ist, und sind deshalb weg, um uns Brett vorzuknöpfen. Verdammt, Amy, du und Des, ihr fahrt jetzt zurück zu Vincents Haus. Ich will, dass das vordere Zimmer im oberen Stockwerk durchsucht wird. Seht auch nach, ob es einen Dachboden oder Keller gibt.«

»Chef, dafür brauchen wir einen Durchsuchungsbeschluss.«

Er schüttelte den Kopf.

Claire meldete sich zu Wort. »Nicht, wenn es um die Rettung eines Menschenlebens geht. Wenn er Charlie in seiner Gewalt hat, könnte sie in Lebensgefahr sein. Weigert er sich, uns einzulassen, was er nicht tun sollte, denn er hat die Auflage, jederzeit die Polizei ins Haus zu lassen, legen wir ihm wegen Behinderung der Ermittlungen Handschellen an und lesen ihm seine Rechte vor. Ben, kannst du mich über den Verlauf informieren? Braucht ihr mich dort?«

»Ich denke, wir kommen ohne dich zurecht, Claire, danke.«

Amy und Des standen auf und verließen den Raum.

»Brett sagt uns nicht die ganze Wahrheit«, ergänzte Ben. »Er verschweigt etwas, davon bin ich überzeugt.«

Da flog die Tür auf. Ein Beamter kam herein und keuchte mit hochrotem Kopf: »Eine Leiche wurde gefunden. Ein Kind.«

Morgan verließ alle Kraft. Sie waren zu spät. Vor Frustration hätte sie schreien können.

»Es sieht nicht gut aus. Die Rettung ist unterwegs, aber Cain zufolge ist sie Foxtrot. Sie hat schwere Kopfverletzungen.«

Jeder sprang auf. Hatte Morgan bisher noch gehofft, Charlie gesund und wohlauf zu finden, verlor sie nun völlig den Mut. Foxtrot stand im polizeilichen Funkverkehr für »verstorben«.

»Wendy, ich brauche dich vor Ort. Morgan, wir fahren auch hin.«

»Was ist mit Charlies Mutter?«

»Bevor die Opferschutzbeamtin ihr die Nachricht überbringt, müssen wir erst wissen, ob es sich wirklich um das Kind handelt«, antwortete der Polizist.

Ben nickte. »Ja, ihr könnt sie vielleicht vorwarnen, dass eine Leiche gefunden wurde, aber legt euch noch nicht fest, solang wir nicht die Identität festgestellt haben. Gebt außerdem der Einsatzleitstelle Bescheid, dass sie mir einen Rechtsmediziner zum Fundort schickt. Wir kommen so bald wie möglich.«

Der blaue Raum leerte sich schneller, als er sich gefüllt hatte. Morgan spürte, wie das flaue Gefühl in ihrem Magen einer Bleifaust gewichen war, die sich zu ballen und ihr ganzes Inneres zu zermalmen schien. Wenn es sich tatsächlich um Charlie handelte, war der schlimmstmögliche Fall eingetreten. Sie hatte inständig gehofft, dass es nie so weit kommen würde. War es aber nicht Charlie, bedeutete es, dass sie ein anderes totes Kind hatten. So oder so, es war ein Horrorszenario. Sie wusste, dass Ben auf sie wartete, stand mühsam auf und zwang ihre zitternden Beine, sie zum Auto zu bringen. Sie musste stark sein. Auch wenn sie nie gewollt hatte, dass es für Charlie so enden würde, musste sie nun all ihre Energie darauf verwenden, das Ungeheuer, das dieses abscheuliche Verbrechen begangen und sich in die Nacht davongestohlen hatte, zu fangen, bevor noch ein weiteres Unglück geschah.

ZWÖLF

Der Weg zum Piggy-Lane-Spielplatz musste Morgan nicht erklärt werden. Sie hatte einen guten Teil ihrer Kindheit damit verbracht, in den riesigen als Festung oder Schloss und manchmal sogar als Raumschiff gestalteten Klettergerüsten herumzuturnen. Die Rutschbahn war praktisch eine Sache auf Leben und Tod gewesen: Es nach oben zu schaffen, ohne herunterzufallen und sich ein Bein zu brechen, hatte fast an ein Wunder gegrenzt. Trotzdem hatte es einen öffentlichen Aufschrei gegeben, als die Stadt sie wegen der plötzlich neu eingeführten Sicherheitsvorschriften abbauen und durch eine halb so große Version hatte ersetzen lassen, die nicht annähernd so viel Spaß gemacht hatte. Morgan war schon seit Jahren nicht mehr hier gewesen, hatte aber nichts als schöne Erinnerungen an den Spielplatz. Neben ihr auf dem Beifahrersitz saß Ben und ließ sich von Cain per Funk über den Tatort informieren. *Bitte lass es nicht Charlie sein, bitte lass sie okay sein.* Immer wieder ging ihr dieses Mantra durch den Kopf. Cain hatte seinen Polizeikastenwagen gegenüber der Zufahrt zur kleinen Straße abgestellt, um den Tatort zu sichern. Außerdem stand da noch ein Beamter, den Morgan nicht kannte.

Sie parkte ihr Auto am Straßenrand. Da es sich um einen Tatort handelte, ging sie zum Kofferraum ihres Wagens, um sich Schutzkleidung anzuziehen. Zuerst öffnete sie einen Plastikbeutel mit weißen Papieroveralls für Ben, der Cain noch immer etliche Fragen stellte. Dann riss sie ihr eigenes Päckchen auf. Währenddessen ließ sie ihren Blick über die Bergrücken schweifen, die Rydal Falls säumten und von der untergehenden Sonne in warmes Licht getaucht wurden. Das üppige Grün auf den Hängen hatte sich in ein prachtvolles Kleid aus satt rostroten, goldenen und orangefarbenen Tönen verwandelt. Es ließ keinen Zweifel mehr daran, dass der Herbst angebrochen war und der Winter nahte. Die spektakuläre Schönheit des Lakeland um die Stadt bildete einen dramatischen Kontrast zu dem schrecklichen Fund, dem sie sich gleich würden stellen müssen.

Ben beendete das Funkgespräch.

»Ich verstehe das nicht«, sagte Morgan. »Sie ist seit fast vierundzwanzig Stunden verschwunden. Warum behält der Täter sie so lange bei sich und legt ihre Leiche dann hier draußen ab, wenn es fast dunkel ist?«

Sie merkte, wie ihre Stimme brach. Die grausame Tat war mehr als schockierend und zerriss ihr das Herz. Ben zog den Reißverschluss des Overalls über seinem Anzug zu und berührte ihren Arm. Die Wärme seiner Hand überraschte sie.

»Ich kann es nicht einmal ansatzweise begreifen. Es ist schwer, Morgan, das weiß ich, aber wir müssen unsere Gefühle ausblenden. Konzentriere dich darauf, herauszufinden, was verdammt noch mal passiert ist und warum Charlie, falls sie es ist, ein paar Kilometer von ihrem Zuhause entfernt hier liegt – tot. Wenn es dir zu viel ist, kann ich Amy bitten, herzukommen und für dich zu übernehmen.«

»Nein, schon in Ordnung, danke. Ich möchte hier sein und Charlie helfen. Ich schaffe das.«

»Gut. Ich brauche dich nämlich.«

Ben ging zu der Beamtin, die für die Tatortdokumentation

zuständig war. »Was soll das jetzt wieder heißen, Ben?«, flüsterte Morgan. Aber sie schob die Frage beiseite und folgte ihm, während sie mit den Einmalhandschuhen kämpfte, die sich partout nicht über ihre kalten Finger streifen ließen.

Ben stapfte mit knisterndem Overall auf die Polizistin zu. »Wo wurde sie gefunden?«

Die Beamtin deutete auf eine riesige Eiche, die einzige in der Straße, die noch nicht gefällt worden war.

»Sie liegt direkt unter dem Baum, Sarge. Wir glauben, dass es sich um Charlie handelt. Sie sieht aus wie das Mädchen auf dem Foto, das an alle geschickt wurde.« Morgan entging nicht ihr verzweifelter Gesichtsausdruck, während sie mit ihnen sprach.

»Gibt es Blut und sonstige sichtbare Spuren?«

»Nichts. Nur das Mädchen. Sie hatte einen Verband um den Kopf, der mit einer bräunlichen Flüssigkeit getränkt war. Keine Spuren von frischem Blut.«

Morgan warf einen Blick zum Baum hinüber und drehte sich wieder weg. Tränen traten ihr schneller in die Augen, als sie sie wegblinzeln konnte. Sie nahm alle Kraft zusammen, um nicht laut loszuheulen, atmete tief durch und flüsterte: »Das ist der Ablageort, aber nicht der Tatort. Wir werden hier nicht viel finden, Ben.«

Er nickte zustimmend. »Ich weiß, aber warum hier? Wer hat die Tote gefunden?«, fragte er die Polizistin.

»Eine Frau, die ihren Hund ausgeführt hat. Sie wohnt hier in der Straße drei Häuser weiter. Ich habe ihr gesagt, dass sie nach Hause gehen und dort auf Sie warten soll. Sie sah nicht gut aus.«

»Lag das Kind auf dem Gehweg oder auf der Straße?«, fragte Morgan. Sie wollte sich mental auf das vorbereiten, was sie gleich zu sehen bekommen würde.

»Auf dem Gehweg, aber sehr nah an der Straße.«

Wendy traf ein und begann, das Faltzelt aus dem Heck

ihres Kastenwagens zu holen. Es war kalt, aber zum Glück nicht windig. Während sie darauf warteten, dass Wendy das Zelt über der Leiche aufstellte, traten sie auf den Gehweg und etwas näher heran.

Morgan wandte sich um und blickte in Wendys Richtung. Ihr Herz pochte wie wild. Sie wollte nicht hinsehen, hatte aber keine Wahl. Ben folgte ihrem Blick und so starrten sie beide auf die kleine, leblose Gestalt, die auf dem Boden lag. Das blonde Haar klebte dem Kind am Kopf. Etwas war um den Kopf gewickelt. Es sah aus wie ein Sportstirnband, das Tennisspieler gern trugen.

»Er wollte sie vor dem Regen schützen und hat sie deshalb unter dem Baum gelassen«, mutmaßte Ben. »Außerdem hat er sie auf den Gehweg gelegt, damit sie nicht überfahren werden konnte. Was sagt dir das?«

»Dass er ein schlechtes Gewissen hatte«, antwortete Morgan. »Er wollte nicht, dass ihr noch mehr passiert. Außerdem sollte jemand sie finden. Wir sind hier nur wenige Kilometer von ihrem Haus entfernt. Der Helikopter hat die Gegend mehrfach abgesucht. In der Nähe gibt es einen Kindergarten mit Nachmittagsbetreuung. Hier laufen bis fünf Uhr ständig Kinder entlang. Sie kann also erst vor Kurzem abgelegt worden sein.«

Sie hielt inne, drehte sich langsam um die eigene Achse und scannte die Umgebung sowie die geparkten Autos in der Nähe, um zu sehen, ob irgendwo noch eine schemenhafte Gestalt in ihrem Wagen saß, womöglich sogar mit laufendem Motor.

»Ben, er könnte noch hier sein und sie beobachten, um sicherzugehen, dass sie gefunden wird.«

Sie sahen beide die Straße auf und ab. Weiter oben standen einige Autos, aber sehen konnten sie niemanden.

»Warum entführt er sie, bringt sie um und legt sie dann hier unter freiem Himmel ab, damit jemand sie findet«, fragte Ben. »Wer macht so etwas?«

»Jemand, der eine emotionale Beziehung zu ihr hatte und gleichzeitig nicht verhaftet werden wollte. Sie hat eine Kopfverletzung. Was, wenn Brett sie gestern versehentlich umgefahren und deshalb Panik bekommen hat. Er könnte sie auf die Ladefläche seines Pick-ups gelegt und dort gelassen haben. Sie war abgedeckt gewesen. Weil er wusste, dass wir ihn verdächtigen würden, hat er sie vielleicht hergebracht, damit wir sie finden.«

»Klingt gut, so könnte es gewesen sein. Es würde auch erklären, warum sie spurlos verschwunden ist, er so spät seine Reservierung im Lokal in Anspruch genommen hat und nun auf jeden losgeht, sobald wir die Sache auch nur zur Sprache bringen. Hoffentlich finden wir einen Beweis dafür, dass er hier war. Ich will, dass die ganze Gegend abgesucht wird, jedes Haus, jede Werkstatt entlang der Straße.« Ben deutete auf die gegenüberliegende Straße und die Häuserreihe auf einer Seite. Auf der anderen befanden sich mehrere Autowerkstätten, Mietgaragen, brach liegende Flächen und Schrebergärten. »Wir müssen alle Anwohner befragen, ob sie in der letzten Stunde hier einen Pick-up gesehen haben, auf den die Beschreibung von Bretts Wagen passt.«

Wendy kam zurück. »Wir haben praktisch nichts von forensischem Wert gefunden. Der Fundort ist ziemlich sauber. Was die Leiche betrifft, so kann ich keine Einschätzung dazu geben, das ist Sache des Rechtsmediziners, ich gebe nur meinen ersten Eindruck wieder. Ist einer unterwegs? Die Sanitäter haben zwar einen Pathologen gerufen, aber wir brauchen einen Rechtsmediziner.«

Ben nickte. »Er wurde bereits angefordert und sollte unterwegs sein. Was ist mit Öl auf der Straße, Reifenspuren? Kommt auch Fahrerflucht infrage?«

Wendy schüttelte den Kopf. »Das sieht mir nicht nach Unfall aus. Wir haben weder Glassplitter noch frisches Blut oder sonst etwas gefunden, was darauf hindeutet. Sie wurde hier von jemandem abgelegt. Der eigentliche Tatort befindet sich anderswo. Das hier ist der Entsorgungsort, so schrecklich das klingt.«

Ben und Morgan nickten. »Ich wollte es nur erwähnt haben«, meinte Ben. »Außerdem hatte ich gehofft, dass du etwas gefunden hast, was uns direkt zum Täter führt.«

Wendy lächelte ihn an. »Ich mag deinen Optimismus und deine nie versiegende Hoffnung, dass unsere Verdächtigen dumm genug sind, uns Geschenke dazulassen, die sie schnurstracks ins Gefängnis bringen. Träum weiter, Ben, es ist fast schon lustig. Aber du und ich, wir wissen, dass die meisten Kriminellen dank dem Fernsehen inzwischen Forensikexperten sind.«

Morgan lächelte schwach, als sie seinen verletzten Gesichtsausdruck sah.

»Ich rede mit der Frau, die sie gefunden hat«, sagte sie. Als sie die Straße überquerte, hörte sie Bens schwere Schritte hinter sich.

Sie klopften an die Tür. Ben flüsterte: »Ständig finden Hundebesitzer die Leichen. Wenn sie nicht wären, blieben die meisten Vermissten oder Toten unauffindbar. Aber sie sind zu bedauern. Stell dir vor, du kommst von der Arbeit nach Hause, führst deinen Lumpi Gassi, damit er seinen Abendschiss erledigt, und entdeckst ein totes Mädchen unter einem Baum. Kann sein, dass du mit dem Köter danach nie wieder rausgehst.«

Morgan sah ihn an. »Abendschiss ...?«

Die Tür ging auf, bevor sie weitersprechen konnte. Vor ihnen stand eine Frau in einem knallgelben, einteiligen Hausanzug. Sie wirkte wie ein riesiger Kanarienvogel. Überrascht sahen sie sie an.

»Kommen Sie rein, ich nehme an, Sie sind von der Polizei.«

Sie nickten.

»Das arme Mädchen. Wie geht es ihr? Wissen Sie schon mehr?«

Sie traten in den schmalen Flur, der direkt zur Treppe führte. Morgan warf Ben einen Blick zu. Sie würden ihr mitteilen müssen, dass das Mädchen tot war.

»Leider nicht gut. Danke, dass Sie uns gerufen haben.«

»Schon okay, ich konnte sie ja nicht dort liegen lassen. Um ehrlich zu sein, dachte ich zuerst, es sei eine Schaufensterpuppe oder dass die Kids einen Guy gebastelt und damit gespielt hätten.«

»Einen Guy?«, fragte Morgan.

»Na, Sie wissen schon, dieser englische Brauch, bei dem Kinder mit einer selbst gebastelten Guy-Fawkes-Puppe durch die Straßen ziehen und Geld sammeln. Wir haben früher eine aus den Kleidern unseres Dads gemacht, sie mit Stroh ausgestopft und überall herumgeschleppt. Der beste Platz war vor dem Tante-Emma-Laden. Wir haben uns draußen hingesetzt und jeden, der hineinging oder herauskam, um eine Spende für Guy Fawkes gebeten. Das war der, der vor Jahrhunderten einmal das britische Parlament in die Luft sprengen wollte. Haben Sie nie von dem Brauch gehört?«

Ben nickte, während Morgan den Kopf schüttelte.

»Du liebe Güte. Ich verrate gerade, wie alt ich bin.«

Ben lächelte. »Nein, das tun Sie nicht. Nur ist Morgan hier praktisch noch ein Kind.«

Morgan bedachte ihn mit einem Blick, der ihn umgehend zum Schweigen brachte.

»Entschuldigung, wir haben uns noch nicht vorgestellt«, sagte sie. »Ich bin Detective Constable Morgan Brookes und das ist mein Kollege Ben Matthews.« Sie erwähnte bewusst nicht, dass er ihr Vorgesetzter war, um ihn zu ärgern. Warum er sich ihr gegenüber heute wie ein Idiot benahm, war ihr schleierhaft, aber wenn es sein musste, konnte auch sie austeilen.

»Würden Sie uns erzählen, was passiert ist?«

»Da gibt es eigentlich nicht viel zu erzählen. Ich bin um etwa zwanzig nach vier von der Arbeit nach Hause gekommen.

Bevor ich irgendetwas anfange, gehe ich immer zuerst mit dem Hund spazieren. Weit sind wir nicht gekommen, weil ich gesehen habe, dass da eine Gestalt unter dem Baum liegt. Ich bin viel zu neugierig, als dass es mir guttäte, und deshalb hingegangen. Da habe ich gesehen, dass es ein Kind war. Mir wurde richtig übel, so bin ich erschrocken. Ich bin zu ihr gelaufen und habe gleichzeitig einen Rettungswagen gerufen. Es war nicht zu übersehen, dass etwas nicht in Ordnung war, weil die Kleine sich nicht bewegt hat. Ich dachte, sie sei tot. Es war schrecklich, das arme Ding. Ich hoffe, sie wird wieder. Ich bekomme das Gesicht wahrscheinlich nie wieder aus dem Kopf.«

Willkommen in meiner Welt. Morgan musste sich zwingen, das nicht laut zu sagen.

»Das muss für Sie ein fürchterlicher Schock gewesen sein. Ist Ihnen wer in der Nähe aufgefallen? Haben Sie jemanden herumstehen sehen oder Autos mit laufendem Motor bemerkt, etwas in der Art?«

Sie schüttelte den Kopf. »Um ganz ehrlich zu sein, war ich viel zu aufgeregt. Ich habe fieberhaft überlegt, was ich mit dem Mädchen machen soll. Der Disponent am anderen Ende der Leitung war fantastisch. Er hat mir genau erklärt, was ich tun muss. Das war sehr nett.«

»Was haben Sie gemacht?«

»Nicht viel. Ich habe mich zu ihr hinuntergebeugt, um zu sehen, ob sie noch atmet. Ich glaube schon, dass sie geatmet hat, aber sicher war ich nicht. Ich habe sie auch nicht angefasst, um nachzusehen, dazu war ich viel zu geschockt. Der Mann von der Notrufnummer meinte, ich solle sie in Ruhe lassen, weil ich ihm gesagt habe, dass sie schon auf der Seite liegt. Es sah aus, als sei sie niedergeschlagen worden, aber seltsamerweise hatte sie einen Verband um den Kopf. Wer würde so etwas machen, wenn er sie angefahren hätte? Verstehen Sie mich nicht falsch, ein Unfall ist hier schnell passiert. Es gibt so viele Kinder, die draußen spielen und über die Straße laufen, ohne nach links und rechts zu sehen. Ich kann Ihnen gar nicht sagen, wie oft ich schon beinahe eines überfahren hätte. Aber wenn mir das passieren würde, würde ich sie nicht verbinden, bewusstlos liegen lassen und dann wegfahren. Das ist doch herzlos, nicht wahr?«

»Allerdings«, pflichtete Morgan ihr bei. »Wenn Sie das Ganze später noch einmal überdenken und Ihnen vielleicht etwas einfällt, was Sie uns vergessen haben zu sagen, können Sie mich bitte anrufen? Ob Tag oder Nacht, ist egal. Wenn ich nicht rangehe, hinterlassen Sie einfach eine Nachricht. Das wäre großartig.«

Morgan zog ihre letzte Visitenkarte aus der Tasche und reichte sie ihr.

»Natürlich, mache ich. Ich hoffe, dass das Mädchen wieder wird und Sie den Mistkerl fangen, der ihr das angetan hat.«

»Es tut mir leid, Ihnen das mitteilen zu müssen, aber die Kleine ist tot«, erwiderte Ben.

»O nein.« Sie flüsterte es fast. Tränen begannen ihr über die Wangen zu laufen.

»Sie haben getan, was Sie konnten, vielen Dank dafür. Aber wir glauben, dass sie schon eine Weile tot war. Bitte behalten Sie es für sich, bis die Familie verständigt ist.«

Sie rang nach Luft, schlug die Hand vor den Mund und nickte. Ben ging zur Haustür hinaus, bevor er sich dazu hinreißen ließ, sie zu beruhigen, und Morgan folgte ihm. Sie hatten einfach nicht die Zeit, sich ihr zu widmen – es galt einen Mörder zu finden.

DREIZEHN

Macy Wallace wusste, dass sie so spät nicht weggehen durfte. Aber sie war hungrig und hatte ein Pfund in der Sofaritze gefunden, als sie nach etwas Geld gesucht hatte. Sie rief dem kleinen Echo Dot im Küchenfenster zu: »Alexa, wie spät ist es?«

»Es ist neunzehn Uhr fünfundzwanzig. Ich hoffe, Sie haben einen schönen Abend.«

»Danke«, rief Macy zurück. Sie redete mit diesem Stück Plastik mehr als mit ihrer Mutter, die nie zu Hause war. Mum arbeitete viel in der Bingohalle in Kendal. Das erzählte sie ihr zumindest. Macy war aber sicher, dass sie auch noch nach Feierabend dortblieb, weil der Wein nicht viel kostete und sie sich dort außerdem nicht um ihre Tochter kümmern musste. Was Macy allerdings egal war – sie konnte selbst auf sich aufpassen. Mit nunmehr fast elf Jahren war sie schon fast ein Teenager und brauchte niemanden mehr, der ihr das Abendessen vorbereitete oder die Wäsche wusch. Außerdem war ihre Mutter eine lausige Köchin. Sie verbrannte jedes Mal den Toast und ihre Pizzas waren so hart, dass man sie als tödliche Waffe benutzen konnte. Nachdem sie die letzten fünf Minuten damit zugebracht hatte, sich auf der Suche nach Keksen oder einem Stück Schokolade durch die Küchenschränke zu wühlen, hatte sie aufgegeben und versuchte nun, etwas Bargeld aufzutreiben. Eigentlich wollte sie nur einen Schokoriegel. Sie war ganz verrückt nach Schokolade, ihrer Lieblingsnascherei. Am liebsten hätte sie sich davon ernährt. Selbst mit Billigschokolade wäre sie jetzt zufrieden. Besonders mochte sie es, ein Stückchen nach dem anderen abzubrechen und es sich auf der Zunge zergehen zu lassen. Schon beim Gedanken an einen Galaxy-Riegel begann sie zu sabbern wie ein Hund.

Sie schnappte sich ihren Hoodie von der Flurgarderobe und zog ihn an. Es war dunkel draußen. Max, die Labradormischung, bettelte winselnd darum, hinauszudürfen. Vielleicht sollte sie ihn tatsächlich zum Laden mitnehmen. So bekam er wenigstens Gelegenheit, sein Geschäft zu machen, und sie konnte ins Bett gehen, ohne dass er noch einmal darauf bestand, dass sie sich anzog und eine Runde mit ihm ging. Also befestigte sie die ausgefranste Hundeleine an seinem Halsband, schnappte sich ein paar Hundekotbeutel und stopfte sie in die Tasche. Sie hasste es, seine Hinterlassenschaften aufzuheben, hatte aber nicht das Geld, die Strafe zu bezahlen, wenn sie seine Häufchen liegen ließ. Außerdem hatte ihre Mutter gedroht, es ihr vom Taschengeld abzuziehen. Macy hatte sich verkniffen zu sagen, dass sie sowieso nie Taschengeld bekam, interpretierte es aber als Hinweis, dass sie dann sogar auf die mickrigen Geschenke verzichten musste, die sie zum Geburtstag und zu Weihnachten erhielt, bis die Strafe abbezahlt war.

Macy öffnete die Haustür und Max drängte zum Eingangstor. Sie zog die Tür zu, machte sich jedoch nicht die Mühe, sie abzuschließen. Sie besaßen nichts, was zu stehlen sich lohnte. Außerdem hatte sie keinen Schlüssel, um wieder hineinzukommen, denn nach Einbruch der Dunkelheit sollte sie das Haus sowieso nicht mehr verlassen. Der Weg war feucht und durch das Moos glitschig wie eine Eisbahn geworden. Sie rutschte zum Tor und war froh, als sie draußen auf den rissigen Pflastersteinen des Gehwegs stand. Allerdings gefiel es ihr überhaupt nicht, dass das Absperrband der Polizei noch quer über die Cloisters Lane gespannt war. Das bedeutete nämlich, dass sie außen herumlaufen musste, obwohl es regnete.

In der Schule hatten sie über das vermisste Kind gesprochen. Es tat Macy leid. Sie hatte zwar noch nie mit ihr geredet, sah sie aber oft. Die Kleine war immer allein, eigentlich ein bisschen wie sie selbst. Aber Macy war zu schüchtern, um sie anzusprechen. Außerdem war sie viel jünger als sie selbst und Macy wollte nicht, dass die anderen gemein zu ihr waren, weil sie sich mit einem Baby abgab. Die Schule war auch ohne das schon hart genug.

Macy erreichte die Gasse zwischen ihrer Straße und der Friars Lane, wo der kleine Laden und ihr heiß ersehnter Schokoriegel auf sie warteten. Die Gasse war dunkel und sie fragte sich, ob sie es riskieren sollte, durch sie hindurchzugehen. Womöglich hatte jemand das vermisste Mädchen entführt. Es wäre vielleicht keine sonderlich gute Idee, den zugewachsenen, dunklen Weg zu nehmen, wenn sie nicht einmal das Haus verlassen durfte. Das konnte sie in gewaltige Schwierigkeiten bringen, selbst wenn ihre Mutter es nicht sah und sie deshalb auch nicht schimpfen konnte. Sie seufzte und ging weiter. Es kam ihr vor, als sei das Ende der Gasse eine Million Kilometer weit weg. Max dagegen freute sich, dass er spazieren gehen durfte, und wedelte mit dem Schwanz. Er würde ihr überallhin folgen. Sie tätschelte seinen Kopf.

Als sie beim Laden ankam, band sie ihn an das Geländer davor. Ein paar Jungen aus der Klasse über ihr waren etwas weiter die Straße hinunter am Streiten. Sie ging schnell nach drinnen, bevor sie sie bemerkten. Sie wollte nicht mit ihnen reden müssen, sondern nur ihren Riegel kaufen und dann im Nieselregen schnell wieder nach Hause laufen. Im Laden war es ruhig. Sie nahm sich einen Galaxy-Schokoriegel und gab Karen hinter der Verkaufstheke das Pfund.

»Hallo, Macy, wie geht's denn so?«

»Wenn ich den hier gegessen habe, besser, Kaz«, erwiderte Macy.

Karen lachte. »Schokolade macht das Leben immer leichter.«

Macy strahlte sie an und ging nach draußen. Die Jungs waren die Straße noch ein Stück weiter hinuntergewandert. Sie band Max los, steckte ihren kostbaren Einkauf in die Tasche mit den Hundebeuteln und machte sich auf den Weg nach Hause. Ihre Mutter würde durchdrehen, wenn sie zurückkäme und ihre Tochter nicht da wäre. Der Regen wurde immer stärker. Würde sie den ganzen Weg außen herumlaufen, käme sie patschnass zu Hause an. Sie erreichte die zugewachsene Gasse, sah sich kurz um, ob jemand da war, und ging hinein. Die Straßenlaternen, die den Weg normalerweise erleuchteten, waren kaputt geschlagen worden. Ihre Mutter meinte, es wären die Drogendealer gewesen, die bei ihren Geschäften nicht gesehen werden wollten. Macy hatte zwar keine Ahnung, was das bedeutete, nahm aber an, dass es etwas Schlimmes sein musste, wenn sie nicht wollten, dass man sie beobachtete. Obwohl sie clever war und so ziemlich alle kannte, die hier wohnten, pochte ihr Herz wie wild, während sie den schmalen, zugemüllten Weg entlangrannte. Max musste ordentlich galoppieren, um mit ihr mitzuhalten. Als sie um die Ecke bog, sah sie schon die Straßenbeleuchtung der Cloisters Lane in der Ferne. Polizei stand dort herum. Sie war also in Sicherheit. Allerdings übersah sie den Pflasterstein, der in einem seltsam schiefen Winkel aus dem Belag ragte. Sie stieß hart mit dem Fuß dagegen und flog durch die Luft, ruderte wie wild mit den Armen und Beinen, um sich noch zu fangen und nicht der Länge nach auf das Gesicht zu fallen, doch schoss sie dadurch nur noch schneller nach vorn und krachte mit einem dumpfen

Geräusch auf den Boden. Als das raue Pflaster ihre schwarzen Leggings zerriss und ihr die Beine aufschürfte, spürte sie einen stechenden Schmerz. Sie schlug mit dem Kopf so hart auf, dass ihr übel wurde. Keuchend lag sie da. Ihr war schwindlig und ihre Beine brannten wie Feuer. Da fragte eine Stimme: »Alles okay, Kleine?«

Sie konnte nicht antworten, denn der Schmerz war zu übermächtig und außerdem hatte sie sich verschluckt. Zu allem Überfluss war von Max keine Spur. Sie schien die Leine losgelassen zu haben und der kleine Verräter war einfach weitergelaufen und hatte sie liegen lassen. Durch die dicken Tränen, die ihr in die Augen traten, sah sie, wie sich eine dunkle Gestalt über sie beugte. Sie weinte vor Schmerz, Scham und Angst, dass ihre Mutter ihr die Hölle heiß machen würde, weil sie ihre Leggings zerrissen und den dummen Hund verloren hatte.

VIERZEHN

Morgan starrte auf das weiße Faltzelt und blinzelte. Hin und wieder erleuchtete ein heller Blitz das Innere. Hinter sich hörte sie ein Fahrzeug mit Allradmotor die Straße entlangbrausen. Sie drehte sich um. Einen Augenblick lang wurde ihr mulmig, denn sie befürchtete, dass Charlies Vater Brett heranrauschte. Da sah sie, dass es nicht sein schwarzer Pick-up war, und atmete auf. Es war entweder der Chief Superintendent oder – noch besser – Declan, einer der beiden für die Gegend zuständigen Rechtsmediziner. Als der Wagen näherkam, erkannte sie Declans weißen Audi und war erleichtert, denn sie wusste, dass Charlie von nun an in den bestmöglichen Händen war. Declan stieg aus und winkte ihr zu. Sie winkte zurück und ging ihm entgegen.

»Na, wenn das nicht Morgan Brookes ist. Wo ist denn dein wahnsinnig gut aussehender, aber mürrischer Sergeant?«, fragte er.

Sie deutete auf Ben, der gerade telefonierte – vermutlich mit dem diensthabenden Detective Chief Inspector, wie sie den vielen Jawohl-Sir-Antworten entnahm, die sie in den letzten Minuten von ihm gehört hatte.

»Ist das unser vermisstes Mädchen?«

Morgan nickte. »Scheint so, obwohl sie noch nicht zweifelsfrei identifiziert ist. Aber wir sind ziemlich sicher, dass es sich um Charlie Standish handelt. Das arme Kind. Es ist so traurig und schrecklich.«

»Tote Kinder sind immer schwer zu ertragen, wesentlich schwerer als andere Leichen. Selbst mir verschwimmt der Blick, wenn sie noch derart jung sind. Es ist so ungerecht, dass man leicht alles andere aus den Augen verliert.«

Er zog den Reißverschluss seines Overalls zu und bückte sich, um sich die Schuhüberzieher überzustreifen.

»Aber dir passiert das nicht, oder?«, fragte Morgan ihn. »Du behältst einen klaren Kopf und lässt dich bei deiner Einschätzung nicht von vorschnellen Urteilen leiten.«

Er richtete sich wieder auf. »Ich denke nicht. Was bleibt mir anderes übrig? Meine Aufgabe ist es, nach Spuren und Beweisen zu suchen und Antworten auf die Frage zu finden, warum ein kleines Mädchen auf meinem kalten, einsamen Seziertisch aus Stahl liegt. Dann übergebe ich alles euch, damit ihr die Bestie dingfest machen könnt, die ihr das angetan hat. Wir sind ein Team und arbeiten zusammen, um den Toten Gerechtigkeit widerfahren zu lassen. Und dabei sind wir ziemlich gut, wenn ich das mal so sagen darf.«

Morgan nickte. Sie hatte sich Charlies Leiche noch immer nicht näher angesehen und wusste auch nicht, ob sie wollte oder es überhaupt je schaffen würde. Als hätte Declan ihre Gedanken gelesen, deutete er in Richtung des Zelts.

»Sollen wir es hinter uns bringen, damit die kleine Charlie an einen Ort gebracht werden kann, der würdiger ist als diese kalte, unerbittliche Straße?«

Plötzlich fiel es Morgan schwer zu schlucken. In ihrem Hals hatte sich ein faustgroßer Kloß gebildet. Sie schaffte es nicht, ihm zu antworten.

»Schon gut«, meinte Declan. »Sie braucht uns jetzt und niemand kann sich ihrer besser annehmen als wir. Du schaffst das, Morgan. Ich weiß, dass Charlie wollen würde, dass du diejenige bist, die sich um sie kümmert. Wenn ich hier liegen würde, dann würde auch ich wollen, dass du für mich kämpfst, denn ich wüsste, dass du so lange ermitteln würdest, bis du den Täter gefunden hättest.«

Er duckte sich unter dem Absperrband hindurch und hielt es für sie hoch. Ben hatte sein Gespräch inzwischen beendet und sah zu, wie sie mit Declan zum Zelt ging. Er wartete noch kurz und kam dann langsam hinterher.

»Hallo, können wir reinkommen?«, flüsterte Declan durch den geschlossenen Zelteingang. Morgan sah, wie der Reißverschluss langsam hochgezogen wurde, damit sie eintreten konnten. Im Zelt stand Wendy mit wässrigen Augen. Sie hatte ihre normalerweise rosige Gesichtsfarbe verloren und war blasser, als Morgan sie je gesehen hatte. Als sie die beiden sah, trat sie beiseite, um sie einzulassen – zuerst Declan, dann Morgan. Morgans Blick fiel auf die reglose Gestalt am Boden. Sie wurde von einer solchen Traurigkeit erfasst, dass sie fast zusammenbrach. Der Anblick des kleinen Mädchens mit dem blutgetränkten, schmutzigen Kopfverband und den halb geschlossenen Augen würde sie nie wieder loslassen, das wusste sie. Declan ging zu ihr und stellte den schweren Koffer, den er dabeihatte, auf den Boden.

»Charlie, das ist eine ganz schreckliche Sache. Es tut mir sehr leid, dass du hier ganz allein liegen gelassen wurdest. Ich bin Dr. Declan und werde mich von nun an sehr gut um dich kümmern, Kleines. Ich sehe mir dich jetzt einmal an und bringe dich dann ins Krankenhaus, wo ich mich besser mit dir befassen und herausfinden kann, wer dir das angetan hat. Morgan hier wird den Täter finden und ihn sehr lange ins Gefängnis stecken, nicht wahr, Morgan?«

Morgan brachte noch immer kein Wort heraus, nickte jedoch heftig.

Declan stand auf, öffnete seinen Koffer und begann mit der Voruntersuchung der Leiche.

»Sieh dir die Kopfform an«, sagte Declan. »Wir haben hier beträchtliche Verletzungen. Bevor ich den Verband abgenommen habe, kann ich zwar noch nichts Genaueres sagen, aber siehst du es?«

Morgan nickte. Obwohl sie merkte, dass Ben im Zelteingang stand, konnte sie ihn nicht ansehen. Sie war völlig am Boden zerstört, wollte ihm aber nicht den Eindruck vermitteln, dass sie das nicht schaffte, denn sie wusste, dass sie es durchstehen würde, wenngleich es ihr das Herz zerriss. Wesentlich schlimmer war es für Charlies Mutter Amanda. Sie musste für immer damit leben.

Declan arbeitete schnell. Wendy assistierte ihm und reichte ihm die Papierbeutel. Er streifte sie über Charlies Hände, um eventuelle Spuren unter ihren Fingernägeln zu sichern. Als er sich vergewissert hatte, nichts vergessen zu haben, stand er auf und wandte sich an die beiden.

»Wenn ihr bereit seid, könnt ihr sie ins Leichenschauhaus bringen lassen. Ich fahre jetzt zurück und bereite mich auf die Autopsie vor. Denkt ihr, dass ihr sie noch viel länger hierbehalten müsst?«

Ben zuckte die Schultern und sah Wendy an, die antwortete. »Das hier ist, wie gesagt, nicht der Tatort, sondern der Fundort. Ich konnte nur wenig Beweismaterial sichern. Wenn es für euch okay ist, lassen wir sie wegbringen. Die Absperrung bleibt vorerst, damit wir den gesamten Bereich bei Tagesanbruch noch einmal in Augenschein nehmen können.«

»Geht für mich in Ordnung«, erwiderte Declan. »Ich will

nicht, dass sie länger als nötig hier liegt. Wir müssen sie außerdem identifizieren lassen. Obwohl wir wissen, dass es sich um Charlie handelt, brauchen wir ihre Mutter oder den Vater, damit sie es bestätigen. Und je eher wir es hinter uns bringen, desto besser.«

FÜNFZEHN

Wenige Augenblicke nachdem Declan weggefahren war, traf der Detective Chief Inspector vor Ort ein. Er hatte Bereitschaftsdienst in Barrow. Morgan ließ Ben allein, damit er alles mit ihm durchgehen konnte, und begann an den Türen der Häuser zu klingeln, die sich in der Nähe des Spielplatzes befanden, auch wenn sie noch ein Stück weit davon entfernt waren. Nur eine Person öffnete ihr, ein älterer Mann, der sich immer wieder eine Hand an das Ohr legte und mit den Schultern zuckte. Selbst als sie auf das Zelt deutete, schüttelte er nur den Kopf und schloss schließlich die Tür. Ihr wurde klar, dass der Mörder die Stelle ganz bewusst gewählt hatte, weil sie von den Privatgrundstücken und Unternehmen aus nicht einsehbar war und man nur von einigen heruntergekommenen Garagen einen direkten Blick darauf hatte. Keines der Gebäude sah aus, als hätte es Überwachungskameras – zumindest konnte man auf den ersten Blick keine erkennen. Der Kindergarten war ein gutes Stück weit entfernt und von der Straße zurückversetzt. Selbst wenn die Kameras funktionierten, war zu erwarten, dass auf den Aufzeichnungen nichts weiter zu sehen war als der Parkplatz.

Morgan ging zum Auto, stieg ein und wartete auf Ben. Im Augenblick konnte sie hier nicht mehr viel tun. Sie sah auf das weiße Zelt und die Schatten, die sich darin bewegten. Der Detective Chief Inspector, der wesentlich größer als Ben war, kam geduckt heraus, ein stattlicher Mann namens Johnathan Lowe, der früher Rugby gespielt hatte, bis seine Frau nach zu vielen Verletzungen dafür gesorgt hatte, dass er den Sport aufgab. Sie fragte sich, wie er sie wohl beschreiben würde, wenn er an sie dachte: die Anfängerin mit der Todessehnsucht oder das Wundergirl, das mehr Leben hatte als eine Katze? Sie hätte gelächelt, wenn es nicht so schrecklich und zugleich wahr gewesen wäre. Als die Autotür unvermittelt aufging, erschrak sie. Sie hatte nicht einmal gemerkt, wie Ben hinter Lowe das Zelt verlassen hatte.

»Wie geht es dir?«, fragte er sie.

Es war eine ernst gemeinte Frage, die sie normalerweise mit »gut« oder »okay« beantwortet hätte. Diesmal aber zuckte sie nur die Schultern und fragte sich, ob es ihr jemals wieder gut gehen würde.

»Wir fahren jetzt zu Amanda Standish. Der Rettungswagen bringt Charlie ins Krankenhaus.«

»Nicht das Bestattungsunternehmen?«

Er schüttelte den Kopf. »Nein, die Sanitäter haben sich bereit erklärt, sie zu transportieren. Ich will nicht, dass sie allein und in einen Leichensack eingepackt irgendwo im Heck eines Wagens liegt. Wir schulden ihr mehr als das.«

»Ja, natürlich. Das ist nett von ihnen. Was ist mit Spuren?«

»Sie wurde in Folie gepackt, damit nichts verloren geht. Wendy beaufsichtigt den Transport und bleibt mit Cain hinten im Rettungswagen bei ihr.«

»Ja, das ist gut.«

Ben stieg ein und wartete darauf, dass sie den Motor startete, was sie auch tat. Sie kam sich vor wie auf Autopilot und als sei sie nicht so recht bei sich.

»Ben.«

Er beobachtete, wie der Rettungswagen rückwärts zum Zelt fuhr, um Charlie zu Declan zu bringen. Erst dann merkte er, dass Morgan ihn angesprochen hatte. »Was ist?«, fragte er.

»Egal.« Wie sollte sie ihm sagen, dass sie nicht diejenige sein wollte, die Charlies Mutter die Nachricht überbrachte? Jemand musste es tun und sie konnte ihn das nicht allein erledigen lassen. Sie war kein Feigling, aber die Vorstellung, Charlies Mutter mitteilen zu müssen, dass ihre Tochter nie wieder nach Hause kommen würde, ließ ihr das Blut in den Adern gefrieren.

»Was ist mit Brett? Ist es nicht ein seltsamer Zufall, dass er aus dem Haus gestürmt ist, nachdem wir mit ihm gesprochen haben, und kurz darauf Charlie gefunden wird?«

»Wir müssen seinen Pick-up untersuchen. Dafür brauchen wir aber zuerst einen Durchsuchungsbeschluss und ich weiß nicht, ob der Richter ihn heute noch unterzeichnet. Wir haben keinen stichhaltigen Beweis, dass er etwas damit zu tun hat, sieht man einmal davon ab, dass er nicht die Wahrheit gesagt hat, warum er zu spät war, und außerdem ein Arschloch ist.«

»Vielleicht sollten wir ihm Charlie zeigen und ihn dann überwachen. Wenn er auf einmal anfängt, seinen Pick-up mit Hochdruckreiniger zu säubern, bringen wir ihn zur Dienststelle.«

Ben nickte. »Ich fahre ins Krankenhaus. Wenn du willst, kannst du nach Hause, nachdem wir mit Amanda geredet haben.«

Morgan war sich darüber im Klaren, dass es schon weit nach sieben Uhr war. Sie hatte ein schlechtes Gewissen, weil sie Fin gesagt hatte, dass sie sich mit ihm um acht Uhr auf einen Drink treffen würde. Aber sie konnte jetzt nicht einfach nach Hause fahren. Sie musste das durchstehen. Vielleicht war es möglich, ihre Verabredung auf später zu verschieben, denn wenn sie das alles hinter sich hatte, brauchte sie definitiv einen ordentlichen Drink.

»Schon okay, ich fahre mit ins Krankenhaus.«

Ben öffnete den Mund, um etwas zu sagen, schloss ihn aber wieder, denn damit hatte er nicht gerechnet. Sie fuhr in Richtung des Standish-Hauses los. Einige Straßen davor allerdings hielt sie plötzlich am Straßenrand an und sprang aus dem Wagen. Sie konnte den Brechreiz, der langsam immer stärker geworden war, nicht mehr unterdrücken, beugte sich in die Büsche am Straßenrand und übergab sich. Ihre Beine drohten nachzugeben. Sie musste gegen den Drang ankämpfen, sich einfach ins kalte, feuchte Gras sinken zu lassen. Es fiel ihr schwer zu atmen. Ihre Atemzüge kamen kurz und stoßweise. Da öffnete sich die Beifahrertür. Sie spürte, wie ihre Wangen vor Scham ebenso brannten wie ihre Kehle. Der Schrecken, die Ungerechtigkeit, alles war auf einmal zu viel. Sie ließ ihren Tränen freien Lauf.

»Schon okay, lass dir Zeit«, beschwichtigte Ben sie.

Es gelang ihr nicht, ihn anzusehen. Sie war ein emotionales Wrack und schämte sich zutiefst dafür, vor ihm in einen Heulkrampf ausgebrochen zu sein. Für gewöhnlich war sie nicht der Typ, der in aller Öffentlichkeit weinte, aber diesmal hatte sie nicht mehr an sich halten können.

»Das ist normal. Jeder erwartet von uns, hart im Nehmen zu sein, professionell zu reagieren. Aber ganz egal, wie lange man den Beruf schon macht, wenn so etwas Schlimmes passiert wie das hier …« Er hielt inne. »Du wärst nicht normal, wenn es dich nicht mitnehmen würde.«

Er reichte ihr ein zerknülltes Küchentuch, das er aus der Hosentasche gezerrt hatte. Sie sah es und rümpfte die Nase.

»Es ist sauber. Ich habe mir nicht die Nase damit geputzt.«

Sie nickte, nahm das Tuch, tupfte sich damit die Augen und den Mund ab und schnäuzte hinein. Ben stieg wieder in das

Auto. Sie lehnte sich seitlich an die Motorhaube und sog die kalte Nachtluft in tiefen Zügen ein, um ihre heißen Wangen und Lungen zu kühlen. Nach ein paar Minuten setzte sie sich wieder in den Wagen.

»Tut mir leid.«

»Das braucht dir nicht leidzutun. Ich spare es mir für zu Hause auf. Soll ich fahren?«

Sie schüttelte den Kopf und drückte auf den Anlasserknopf, um den Motor zu starten. Dann setzte sie die kurze Fahrt zu Charlies Haus fort und parkte vor dem Eingang. Jill, eine ältere Opferschutzbeamtin Ende fünfzig, die nach fast dreißig Jahren Dienst bald in den Ruhestand ging, öffnete ihnen die Tür. »Ist es Charlie?«, flüsterte sie.

Sie traten ein. Ben sah ein Foto der lächelnden Charlie an der Flurwand. Er nickte. »Ich glaube schon, aber sie muss noch zweifelsfrei identifiziert werden. Weiß die Mutter es schon?«

»Ich habe ihr gesagt, dass wir eine Leiche gefunden haben. Sie ist darauf gefasst.«

Amanda kam in den Flur gelaufen. »Was flüstern Sie da? Erzählen Sie mir nicht, es sei Charlie. Ich sage Ihnen, sie ist es nicht. Sie ist nicht tot, Sie irren sich. Sie muss jede Minute nach Hause kommen und wenn Sie Ihre Arbeit ordentlich machen würden, wäre sie schon längst wieder hier.«

Die Frau hatte einen wirren Blick und völlig zerzaustes Haar. Morgan konnte ihr nicht in die Augen sehen. Ben führte Amanda behutsam am Arm ins Wohnzimmer und zum Sofa, damit sie sich setzte. Dann nahm er neben ihr Platz und griff nach ihrer Hand. Sie starrte zuerst ihn an, dann ihre Hände, als wisse sie nicht, warum dieser fremde Mann die ihre hielt. Sie schüttelte den Kopf.

»Es ist nicht sie. Es ist nicht meine Charlie.«

»Es tut mir sehr leid, Aman...«

Als ihre Handfläche das weiche Fleisch von Bens Wange

traf, schreckte das Klatschen alle im Raum auf. Ben war so verblüfft, dass er mitten im Satz abbrach. Morgan sah entsetzt zu, wie Jill nach vorn sprang und Amandas Hände packte, bevor sie noch einmal auf Ben einschlagen konnte.

»Sie kommen nicht hier herein und erzählen mir, dass sie tot ist. Wie können Sie es wagen! Sie lebt. Ich wüsste es, wenn sie tot wäre – ich würde es spüren, ich bin ihre Mutter. Und ich habe nichts gespürt.«

Sie hatte sich vor ihm aufgebaut und stand breitbeinig da. Aus ihrem ganzen Körper sprach Trotz, doch Morgan konnte sehen, dass sie zitterte. Sie weigerte sich, zur Kenntnis zu nehmen, was keine Mutter in ihrem Leben je hören wollte. Ben sah zu Jill hoch, die Amanda festhielt und ihm zunickte.

»In der Nähe des Piggy-Lane-Spielplatzes wurde die Leiche eines etwa neun- oder zehnjährigen Mädchens gefunden. Die Beschreibung passt auf Charlie. Ich habe sie gesehen und sie ähnelt Ihrer Tochter. Sie müssen mit uns ins Krankenhaus kommen, um sie zu identifizieren, damit wir wissen, ob es sich um Charlie handelt oder nicht. Es tut mir sehr leid, wir haben damit nicht gerechnet. Möchten Sie, dass wir jemanden benachrichtigen? Soll Brett die Identifizierung vornehmen oder Sie begleiten?«

Sie fiel zu Boden, sackte in sich zusammen und begann zu schluchzen. Ihre ganze Kampfbereitschaft schien sie zu verlassen und grenzenloser Trauer Platz zu machen, die sich vermutlich wie ein schwarzes Loch in ihr auftat. Jill ging neben ihr in die Knie, strich ihr über den Rücken und nickte Ben zu. »Ich bringe sie ins Krankenhaus, nachdem wir jemanden kontaktiert haben, der sie begleitet.«

»Ich überlasse sie also dir. Sollen wir Brett holen?«

»Nein!« Amanda sah zu ihnen hoch. »Ich will das tun. Wenn er sie geholt hätte, dann …« Sie beendete den Satz nicht.

Morgan dachte: *Und wenn du nachgesehen hättest, ob sie zu*

Hause ist und sicher in ihrem Bett schläft, dann ... Doch sie sagte es nicht. Sie wusste, dass es in einer solchen Situation viel leichter war, alle anderen zu beschuldigen, als sich selbst Vorwürfe zu machen. Irgendwann würde sie mit voller Wucht von ihren Schuldgefühlen heimgesucht werden. Morgan fragte sich, ob sie sich je wieder von dieser Katastrophe erholen würde. Konnte man einfach weiterleben, wenn einem das Wertvollste brutal genommen worden war? Auch Morgan hatte das Kostbarste, was sie besaß, ihre Mutter, früh verloren, doch war sie noch zu jung gewesen, um es zu verstehen, und hatte es geschafft, ihr Leben weiterzuleben. Ob Amanda Standish das auch gelingen würde, stand in den Sternen.

Morgan wusste, dass es ihr nicht möglich sein würde, Fin in den nächsten Stunden zu treffen. Sie entschuldigte sich und setzte sich in ihr Auto. Es war nur fair, ihm wenigstens Bescheid zu geben. Sie sah sich auf der Straße um. Alles war ruhig. Wer hatte Charlie aus dieser scheinbar unauffälligen, völlig normalen Straße entführt? Und warum? Sie holte ihr Handy hervor und suchte nach der Nummer des Black Dog. Dann rief sie im Pub an und bat Mark, den Besitzer, Fin zu suchen und ihm zu sagen, dass sie nicht rechtzeitig kommen würde. Morgan war schon mit Marks Sohn Mattie zur Schule gegangen. Er war einer der wenigen Menschen von damals, mit denen sie noch Kontakt hatte. Sie speicherte die Nummer und steckte das Handy wieder in die Tasche. Plötzlich klopfte Ben an das Fenster. Sie erschrak und fuhr es herunter.

»Fahren wir ins Leichenschauhaus?«

Er blies die Wangen auf und nickte. Sie konnte Tränen in seinen Augenwinkeln sehen und wäre am liebsten aus dem Wagen gesprungen, um ihn zu umarmen. Aber das hätte nicht sehr professionell ausgesehen. Auf seiner Wange waren nach wie vor die Fingerabdrücke von Amandas Ohrfeige zu sehen. Er tat ihr leid. Sie hatten sich Mühe gegeben, hatten wirklich alles versucht. Und trotzdem mussten sie jetzt zu dem toten Mädchen fahren, das auf einem kalten Stahltisch im Leichenschauhaus lag. Es half nichts, wenn sie sich beide noch so sehr einredeten, dass sie nichts hatten tun können. Die Schuldgefühle blieben.

SECHZEHN

Im Krankenhaus ging Ben zum Empfang der Notaufnahme und zeigte dem Rezeptionisten hinter der Theke seinen Dienstausweis. Der Mann drückte einen Knopf, woraufhin sich die Flügeltür ins Krankenhaus öffnete, das um diese Zeit für Besucher schon geschlossen war. Keiner von ihnen sagte etwas. Das Wartezimmer war voll mit Leuten, die hofften, bald an die Reihe zu kommen. Alle Köpfe drehten sich zu ihnen. Als sie auf dem Weg zum Angehörigenzimmer des Leichenschauhauses waren, bekam Morgan ein flaues Gefühl im Magen und spürte einen Druck auf der Brust. Ein Teil von ihr wollte nur noch weg von diesem Ort, an dem der Klinikgeruch von Desinfektionsmitteln und Leid in der Luft hing. Auf ihnen allen lastete viel Verantwortung, insbesondere aber auf jemandem ihres Alters. Sie war doch erst dreiundzwanzig. Viele ihrer ehemaligen Mitschülerinnen und Mitschüler arbeiteten in Supermärkten vor Ort und hatten zum Glück keine Ahnung, wie beschissen das Leben sein konnte. Sie konnten ausgehen, trinken, Partys feiern, wann immer sie wollten, und auch noch mit einem Kater zur Arbeit gehen, denn es war völlig unerheblich, ob sie die Online-Einkäufe der Kunden falsch zusammenstellten. Eine Flasche Mager- statt Vollmilch in den Korb zu packen brachte niemanden um. Kein Leben hing davon ab. Wie viel mehr Verantwortung hatte doch sie in ihrem Beruf. Plötzlich überkam sie ein übermächtiges Gefühl der Erschöpfung und Verzweiflung, das sie niederdrückte wie ein schwerer Mantel.

Cain saß in einem der Hartplastiksitze vor dem Leichenschauhaus und wartete auf sie. Er stand auf und flüsterte: »Gerade ist Jill mit Amanda gekommen. Sie sitzen drinnen.«

Ben sah Morgan verwundert an. Sie merkte, dass sie mitten im Korridor gedankenverloren stehen geblieben war. Sein besorgter Gesichtsausdruck riss sie aus ihren Grübeleien. Sie fühlte sich gleich ein bisschen besser. Mit ihrer Arbeit wollte sie etwas bewirken und Leben retten, Verbrechen aufklären und die Bösen dahin bringen, wo sie hingehörten. Cain öffnete die Tür zum Familienzimmer und trat ein. Ben legte ihr seine warme Hand auf den Rücken und flüsterte ihr zu: »Alles okay? Schaffst du das?«

Sie schluckte den Kloß hinunter, der sich in ihrer Kehle gebildet hatte, und nickte.

»Es ist heftig, aber Charlie braucht uns jetzt mehr denn je. Nur wir können herausfinden, was passiert ist, und den Täter fassen.«

»Ich weiß.«

Er nahm seine Hand weg und damit verflog auch die Wärme. Als er das Zimmer betrat, folgte sie ihm. Auf einem niedrigen, dunkelbraunen Ledersofa saßen Amanda und Jill.

»Warum kann ich sie nicht sehen? Ich möchte mein kleines Mädchen sehen.«

Die Opferschutzbeamtin legte ihr die Hand auf den Arm. »Charlie wird zurechtgemacht, Mandy. Sie wollen, dass man sich um sie kümmert, und genau das wird getan. Sobald alles fertig ist, lässt sie jemand hinein zu Charlie. Es dauert nicht mehr lange.«

Amanda nickte. Ihre Augen waren vom unablässigen Weinen rot und geschwollen. Sie tat Morgan so leid. Wenigstens hatten sie Charlie nicht zu sehr zugerichtet gefunden, sodass ihre Mutter sie sehen konnte. Morgan wollte sich gar nicht vorstellen, was gewesen wäre, wenn sie erst in einem Zustand fortgeschrittener Verwesung entdeckt worden wäre.

Ben versuchte noch einmal, mit ihr zu reden, hielt aber für den Fall, dass sie wieder versuchte, auf ihn einzuschlagen, sicheren Abstand zu ihr.

»Mandy, ich weiß, dass das wirklich schwer für Sie ist. Wir waren bei der Stelle, wo Charlie gefunden wurde. Es gibt dort wenig Hinweise darauf, was passiert ist. Wer das getan hat, hat sie zuerst irgendwo anders festgehalten und dann beschlossen, sie auf der Straße abzulegen. Fällt Ihnen jemand ein, der sie entführt oder verletzt haben könnte? Glauben Sie, dass Brett dazu fähig wäre?«

Amanda schüttelte den Kopf. »Brett? Auf keinen Fall. Er ist ein Idiot und geht immer gleich an die Decke, aber er würde Charlie nie etwas antun und sie dann im Dunkeln und in der Kälte liegen lassen. Ich weiß einfach, dass er das nicht tun würde. Er ist ein Arsch, aber kein Ungeheuer.«

Die Tür ging auf und Declan kam gefolgt von seiner Assistentin Susie herein. Ihr vor Kurzem noch blaues Haar erstrahlte nun magentarot, was das Atmen in dem schon überfüllten Raum noch schwerer machte.

Declan setzte sich neben Amanda. Er streckte ihr seine Hand hin.

»Ich bin Declan, der Rechtsmediziner, der sich um Charlie kümmern wird.«

Sie nahm seine Hand und hielt sie ganz fest.

»Sie können Ihre Tochter gleich sehen. Aber ich muss

Ihnen sagen, dass sie schwere Kopfverletzungen hat und eine Seite ihres Kopfes etwas deformiert ist. Sind Sie allein hier, Amanda? Gibt es jemanden, den wir kontaktieren können, damit er Ihnen zur Seite steht?«

»Wir waren immer nur zu zweit, seit uns ihr Vater wegen einer anderen verlassen hat. Ich will niemanden hier haben, nur mein kleines Mädchen.«

Niemand im Raum konnte die Tränen zurückhalten. Declan blinzelte ein paarmal und stand auf.

»Wenn Sie bereit sind, öffnen wir jetzt die Vorhänge. Charlie liegt auf der anderen Seite und wartet auf Sie.«

»Ich will sie nicht durch ein Fenster sehen. Ich will sie anfassen und küssen. Ich muss ihr doch sagen, wie sehr ich sie liebe und dass es mir leidtut.«

Ihre Stimme zitterte, während sie sprach, doch sie weinte nicht.

Declan sah Ben bittend an, damit er sich einschaltete, aber Ben sagte nichts. Morgan wusste auch, warum: Er hatte Angst, sie wieder wütend zu machen.

»Es tut mir leid, aber im Augenblick können wir Sie nicht zu Charlie lassen, weil wir sie noch auf Spuren untersuchen müssen. Vielleicht hat sie etwas auf ihrer Kleidung oder Haut, was uns zum Täter führen kann. Und es ist ganz wichtig, dass wir den, der das getan hat, schnellstmöglich finden. Sobald das erledigt ist und sie für die Bestattung freigegeben wird, können Sie so viel Zeit mit ihr verbringen, wie Sie möchten.«

Morgan nickte und dachte bei sich: *Ja, wir müssen den, der das getan hat, unbedingt finden, bevor noch etwas passiert.*

Susie ging aus dem Zimmer, um die Vorhänge zu öffnen.

Amanda nickte und Morgan sah ihr an, dass sie kaum registriert hatte, was zu ihr gesagt worden war.

»Kann ich sie jetzt sehen? Ich möchte sie sehen.«

Die Vorhänge gingen auf und Amanda sprang auf. Sie legte

die Hände auf das dicke Glas und drückte ihr Gesicht an die Scheibe. Wortlos starrte sie auf die kleine, reglose Gestalt auf der anderen Seite. Morgan blickte auf und war erleichtert: Man hatte Charlie so positioniert, dass die Kopfverletzung nicht allzu offensichtlich war.

»Ist das Ihre Tochter Charlie?«, fragte Ben leise.

Sie bewegte den Kopf auf und ab. Ein tiefer, klagender Laut drang aus ihrer Kehle. Morgan hätte sich am liebsten die Ohren zugehalten. Sie wollte nicht hier sein und die Frau sehen müssen, die vor und zurück schaukelte, mit ihrer Trauer den Raum erfüllte und flüsterte: »Das ist mein Baby, mein Mädchen.«

Ben ließ die Schultern hängen und seufzte. Er wirkte deprimiert, was Declan ebenso auffiel wie Morgan und Cain. Jill hatte ihre Hand auf Amandas Rücken gelegt und tätschelte sie beruhigend. Declan bedeutete Susie mit einem Nicken, die Vorhänge wieder zu schließen.

»Warten Sie, was machen Sie?«, rief Amanda.

»Sie müssen ihre Arbeit machen, Mandy, wie der Doktor schon gesagt hat«, antwortete Jill. »Sie müssen nach Spuren suchen. Je eher wir sie das machen lassen, desto früher können sie Charlies Leiche für das Bestattungsunternehmen freigeben. Dort haben Sie dann Gelegenheit, neben ihr zu sitzen und ihre Hand zu halten, um noch etwas Zeit gemeinsam zu verbringen. Sollen wir Sie jetzt nach Hause bringen?«

Amanda ließ die Schultern hängen. Ihr Kopf fiel nach vorn und sie nickte. Jill hakte sich bei ihr ein und ging mit ihr zur Tür. Morgan öffnete sie für sie und lächelte Jill an, die fast ebenso erschöpft wirkte wie Amanda. Dann wandte sich Jill an Declan. »Sagen Sie Bescheid, wenn es so weit ist.«

Er nickte. »Morgen früh als Erstes. Ich melde mich.«

Alle drei sahen zu, wie Jill Amanda durch den dunklen, schmalen Korridor aus dem Leichenschauhaus begleitete.

Declan brummte: »Das war hart. Ich komme früh rein und

führe die Autopsie durch. Könnt ihr um zehn hier sein? Ich würde sie heute noch obduzieren, aber es war ein langer Tag und ich möchte dafür einen klaren Kopf haben. Zwar rechne ich nicht damit, nach alledem heute Nacht viel zu schlafen, aber ein paar Stunden reichen mir schon.«

»Wir sind morgen auch hier«, sagte Ben. »Nicht wahr, Morgan?«

Sie hätte nur zu gern Nein gesagt, nickte aber. Ihr fehlten die Worte. Mehr denn je brauchte sie jetzt einen Drink. Warum sollte sie nicht sehen, wo Fin war? Gemeinsam gingen sie zurück zur Notaufnahme. »Wir können hier nichts mehr tun. Machen wir Schluss und ruhen uns aus. Morgen wird ein langer Tag. Ein sehr langer.«

Er betonte den letzten Satz und Morgan wusste, worauf er hinauswollte: Er gab ihr zu verstehen, dass sie sich nicht zu sehr betrinken und einen klaren Kopf behalten sollte. Sie erwiderte nichts. Eigentlich müsste sie nach Hause gehen, das war ihr klar. Sie sollte duschen und zu Bett gehen, statt sich mit Fin auf einen Drink zu treffen. Aber stur, wie sie war, wusste sie auch, dass sie gerade das jetzt tun würde, vor allem nach Bens Bemerkung. Sie wollte einfach ein paar Stunden Auszeit von der harten Realität, die ihr Leben inzwischen beherrschte.

Er brachte sie zu ihrer Wohnung. Sie fragte sich, ob er anschließend Emily einen Besuch abstatten würde. Morgan vermutete, dass sie nach den Ereignissen vor einigen Monaten begonnen hatten, sich zu treffen. Aber Ben stellte den Motor nicht ab. Stattdessen wendete er und fuhr weg, ohne noch einmal zurückzublicken. Sie holte ihr Smartphone hervor und rief dic Nummer des Black Dog an. Wieder fragte sie, ob Fin noch da war.

Die Stimme am anderen Ende antwortete: »Wenn du den schicken Typen aus dem Süden mit einem Gesicht wie ein versohlter Hintern meinst: Ja, der ist noch da. Er sitzt am Kamin, liest ein Buch und tut sich selbst leid.«

Sie lachte. »Sag ihm bitte, ich bin gleich da, er soll noch warten. Wenn er wegmuss, kannst du ihm meine Nummer geben?« Sie gab ihre Telefonnummer durch und legte auf. Dann eilte sie in ihre Wohnung, um sich frisch zu machen und etwas anzuziehen, das nicht ganz so gediegen wirkte und weder nach Erbrochenem noch nach Tod roch.

SIEBZEHN

Im Black Dog war nicht viel los. Morgan sah Fin allein an einem Tisch in der Ecke sitzen. Er hatte die Nase in ein Buch gesteckt und ein fast leeres Glas Bier vor sich. Sogleich fühlte sie sich schuldig. Dann sah sie Charlies leblosen Körper vor sich, wie er auf der kalten Straße lag. Das Bild war so lebendig, dass sie kurz die Augen schloss, um das Grauen der letzten Stunden zu verarbeiten. Sie wollte eigentlich gar nicht hier sein, hatte jedoch das Gefühl, schreien zu müssen, wenn sie sich nicht auf andere Gedanken brachte und das tragische Bild wenigstens für eine Weile verdrängte. Fin war hier und hatte nicht aufgegeben, was ein gutes Zeichen war.

»Tut mir leid. Der heutige Tag war, nun ja, er war schrecklich.«

Er sah zu ihr hoch und lächelte, ein unverstellt warmes, freundliches Lächeln, das bis in seine Augenwinkel strahlte. Sie mochte ihn sofort noch ein bisschen mehr.

»Sie sind gekommen. Ich dachte zuerst, Sie hätten nur zugesagt, um mich loszuwerden. Als ich Ihre letzte Nachricht bekam, habe ich beschlossen, noch ein Weilchen hierzubleiben.

Es ist ja nicht so, dass ich sonst groß zu tun hätte. Ich bin froh, dass ich durchgehalten habe.«

Morgan drückte sich hinter den Tisch und setzte sich neben ihn.

»Natürlich wollte ich kommen. Ich hatte es wirklich vor, aber in meinem Beruf passiert eben viel Unvorhersehbares. Es ist keine Arbeit, bei der man um fünf den Laptop schließt und alles hinter sich lässt. Obwohl ich manchmal wünschte, es wäre so.«

»Oh, ich weiß. Ich verstehe das, bei mir ist es genauso. Ich wollte damit nur sagen, dass ich überrascht bin, dass Sie kommen und mit mir reden wollten. Gibt es bei Ihnen nicht eine interne Vorschrift, die besagt, dass man sich nicht mit der Presse abgeben soll?«

Sie musste lächeln. »Ich bin erwachsen und entscheide allein, mit wem ich mich abgebe. Noch mal dasselbe?« Sie brauchte einen Drink und deutete auf sein fast leeres San-Miguel-Glas. »Lassen Sie es mich holen. Ich habe das Pub hier vorgeschlagen, erinnern Sie sich? Und ich bin durchaus in der Lage, zum Tresen zu gehen und zu bestellen.«

Er protestierte nicht. »Okay, gern.«

Sie kam mit einem Hellen, zwei Packungen Käsechips und einem großen Glas Rosé mit Eiswürfeln zurück.

»Ich habe einen Bärenhunger. Gibt es hier etwas zu essen?«

Fin schüttelte den Kopf. »Ich habe aus sicherer Quelle erfahren, dass Freitag Burgernacht ist, aber den Rest der Woche gibt es nur Pommes und Schweineschwarte.«

Sie musste lachen und schob ihm eine Packung Käsechips hin.

»Nein, danke«, sagte er. »Ich bin artig und mampfe Ihnen nicht Ihr Abendessen weg. Wenn Sie wollen, können wir woanders hingehen und etwas Richtiges essen.«

»Da werden wir nicht viel Glück haben. Der Oktober ist in Rydal Falls nicht gerade Touristensaison. Deshalb hat wenig geöffnet. Mir reicht das vorerst – die Chips halten mich am Leben, bis ich nach Hause gehen und mir eine Schale Cornflakes machen kann.«

Diesmal war es an Fin, zu lachen. »Sie machen Witze, oder?«

Sie zuckte die Schultern.

»Hören Sie, wir trinken aus und gehen in meine Wohnung«, schlug er vor. »Ich bin nicht der beste Koch, bekomme aber doch etwas Gehaltvolleres zustande als eine Schale Cornflakes.«

»Mal sehen. Das ist ein bisschen viel – wir wollten uns nur auf einen Drink treffen. Ich will Sie nicht vergraulen oder so.«

Morgan wartete darauf, dass er nach ihrer Arbeit und Charlie fragte, doch von ihm kam nichts dergleichen. Sie war sich nicht sicher, ob er nur bemüht höflich war oder Hintergedanken hatte. Da piepste sein Handy. Er nahm es vom Tisch, auf dem es mit dem Display nach unten lag.

»Ja, hervorragend, das sind wirklich gute Nachrichten«, meinte er mit einem Blick darauf. »Sie haben das vermisste Kind gefunden. Ich wette, Sie sind erleichtert.«

»Woher wissen Sie das?«

»Die offizielle Presseerklärung der Polizeidirektion von Cumbria.« Er sah noch einmal auf das Display und rief: »Oh, ich habe den Text nicht zu Ende gelesen. Sie haben die Leiche eines Kindes gefunden.« Er drehte das Handy zu ihr. Sie nickte und versuchte, die Tränen wegzublinzeln.

»Allerdings.«

»Mein Gott, das ist ja eine Tragödie. So traurig. Es tut mir leid. Kein Wunder, dass Sie so lange gearbeitet haben.«

Sie konnte darauf nichts erwidern, ohne dass ihre Unterlippe zitterte, und blieb daher stumm. Er nahm einen Schluck von seinem Bier.

»Was also kann man im Oktober hier noch unternehmen?

Denn wenn nicht mehr viele Esslokale offen haben, bezweifle ich, dass es sonst viel zu tun gibt.«

Das brachte sie völlig aus dem Konzept. Sie hatte damit gerechnet, dass er sie mit Fragen zu Charlie überhäufte, die sie nicht beantworten konnte. Sie nahm ihr Weinglas und trank einen großen Schluck. Der eiskalte Wein schmeckte himmlisch.

»Es gibt hier viele schöne Spazierwege. Der Co-op-Supermarkt hat bis zehn Uhr abends auf und am schönsten ist es in der Bücherei.«

Er lachte. »Ehrlich jetzt?«

»Ich fürchte, wenn Sie auf Action und Trubel aus sind, haben Sie sich den falschen Ort ausgesucht.«

Allerdings hatten ihr die letzten zwölf Monate mehr Action und Trubel beschert, als sie für ihr ganzes Leben gebraucht hätte. Das brachte ihre Arbeit nun einmal mit sich. Aber sie hatte keine Lust, jetzt mit ihm darüber zu reden. Sie nippte ein weiteres Mal an ihrem Wein und genoss den Geschmack und das warme, prickelnde Gefühl, das er ihrem durchfrorenen, verspannten Körper bescherte. Sie sah ihn verstohlen an. Er war süß. Seine ausgewaschenen Jeans und das karierte Hemd wirkten schick und dennoch lässig. Wenn sie so neben ihm saß, roch er richtig gut. Sie fragte sich, was er von ihrer hochgerollten, zerrissenen Jeans, dem zu großen schwarzen Pulli und ihren Doc Martens hielt. Das kupferrote Haar fiel ihr auf die Schultern und sie hatte nur minimal Wimperntusche, Wings und einen Lippenstift in natürlicher Farbe aufgetragen. Schließlich war es kein Date – zumindest hatte sie es nicht als ein ernsthaftes aufgefasst, eher als eine Art Kennenlernen mit etwas Alkohol. Sie war sich auch bewusst, dass sie damit Ben und seiner Art, Geheimnisse vor ihr zu haben, indem er Emily hinter ihrem Rücken traf, symbolisch den Mittelfinger zeigte. Es nervte sie gewaltig, dass er nicht die Eier hatte, ihr zu sagen, dass er sie datete. Es ging sie zwar nichts an, aber sie waren Kollegen und, wie sie gedacht hatte, auch Freunde – und genau deshalb traf es sie. Freunde hinterging man nicht.

»Eigentlich bin ich gar nicht auf Action aus. Davon hatte ich bei meiner letzten Arbeit genug. Ich wollte ein bisschen Einsamkeit, Frieden und Ruhe. Deshalb ist Rydal Falls ziemlich ideal für mich.«

»Sie wollten eine Auszeit vom Leben?«

Er lachte. »Ja, so kann man es vielleicht sagen. Aber was ist mit Ihnen, warum sind Sie hier? Einer klugen, jungen, motivierten Kriminalbeamtin wie Ihnen muss die Welt doch offenstehen.«

Morgan hob das Glas an ihre Lippen und sah überrascht, dass es schon fast leer war. Sie hatte schnell getrunken.

»Ich bin hier zur Welt gekommen und aufgewachsen. Ich weiß nicht, ob ich in einer lebhaften Großstadt arbeiten möchte. Und in Rydal Falls ist es im letzten Jahr hoch genug hergegangen. Allerdings kann ich mir gar nicht vorstellen, wie es ist, in einer Stadt zu arbeiten, in der viel los ist. Wollen Sie noch etwas trinken?«

»Wie wär's, wenn wir zu mir gehen?«, schlug er vor. »Ich mache uns ein Abendessen. Unterwegs holen wir uns vom Supermarkt eine Flasche Wein, bevor er schließt.«

Morgan war nicht sicher, ob das klug war. Sie kannte ihn schließlich so gut wie gar nicht. Obwohl sie nicht leugnen konnte, dass sie ihn sehr attraktiv fand.

»Warum nicht? Ich habe einen Riesenhunger und eine Flasche Wein klingt gut. Soll ich ein Taxi rufen?«

Er schüttelte den Kopf. »Nicht nötig. Ich wohne nur ein paar Straßen von hier. Direkt zwischen Pub und Supermarkt, eigentlich perfekt. Ich muss in keine Richtung allzu weit laufen.«

Er stand auf und sie folgte ihm. Sollte sie wirklich so leichtsinnig sein, mit jemandem mitzugehen, den sie kaum kannte? Sie beschloss, locker zu bleiben. Fin war zur richtigen Zeit am richtigen Ort gewesen. Er sah nicht aus wie ein irrer Mörder und auch Ben wusste, wer er war. Sie hatte seinen Ausweis gesehen und wenn er sich in seiner Wohnung merkwürdig zu benehmen begann, würde sie Leine ziehen, ehe er sichs versah, und ihn aus ihrem Leben streichen.

Sie gingen zum Supermarkt, wo Morgan sich eine Flasche Rosé nahm. Sie konnte ein paar Flaschen trinken und am nächsten Tag trotzdem noch funktionieren. Zumindest war es früher so gewesen. Fin warf eine Großpackung Salz-und-Essig-Chips sowie eine Riesentafel Schokolade in den Einkaufswagen, wodurch er in Morgans Wertschätzung ganz gewaltig stieg. Außerdem bestand er darauf, alles zu bezahlen. Sie verzichteten beide auf Tüten und trugen ihre Waren den kurzen Weg zu ihm in der Hand. Sein Domizil befand sich in einer dreistöckigen Doppelhaushälfte. Er ging ins Haus und sie folgte ihm bis ins oberste Stockwerk. Seine Wohnung war nur halb so groß wie ihr geräumiges Apartment und erinnerte sie an die ihres Vaters Stan. Plötzlich wurde sie von einer erdrückenden Trauer erfasst, die ihr den Atem raubte. Fin bemerkte ihre Reaktion. Sie schloss rasch die Augen und blinzelte ihre Tränen weg.

»Alles okay? Ich weiß, dass es nicht die tollste Wohnung in der Stadt ist, aber sauber und aufgeräumt. Versprochen.«

Sie sah ihn an. »Alles gut. Ich musste gerade an eine andere Wohnung von früher denken, tut mir leid. Ich bin sicher, Ihre ist perfekt.«

»Ich nehme an, Sie sehen manchmal ziemlich verstörende Sachen. Das kann einem schon an die Nieren gehen.«

Sie sah sich um. Die Wohnung war wesentlich geräumiger als die von Stan und in verschiedensten Grautönen gestrichen.

»Ich denke, wer hier gewohnt hat, mochte gedämpfte Grauschattierungen sehr.«

Fin lachte leise. »Ja, kann man so sagen. Ich kann mir vorstellen, dass es auf einem Kampfschiff ähnlich aussieht.«

Nun war es an Morgan, unkontrolliert zu kichern. Sie folgte ihm in die Küche, die ebenfalls in Grau gehalten war.

»Gott sei Dank sind die Schränke weiß, sonst würden Sie nie etwas finden.«

Er gab ihr ein Weinglas. »Ja, ich bin dankbar für diese kleine Gnade.«

»Kein Glas für Sie?«

»Ich trinke eigentlich keinen Wein. Höchstens gelegentlich Schaumwein.«

»Oh, den mag ich auch. Ich habe sogar eine Schwäche für den guten alten Schampus.«

Er öffnete den Kühlschrank, holte eine Flasche Bier hervor und öffnete sie. Morgan goss sich Wein ein. Sie wandten sich einander zu und stießen mit ihren Gläsern an.

»Prost, Morgan, ich finde, wir können uns duzen.«

»Prost, Fin.«

Bevor sie jedoch einen Schluck trinken konnte, begann ihr Handy in der Tasche zu klingeln. Das musste Ben oder jemand anderes aus der Arbeit sein, denn sonst rief sie niemand an. Sie seufzte. Fin lächelte sie an.

»Schon okay, geh nur ran.«

Zum ersten Mal seit sie zu Bens Team dazugestoßen war, wollte sie nicht angerufen werden. Sie wollte ein paar Stunden für sich haben. Doch sie konnte den Anruf nicht ignorieren.

»Hallo?«

»Sorry, ich hoffe, ich störe dich nicht.«

»Ja und nein.«

»Wir haben ein Problem. Ein großes Problem. Kannst du kommen?«

Sie erschrak. An Bens Stimme konnte sie erkennen, dass etwas Schreckliches passiert sein musste.

»Ja, aber was ist los?«

»Vor fünfzehn Minuten kam ein Anruf rein. Ein weiteres Kind wird vermisst.«

Morgan spürte, wie sich jedes Haar in ihrem Nacken sträubte. Ein kalter Schauder ergriff sie.

Fin sah sie an. »Alles okay?«

»Tut mir leid, ich muss los. Trotzdem vielen Dank. Es war schön.«

Sie wartete nicht einmal auf eine Antwort, sondern stürmte aus der Wohnung. Als sie die Treppe hinunterlief, fluchte sie, weil sie ihr Auto zu Hause gelassen hatte. Sie rief noch einmal Ben an, der den Anruf sofort annahm.

»Jemand muss mich abholen. Ich habe kein Auto.«

»Wo bist du?«

Sie wollte ihm nicht sagen, dass sie vor Fins Wohnung war, auch wenn es ihn nichts anging.

»Beim Co-op-Supermarkt.«

»Bin schon unterwegs.«

Er beendete das Gespräch. Sie versuchte, die Panik zu unterdrücken, die in ihr hochstieg. Als sie die Hauptstraße erreichte, stellte sie sich in den Eingang eines Geschäfts. Der Regen hatte nachgelassen, doch die Luft war kühl geworden. Was bedeutete Bens Anruf? Konnte es wirklich sein, dass noch ein Kind entführt worden war? Und wenn ja, hatten sie wieder nur vierundzwanzig Stunden Zeit, bevor eine weitere Leiche gefunden werden würde? Ein Auto raste die Hauptstraße entlang und hielt an der Straßenseite gegenüber. Sie erkannte Bens Nummernschild und lief über die Straße. Als sie die Wagentür öffnete, kam ihr ein Schwall warmer Luft entgegen. Sie stieg ein. Ben sah sie an und nickte.

»Tut mir leid.«

»Was?«

»Dass ich dir den Abend verderbe.«

»Waren nur ein paar Drinks, eigentlich nur einer, um genau zu sein. Zu einem zweiten bin ich nicht mehr gekommen.«

»Auch gut. Bei uns geht es rund. Ich konnte Amy nicht erreichen, sonst hätte ich dich nicht angerufen.«

Morgan ließ sich in den weichen Ledersitz sinken. Sie war froh, dass er sie angerufen hatte. So gern sie ein bisschen entspannt hätte, sie hätte es ihm nicht verziehen, wenn er sie nicht mobilisiert hätte.

»Also, was ist passiert? Haben wir wirklich schon wieder ein vermisstes Kind?«

»Sieht so aus. Die zehnjährige Macy Wallace aus der Bay Fell Grove. Ihre Mutter kam von der Arbeit nach Hause und fand nur den Hund vor. Er saß auf der Treppe vor der Eingangstür und hatte noch die Leine am Hals. Von Macy keine Spur.«

»Shit. Das ist ja von Charlies Haus aus gleich um die Ecke.«

»Genau.«

»Was machen wir?«

»Sie finden. Sie ist noch nicht so lang verschwunden wie Charlie. Jemand muss gesehen haben, wie sie ihren Hund ausgeführt hat. Das ganze Viertel wimmelt von Polizisten und Kontaktbereichsbeamten. Wir statten Vincent einen Besuch ab und sehen, was er treibt. Was hier passiert, ist kein Zufall mehr. Zwei Mädchen, ähnliches Alter, gleiche Gegend. In Kürze wird ein Hundeführer hier sein. Hoffentlich haben wir diesmal mehr Anhaltspunkte und spüren sie auf, bevor ...«

Ben sprach nicht weiter. Es war nicht auszudenken, wenn sie Macy nicht fanden. Zwei kleine Mädchen im Leichenschauhaus konnten sie sich nicht leisten. Morgan hoffte, dass Charlies Mörder sich nicht schon wieder ein Mädchen geschnappt hatte, sondern dass es jeden Augenblick wohlbehalten auftauchen würde. Denn alles andere war zu schrecklich, um es sich überhaupt auszumalen. Und was war mit Eleanor Fleming passiert? Hatte sie ein ähnliches Schicksal ereilt?

ACHTZEHN

Ben und Morgan fuhren zu Vincents Haus, in dem es völlig dunkel war. Davor standen zwei uniformierte Polizeibeamte. Ben hatte sie gebeten zu warten, bis sie kamen. Er stieg aus und nickte ihnen zu. Es war ihm egal, ob sie einen Durchsuchungsbeschluss hatten oder nicht. Er würde nun in das Haus gehen und es auf den Kopf stellen und niemand würde ihn aufhalten. In ihm kochte eine stille Wut, die ihm fast den Atem raubte, aber er ignorierte sie. Selbst wenn er auf der Türschwelle einen Herzinfarkt erlitt, er würde jetzt da hineingehen – oder hineinkriechen, wenn es sein musste. Noch bevor Morgan die Autotür geschlossen hatte, hämmerte er bereits mit der Faust an die Tür.

Morgan wechselte einen Blick mit den beiden Polizeibeamten und lief den Weg entlang zum Eingang, vor dem Ben durch den Briefkastenschlitz nach drinnen brüllte.

»Vincent, Sie haben zwanzig Sekunden, um diese Tür aufzumachen. Ansonsten kommen wir rein.«

Er horchte, doch drang kein Laut nach draußen. Also hämmerte er noch lauter an die Tür, ging zum Fenster und schlug daran. Im oberen Stock ging das Licht in einem Zimmer an. Morgan stupste Ben an, der den Blick nach oben richtete.

Wieder öffnete er den Briefkastenschlitz, sah aber, dass niemand die Treppe herunterkam.

»Zwanzig, neunzehn, achtzehn.« Ben richtete sich wieder auf und gab dem Beamten, der den großen roten Rammbock aus Metall hielt, ein Zeichen. »Siebzehn, sechzehn, fünfzehn. Brechen Sie die Tür auf.«

»Sind Sie sicher? Jemand ist da oben. Das Licht ist angegangen.«

»Ja, ich bin verdammt sicher. Sie müssen den Krach gehört haben. Wir wissen nicht, was da oben vor sich geht. Los, aufbrechen.«

Ben trat zur Seite und auch Morgan machte den Weg frei. Der Beamte schwang den Rammbock. Das Holz um Türgriff und Schloss zerbarst mit einem ohrenbetäubenden Lärm. Er stieß noch mehrere Male gegen die Tür, bis sie zertrümmert war und er einen Arm hindurchstecken konnte, um das Sicherheitsschloss von innen zu öffnen. Die Tür hatte sich aus den Angeln gelöst und ließ sich nicht mehr ganz aufmachen. Ben drückte sie mit der Schulter so weit beiseite, dass sie alle ins Haus konnten. Er lief hinein und rief: »Polizei!«

Das Flurlicht ging an. Abrupt blieb er stehen, als er eine grauhaarige Frau mit vor Schreck weit aufgerissenen Augen oben auf der Treppe stehen sah.

»Wer sind Sie? Was ist das für ein Lärm?«

Morgan, die hinter Ben stand, hörte ihn flüstern. »Verflucht.«

»Polizei. Wir suchen Vincent.«

Sie verschränkte die Arme vor der Brust. »Himmel, was hat er jetzt wieder angestellt?«

Ben sah Morgan an und hoffte, dass sie das Erklären übernehmen würde. Da hörten sie hinter sich eine zornige Stimme.

»Was habt ihr mit meiner Tür gemacht, ihr Arschlöcher?« Vincent zwängte sich durch die Lücke und lief auf Ben zu.

»Es wird schon wieder ein Mädchen vermisst, Vince.

Würden Sie uns vielleicht erklären, wo Sie gewesen sind? Dürfen Sie überhaupt so spät noch raus? Soweit ich weiß, haben Sie gewisse Bewährungsauflagen?«

Vincents Mutter kam die Treppe herunter. Sie starrte ihren Sohn mit solchem Abscheu an, dass er förmlich in sich zusammensank. Sein Ärger verflog und er wich zurück.

»Ich habe nichts gemacht, Mum, ich schwöre es.«

Sie ging zu ihm, schlug ihm mit der Hand ins Gesicht und flüsterte: »Das behauptest du doch ständig. Du warst schon immer ein böser Junge. Erst gestern habe ich zu deinem Vater gesagt, dass du nicht ganz richtig im Kopf bist.«

Vince sah seine Mutter an. »Dad ist seit fünfundzwanzig Jahren tot, Mutter.«

»Wir müssen das Haus durchsuchen«, unterbrach Ben die beiden.

Sie nickte. »Sie können durchsuchen, was Sie wollen. Vergessen Sie sein Auto nicht.«

Ben konnte ein Grinsen nicht unterdrücken, während er den Beamten bedeutete, beim Erdgeschoss anzufangen. Er und Morgan nahmen sich den ersten Stock vor. Dabei schlug ihm das Herz bis zum Hals. Wenn sie Macy Wallace in dem Zimmer fanden, das zu überprüfen er sich beim letzten Mal nicht die Mühe gemacht hatte, würde er völlig am Boden zerstört und wütend auf sich selbst sein. Fast hatte er Angst nachzusehen, aber er wusste, dass er kaum eine Wahl hatte. Das Mädchen konnte dort drinnen sein. Morgan war gerade damit beschäftigt, ein anderes Zimmer in Augenschein zu nehmen. Also betrat er den Raum. Teilweise hoffte er, sie dort unversehrt zu finden. Zugleich aber wünschte er sich, dass Macy nicht im Haus war und sich nie hier befunden hatte – wenn auch nur, damit er keine Schuldgefühle zu haben brauchte. Denn sollte sich herausstellen, dass sie hier festgehalten wurde, würde er sich immer Vorwürfe wegen Charlie machen. Er drückte die Tür auf. Ein intensiver Duft nach Lavendel stieg ihm in die

Nase. Das Licht war an und das Doppelbett leer. Mrs Jackson hatte die Decke zurückgeschlagen und sichtlich eilig das Bett verlassen. Er atmete tief durch, erleichtert darüber, dass Vince beim letzten Mal die Wahrheit gesagt hatte: Das war das Schlafzimmer seiner Mutter. Ben trat an das Bett. Er hob die Decke und sah darunter nach. Dann warf er einen Blick in den Schrank und untersuchte jeden Winkel im Raum. Er war leer, das Mädchen nicht hier.

Als er das Zimmer verließ, kam Morgan aus dem Badezimmer.

»Was gefunden?«

Sie schüttelte den Kopf. Er sah nach oben, ob in der Decke eine Luke war, von der man auf den Dachboden gelangte, und entdeckte sie am anderen Ende des Flurs. »Wir brauchen eine Leiter«, sagte er und deutete darauf.

»In der Garage ist eine.«

Sie drehten sich um und sahen Vince von den Polizisten flankiert dastehen.

»Ich habe keines der beiden Mädchen entführt. Warum glauben Sie mir nicht?«

»Weil Sie genau in der Mitte zwischen beiden wohnen und im Augenblick der offensichtlichste Verdächtige sind. Niemand außer Ihnen war hier in der Gegend bis vor Kurzem wegen einer Vorliebe für junge Mädchen im Gefängnis. Wollen Sie noch mehr hören?«

Vince schüttelte den Kopf. »Ich hole die Leiter.«

»Geht mit ihm. Habt ihr in der Garage nachgesehen?«

»Noch nicht.«

Sie gingen zu dritt nach unten. Morgan flüsterte: »Sie ist nicht hier. Aber wir sollten uns auf jeden Fall sein Auto vornehmen.«

Vincent kam mit einer Trittleiter zurück und stellte sie unter die Luke. Ben wollte nicht, dass jemand anders den Dachboden durchsuchte.

»Habt ihr eine Taschenlampe?«

Einer der Beamten zog eine Lampe aus seiner Schutzweste und reichte sie ihm. Die Leiter ächzte unter Bens Gewicht. Die anderen hielten sie fest, während er hochkletterte und die Luke aufklappte. Er stellte sich auf die oberste Stufe, steckte seinen Kopf hindurch und leuchtete herum: Der Dachboden war leer. Nicht einmal Kisten mit Krimskrams wie in jedem anderen Speicher standen herum.

»Ich habe es Ihnen ja gesagt?«

»Wo bewahren Sie Ihr Gerümpel auf?«

»Bevor ich ins Gefängnis musste, hier oben. Als ich einsaß, hat sie einen Entrümpelungstypen mit einem weißen Kastenwagen beauftragt, der angerückt ist und alles entsorgt hat.«

»Warum?«

»Sie war der Meinung, dass sie es nicht mehr brauchte. Ich habe meinen Augen nicht getraut, als ich zurückkam. Da waren Alben mit Familienfotos, Kisten mit Schallplatten und ein Haufen Zeug aus meiner Jugend mit dabei. Ich wette, sie hat ein kleines Vermögen dafür bekommen.«

Ben schloss die Luke wieder, zufrieden, dass das Mädchen nicht im Haus war. Weniger zufrieden hingegen war er mit Vince. »Wo waren Sie?«

»Im Supermarkt.«

»Weswegen?«

»Milch und Scheißkatzenfutter. Das verfressene Drecksvieh bekommt nie genug.« Wie auf Kommando hörten sie von unten ein lautes Miauen.

»Hören Sie, Sie haben für heute genug Schaden angerichtet. Verschwinden Sie und lassen Sie mich allein. Ich bekomme sie jetzt nicht mehr ins Bett. Die nächsten Stunden wird sie mir immer wieder die gleichen Fragen stellen. Wenn Sie sich für Verhörprofis halten, dann haben Sie meine Mutter noch nicht erlebt. Die stellt Sie locker in den Schatten. Und wer kümmert sich jetzt um meine Tür? Haben Sie gesehen, in welchem

Zustand sie ist? Im Supermarkt habe ich drei Pfund ausgegeben, aber eine neue Tür kostet mich ein Vermögen.«

Ben zuckte die Schultern. »Sorry, wir hatten keine andere Wahl.«

Er ging die Treppe hinunter und durch die Haustür nach draußen. Morgan und die anderen Beamten folgten ihm und ließen Vincent und seine Mutter mit sich allein.

NEUNZEHN

Vincents Auto war ein klappriger Ford Fiesta, der schon wesentlich bessere Tage gesehen hatte. Morgan ließ sich von einem Beamten die Taschenlampe geben und richtete den Lichtkegel auf die knallig orange Karosserie des Rostkübels. Sie versuchte, eine Tür zu öffnen, doch war sie verschlossen. Als sie ins Wageninnere leuchtete, hörte sie Vincents Stimme.

»Was zum Teufel machen Sie jetzt schon wieder? Finden Sie nicht, dass Sie für heute Abend genug angerichtet haben?«

Sie zuckte die Schultern. »Was sein muss, muss sein. Wo sind die Schlüssel, Vince?«

Er knurrte ihr etwas zu. Sie verstand nur den letzten Teil – es hörte sich an wie die Aufforderung, sich die Schlüssel dorthin zu stecken, wo die Sonne nie schien. Morgan wusste, dass sie ihm gehörig zusetzten, aber sie mussten Macy finden, bevor etwas Schlimmes mit ihr passierte. Er hatte eben Pech. Sie sah den Beamten an, der neben ihr stand.

»Bitte besorgen Sie die Schlüssel, während ich mich um den Wegtransport kümmere.«

»Das wird ihm aber gar nicht gefallen.«

»Nicht mein Problem. Das Wohlergehen eines Kindes hat

Vorrang vor dem, was Vincent gefällt oder nicht. Wenn wir ihn dadurch aus seiner Komfortzone holen, ist es eben so.«

Morgan konnte noch nicht einschätzen, ob Vincent mit dem Verschwinden etwas zu tun hatte oder nicht. Einige Kriterien trafen auf ihn zu, aber nicht alle. Auf jeden Fall konnten sie bei ihm und Brett nichts riskieren. Ben war zu Macys Adresse gefahren, um mit ihrer Mutter zu sprechen. Der Beamte kehrte zurück und gab die Schlüssel Morgan, die gerade dabei war, das Fahrzeug zu fotografieren.

»Was machen Sie?«

»Sobald ich mich überzeugt habe, dass Macy nicht im Kofferraum oder auf dem Rücksitz des Autos liegt, werde ich das Auto abschleppen lassen, damit die Spurensicherung es sich vornehmen kann.«

Sie drückte auf die Schlüsseltaste. Die Türschlösser entriegelten sich mit einem lauten Klacken. Morgan zog die Rücksitztür mit einer behandschuhten Hand auf und leuchtete hinein. Als sie erkannte, dass im Fond außer leeren Colaflaschen und Chipstüten nichts war, seufzte sie. Sie sah im Innenraum nach, dann im Kofferraum, in dem lediglich eine Schachtel mit mehreren Beuteln stand, konnte aber keinen Hinweis darauf entdecken, dass hier ein zehnjähriges Mädchen gewesen war. Schließlich schlug sie die Tür mit solcher Wucht zu, dass der Beamte, der ihr über die Schulter gesehen hatte, zusammenzuckte.

»Sorry.«

»Verflucht. Kein Kind?«

Morgan schüttelte den Kopf. »Ich will trotzdem, dass der Wagen beschlagnahmt und von der Spurensicherung untersucht wird.«

»Warum? Es deutet nichts darauf hin, dass es etwas bringt.«

Sie blitzte ihn an. »Entschuldigung, ich habe deinen Namen gerade nicht verstanden.«

»Oh, ich heiße Ashley. Meine Freunde nennen mich aber Ash.«

»Ich will nicht riskieren, dass er den Wagen zum Reinigen bringt, sobald wir weg sind. Mir ist es lieber, wir bringen ihn zu unserer Verwahrstelle, während wir weiter überlegen, wie wir vorgehen.«

Er nickte. »Gute Idee.«

»Denke ich auch. Danke.«

Ihr wurde klar, dass ihm nicht bewusst war, wie sehr er sie verärgert hatte. Sie biss sich auf die Zunge, um nicht zu ruppig zu werden. Er war neu und auch sie machte diese Arbeit noch nicht allzu lange. Sie waren in einer ähnlichen Lage, sah man einmal davon ab, dass sie mit Schwung ins kalte Wasser geworfen worden war und selbstständig hatte schwimmen lernen müssen. Die Trauer um Charlie und nun auch die Sorge um Macy setzten ihr zu. Mehr als alles andere in der Welt wollte sie Macy wohlbehalten wiederfinden. Sie rief Ben an, der einverstanden war, Vincents Wagen zu beschlagnahmen. Nachdem sie in der Verwahrstelle einen Abschleppwagen angefordert hatte, gab sie Ashley die Schlüssel.

»Hier. Ich möchte, dass du wartest, bis das Auto abgeholt wird. Sag dem Abschleppdienst, es ist für eine vollständige forensische Untersuchung.«

»Mach ich. Wohin gehst du?«

Er wirkte ziemlich verärgert darüber, dass er soeben die Anweisung erhalten hatte, eine Stunde auf den Abschleppwagen zu warten, was ihre Stimmung gleich ein wenig hob.

»Ich will mit Macys Mum reden. Lass Vince nicht in die Nähe des Autos. Schon beim Versuch, es mit seinen schmutzigen Händen anzufassen, verhaftest du ihn.«

Er nickte. Während sie sich in die Bay Fell Grove aufmachte, fragte sie sich, ob Brett etwas mit dem Verschwinden der Mädchen zu tun haben konnte.

Als sie um die Ecke bog, hatte sie ein Déjà-vu. Das winzige Sträßchen wurde von zahlreichen Blaulichtern erhellt. Überall liefen Kontaktbereichsbeamte und weitere Polizeikräfte herum. Morgan bekam ein flaues Gefühl im Magen – sie konnte es nicht begreifen. Was stimmte nicht mit der Welt? Wer war so grausam, Kinder ihren Müttern wegzunehmen? Sie hoffte, dass sich Macy beim Ausführen des Hundes nur ablenken lassen hatte. Hoffentlich war sie lediglich mit einer ihrer Schulkameradinnen weggelaufen und hatte dabei vergessen, wie spät es war. Das erschien plausibler als die Vorstellung, dass ein real existierender Schwarzer Mann da draußen sein Unwesen trieb und Kinder entführte. Sie warf einen Blick auf ihre Armbanduhr. Es war fast zehn. Sicher würde Macy bald nach Hause kommen. In welchem Haus sie lebte, ließ sich unschwer erkennen: Es war hell erleuchtet. Aus den Fenstern fiel ein warmer Schein auf den kleinen, vernachlässigten Vorgarten. Das Haus war dem von Charlie nicht unähnlich.

Sie ging durch das offene Gartentor und klopfte vorsichtig an die Eingangstür, bevor sie eintrat. Eine Frau lief im Wohnzimmer mit angstvollem Blick auf und ab. Sie blieb stehen und sah Morgan an.

»Haben Sie sie gefunden?«

»Noch nicht.«

»Wo zum Teufel ist sie? Sie weiß doch, dass sie im Dunkeln nicht rausdarf.«

Morgan sah Ben an. Sie wartete darauf, dass er sie vorstellte, doch er war viel zu sehr damit beschäftigt, sich umzusehen. Er wirkte zerstreut, was so gar nicht seine Art war. Sie fragte sich, ob es daran lag, dass er sie von Fin abgeholt hatte. Sie streckte der Frau die Hand hin.

»Ich bin Detective Constable Morgan Brookes.«

Die Frau nahm sie nicht. Sie sah sie an, ging weiter auf und ab und hielt nur einmal inne, um sich eine Zigarettenschachtel aus einer Schublade im Sideboard zu holen.

»Carol. Ich bin Macys Mum.«

»Ist Macys Vater hier?«

Sie stieß ein schrilles, verbittertes Lachen aus und zündete sich mit zittriger Hand eine Zigarette an. Dann nahm sie einen tiefen Zug und schloss dabei die Augen. Sie hatte sie noch zu, als sie sich Morgan zuwandte.

»Ich denke ständig, wenn ich die Augen zumache, geht alles weg, aber dem ist nicht so. Sie sind weiter in meinem Haus und ich weiß noch immer nicht, wo meine Tochter ist.«

Morgan wurde das Herz schwer. »Es tut mir leid. Ich kann mir gar nicht vorstellen, wie schrecklich es für Sie sein muss.«

»Haben Sie Kinder?«

Morgan schüttelte den Kopf. Wieder diese Frage.

»Dann können Sie es sich tatsächlich nicht vorstellen. Macys Vater ist nicht da. Um ehrlich zu sein, war er noch nie da, nicht einmal, bevor ich schwanger wurde. Er ist Fernfahrer und wohnt in Glasgow.«

»Besteht die Möglichkeit, dass er sie geholt und mit zu sich genommen hat?«

»Um Gottes willen, ganz sicher nicht. Er war kein einziges Mal hier, seit wir 2016 umgezogen sind. Ich glaube, er weiß nicht einmal, wo wir wohnen. Ich habe es ihm nie gesagt.«

»Aber ausschließen können wir es nicht. Wir brauchen seine Kontaktdaten, damit wir uns mit ihm in Verbindung setzen können. Würden Sie sie uns bitte geben?«

»Ich weiß nicht, wo er wohnt. Er hat eine andere Familie in Glasgow, bei der er lebt – eine Frau und drei Söhne. Wir waren sein schmutziges kleines Geheimnis. Ich denke nicht, dass er sich die Mühe machen würde, hierherzukommen und seine Tochter mitzunehmen. Denn er hat mir nach Macys Geburt unmissverständlich klargemacht, dass er mit keiner von uns beiden etwas zu tun haben möchte.«

Endlich schenkte ihr Ben Beachtung. »Trotzdem brauchen wir seinen Namen und die letzte Adresse, die Sie von ihm haben. Wir können die schottische Polizei bitten, ihm einen Besuch abzustatten, um sicherzugehen, dass er nicht hier war und Macy mitgenommen hat.«

»Ich kann Ihnen seine letzte Adresse geben, aber er hat Macy nicht. Wo ist diese Charlie, die vermisst wurde? Sie wohnt doch gleich um die Ecke. Irgendein Irrer entführt hier Kinder und Sie wollen Zeit damit verschwenden, Macys Dad ausfindig zu machen, der ihr seit ihrer Geburt noch nicht ein einziges Mal eine Geburtstagskarte geschickt hat?«

»Es tut mir leid, Carol, aber es geht nicht anders. Wir müssen jede Möglichkeit ausschließen.« Morgan spürte förmlich Carols brennenden Blick. »Haben Sie jemanden, den wir kontaktieren können, damit sie oder er bei Ihnen bleibt? Oder Angehörige?«

»Nein, habe ich nicht. Ich arbeite in der Bingohalle und komme anschließend heim. Macy und ich, wir sind ganz auf uns gestellt, waren wir schon immer. Ich bin keine Säuferin wie Charlies Mutter und lasse sie auch nicht ohne warme Jacke draußen spielen. Ich gebe mein Bestes für sie. Arbeiten muss ich, sonst hätten wir kein Geld. Ich hätte eigentlich heute Abend gar nicht zu arbeiten brauchen, aber jemand fiel aus und da habe ich eben Überstunden gemacht. Bald ist Weihnachten – wissen Sie, wie teuer das ist? Ich liebe Macy über alles, aber, mein Gott, sie denkt, Geld wächst auf den Bäumen. Sie hat keine Ahnung, wie viel alles kostet. Zum Beispiel dieser Köter. Sie hat gebettelt und gebettelt, weil sie unbedingt einen Hund wollte. Aber er ist ein weiterer hungriger Esser, den es satt zu bekommen gilt.«

»Kennen Sie Charlies Vater, Brett?«, fragte Morgan.

Carol zuckte die Schultern. »Ja, wesentlich besser als ihre Mutter. Warum?«

»Woher kennen Sie ihn? Haben Sie ihn in letzter Zeit öfter getroffen oder mit ihm geredet. Kennt ihn Macy auch?«

»Himmel, nein, überhaupt nicht. Brett kenne ich allerdings besser als Mandy.«

»Woher?«

»Wir sind während der Schulzeit ein paar Monate lang miteinander gegangen. Aber er hat mir wegen Mandy den Laufpass gegeben. Mit Macys Vater habe ich mich über die Trennung hinweggetröstet. Ich war sechzehn, hatte betrunken einen One-Night-Stand und war danach von einem älteren, verheirateten Mann schwanger, der eine Million Kilometer weit weg lebte und sich einen Dreck um uns scherte. Möchten Sie sonst noch was wissen?«

Morgan sah Ben an. Das ließ Brett in einem völlig neuen Licht erscheinen. Er kannte Carol und wusste daher wahrscheinlich, wer ihre Tochter war.

Zwei uniformierte Beamte klopften an die Tür. »Chef, wir haben die Gegend durchsucht. Der Hundeführer ist unterwegs, muss aber aus Carlisle herkommen. Das Mädchen hat niemand gesehen. Alle sagen dasselbe: Es ist dunkel, sie haben die Vorhänge zugezogen und den Fernseher an und deshalb keine Ahnung, was draußen vorgeht.«

Ben nickte. »Was ist mit Überwachungskameras?«

»Die Kontaktbereichsbeamten sind dran.«

Morgan wandte sich an Carol. »Warum könnte Macy nach draußen gegangen sein, obwohl sie es nicht darf? Führt sie normalerweise noch so spät den Hund aus?«

»Möglicherweise hat sie etwas Geld in einer Jackentasche gefunden und ist zum kleinen Laden in der Nähe gegangen. Wir haben weder Kekse noch Schokolade im Haus, aber sie ist ein richtiges Schleckermäulchen. Nur wenn es um Süßes geht, macht sie Sachen, die sie eigentlich nicht darf. Oder wenn der verdammte Hund winselt, weil er raus möchte.«

Morgan warf einen Blick auf den sandfarbenen Hund, der

in einer Ecke kauerte, und wünschte, er könnte reden. Aber wenigstens hatten sie nun eine Spur. Sie wusste, wo sich der Laden befand und dass er eine Überwachungskamera hatte, denn während ihrer Ausbildung war sie wegen eines Ladendiebstahls dort gewesen.

»Ich rede mit ihnen«, sagte sie zu Ben und ging. Sie musste unbedingt aus dem verräucherten Haus heraus.

Morgan ging zurück zur Straße, in der Charlies Mutter und Vincent wohnten. Dort wartete Ashley noch immer auf den Abschleppwagen, der Vincents Auto holen sollte. Sie blieb stehen. *Welchen Weg bist du gegangen, Macy? Wie kommt man von hier aus am schnellsten zum Laden?* Unweit von Vincents Haus war eine Gasse. Es gab dort keine Straßenbeleuchtung, aber Morgan machte sich trotzdem auf den Weg dorthin. Was, wenn sie in der Gasse lag? Vielleicht war sie gestürzt und hatte sich verletzt. Der Gedanke ließ sie schneller gehen. Sie begann zu dem dunklen Quersträßchen zu laufen, bis sie an der Einmündung stand. »Macy! Bist du da?«, rief sie hinein. Kein Laut drang aus der Gasse. Sogleich verließ sie der Mut. Sie ging hinein, konnte aber kaum etwas erkennen und schaltete die Taschenlampen-App auf ihrem Handy ein, um zu sehen, wo Hundehäufchen und Unrat lagen. Nach nur einer Minute hatte sie die hell erleuchtete Hauptstraße am anderen Ende erreicht. Ein Stück weiter die Straße hinunter sah sie den Laden und lief hin. Es war viel los dort, doch bedienten zwei Frauen. Sie trat an die Verkaufstheke und zeigte ihren Ausweis.

»Kennen Sie ein Mädchen namens Macy? War sie heute Abend hier?«

Die blonde Frau reichte einem Kunden, den sie gerade bedient hatte, das Wechselgeld über die Theke und wandte sich Morgan zu.

»Ja, die war vor ungefähr einer Stunde hier. Sie hat einen Schokoriegel gekauft und ist dann weg.«

Morgan spürte einen Funken Hoffnung. »Ist ihr jemand nach? Haben Sie gesehen, wo sie hingegangen ist?«

»Geht es ihr nicht gut? Sie ist so ein liebes kleines Mädchen.«

»Sie wird leider vermisst.«

Beide Frauen atmeten erschrocken ein. »O Gott. Nein!«

»Was für einen Schokoriegel hat sie denn gekauft?«

»Einen Galaxy. Er ist für ein Pfund im Angebot.«

»Danke. Ich brauche bitte die Aufzeichnungen der Überwachungskamera für die Zeit von ihrer Ankunft bis zum Verlassen des Geschäfts, damit ich weiß, wo sie hingegangen ist.«

»Sie ist zur Gasse zurück, aber ich habe nicht gesehen, dass ihr jemand nachgegangen wäre. Ich wollte ihr noch nachrufen, dass sie den langen Weg nehmen soll. Aber dann kam eine Kundin und außerdem dachte ich mir, sie würde mich sowieso nicht mehr hören. Mist, hätte ich es doch getan. Das arme Mädchen. Können wir etwas tun? Sollen wir bei der Suche nach ihr helfen?«

Morgan schüttelte den Kopf. »Nein, wir haben einen ganzen Trupp Polizisten, der nach ihr fahndet. Außerdem ist ein Hundeführer unterwegs hierher.«

Karen sah sie an. »Mir wird ganz schlecht. Ich wünschte, ich könnte etwas tun.«

»Kennen Sie Macys Mutter?«

»Ja, schon. Sie kauft manchmal hier ein. Ist immer freundlich.«

»Vielleicht können Sie irgendwann bei ihr vorbeischauen. Kennen Sie ihre Adresse?«

Sie nickte. »Mein Bruder wohnt nur ein paar Häuser weiter. Ich kann das noch gar nicht glauben.«

Morgan verabschiedete sich und lief eilends zurück zur

Gasse. Sie wollte nachsehen, ob Gärten an sie angrenzten oder ob man von ihr aus in Garagen und andere Gebäude gelangen konnte. Am Anfang der Gasse startete sie wieder die Taschenlampen-App und ging langsam den Weg zurück, den sie vor wenigen Minuten erst gekommen war, während sie den Strahl auf den Boden vor sich richtete. Sie war schon fast am Ende der Gasse angelangt, als sie einen Galaxy-Riegel im Unkraut entlang der Zäune entdeckte. Abrupt blieb sie stehen und sah ihn an. Ein Schauder lief ihr über den Rücken. Mein Gott, war das schrecklich. Das arme Kind hatte es fast bis zum Ende des dunklen Wegs und zur hell erleuchteten Straße geschafft. Um den Fundort nicht zu zertrampeln und zu verunreinigen, rief sie Ben an.

»Wo bist du hingelaufen?«, fragte er.

»Macy war im kleinen Laden um die Ecke. Ich glaube, ich habe die Stelle gefunden, an der sie entführt wurde. Schick Streifen zur Gasse zwischen der Cloisters und der Friars Lane.«

»Woher weißt du das?«

»Sie hat in dem Geschäft mit einer Pfundmünze einen Schokoriegel gekauft. Die Verkäuferin hat noch gesehen, wie sie in die Gasse eingebogen ist. Ich bin den Weg zurückgegangen und habe einen Schokoriegel gefunden, der zwischen Unkraut lag. Er ist nicht durchweicht, kann also noch nicht lange hier gelegen haben. Die Spurensicherung muss herkommen, Ben. Macy ist erst seit einer Stunde oder etwas länger verschwunden.«

»Hervorragende Arbeit, Morgan. Warte dort. Ich schicke jemanden.«

Morgan hörte Schritte hinter sich. Sie drehte sich um und hob die Hände.

»Tut mir leid, Sie können hier nicht durch. Sie müssen den Weg außen herum nehmen.«

»Was? Sagt wer?«

»Die Polizei sagt das.«

Und an Ben gerichtet fuhr sie fort: »Beeil dich, Ben, schick mir ein paar Streifenpolizisten.«

Sie beendete das Gespräch und hoffte, sich nicht mit jedem anlegen zu müssen, der die Abkürzung durch die Gasse nehmen wollte. Sie trug keine Uniform – mit ihr wäre es wesentlich leichter, Personen herumzukommandieren. Der Mann brummte missbilligend, drehte sich jedoch um und begann in die Richtung zurückzugehen, aus der er gekommen war. Sie seufzte.

Als beide Enden der Gasse mit einem Warnband abgesperrt und auch die Straßenabschnitte direkt davor abgeriegelt worden waren, ging Morgan zurück zu der Stelle, an der Ben gerade mit dem soeben eingetroffenen Hundeführer sprach. Die ganze Aktion war ein logistischer Albtraum: Weil es um ein vermisstes Kind ging, hatten die Beamten die gesamte Umgebung auf der Suche nach ihr durchkämmt und waren überall herumgetrampelt. Was nicht gerade die Chancen erhöhte, dass der Hund eine Fährte aufnehmen konnte. Aber einen Versuch war es wert. Morgan unterdrückte ein Gähnen; sie war müde und fror. Ihr wäre es am liebsten gewesen, wenn Macy zu Hause wäre, Charlie leben würde und sie mit einer heißen Dusche und einem großen Glas Wodka ihren Schmerz lindern und Schlaf finden könnte. Ben winkte sie herbei. Sie ging zu ihm.

»Wir fahren zurück zur Dienststelle. Ich will Brett und Vincent zur Befragung holen. Der Suchkoordinator übernimmt jetzt hier. Er stellt gerade ein Suchteam zusammen.«

Morgan nickte. Sie war froh, nicht mehr in der Kälte stehen zu müssen. Die Temperatur war immer weiter gesunken. Inzwischen waren ihre Hände so kalt geworden, dass sie die Fingerspitzen kaum noch spürte. Nur zu gern hätte sie außerdem ihre

Stiefel und Strümpfe ausgezogen und die Füße auf den erstbesten Heizkörper gelegt, um sie wieder zum Leben zu erwecken. Sie ging mit Ben zu seinem Auto.

»Wer ist bei Macys Mutter?«

»Die Opferschutzbeamtin ist vor zehn Minuten eingetroffen.«

»Ich wette, die hatte noch nie so viel zu tun. Es ist zum Kotzen.«

Er nickte. »Allerdings.«

Sie stiegen ein und fuhren schweigend zur Dienststelle zurück. Morgan erstellte innerlich eine Liste mit allem, was nötig war, um Macy zu finden. Und finden mussten sie das Kind, denn alles andere war nicht auszudenken.

ZWANZIG

Morgan verließ die Dienststelle und blinzelte – es war Morgen geworden, ohne dass sie es bemerkt hatte. Brett hatte nicht zur Dienststelle gebracht werden können, da er noch immer nicht auffindbar war. Aber Vincent steckte in einer Zelle und verkündete laut seine Unschuld. Sein Anwalt würde ihn in den nächsten Stunden mit Sicherheit freibekommen, denn sie hatten nichts Konkretes in der Hand, was ihn mit dem Verschwinden beider Mädchen in Verbindung brachte, obwohl er der naheliegendste Täter war. In Morgans Kopf herrschte Chaos. Schlafmangel war sie gewohnt, aber vor einer Stunde hatte sie begonnen, undeutlich zu sprechen. Ben hatte darauf bestanden, dass sie nach Hause ging, und gesagt, dass auch er sich eine Auszeit von ein paar Stunden nehmen würde, damit sie rechtzeitig um zehn Uhr im Leichenschauhaus von Lancaster sein konnten. Weil sie wusste, dass sie niemandem eine Hilfe war, wenn sie nicht mehr klar denken konnte, hatte sie auf ihn gehört und sich verabschiedet.

»Morgan.«

Sie blickte sich suchend um und entdeckte Fin, der neben

seinem Auto auf sie wartete. Er winkte ihr und sie fragte sich, was er hier machte. Sie sah sich um. Es waren keine anderen Journalisten hier – er war der einzige. Sie ging zu ihm hinüber, war aber leicht verärgert darüber, dass er sie vor ihrer Arbeitsstelle abpasste.

»Was machst du hier?«

Sein Lächeln erstarb. Er sah aus, als habe sie ihn gerade beleidigt. Sie versuchte, nicht mehr ganz so griesgrämig zu klingen.

»Ich meine, zu wem willst du?«

»Zu niemandem. Ich wollte dich abholen.«

Sie war müde, mehr als müde, und konnte nicht mehr geradeaus denken. Aber was er sagte, ergab keinen Sinn.

»Wie kommst du darauf, dass ich abgeholt werden will? Wie lange bist du schon hier, Fin?«

Seine Wangen färbten sich rosa. »Eine Weile.«

»Hast du nichts Besseres zu tun, als vor Polizeidienststellen herumzuhängen?« Es kam ihr in den Sinn, dass das vielleicht tatsächlich der Fall war – es gehörte schließlich zum Berufsbild von Journalisten. Aber sie hatte bislang noch nie Zeit mit einem Reporter verbracht und daher auch keine Vorstellung von ihrem Arbeitsalltag.

»Ist das der Dank? Ich bin aufgewacht, konnte nicht mehr einschlafen und habe dich angerufen. Dann habe ich dir eine Nachricht geschickt, aber keine Antwort erhalten. Ich dachte mir, dass etwas Schlimmes passiert sei und du die Nacht durchgearbeitet hättest. Deshalb bin ich hergekommen. Ich habe gewartet, bis ihr euren Schalter öffnet, damit ich dir das hier geben kann.«

Er beugte sich ins Auto und holte einen großen Einwegkaffeebecher sowie eine Papiertüte hervor, die er ihr hinhielt. Sie wäre am liebsten im Boden versunken und kam sich vor wie die undankbarste Kuh aller Zeiten.

»Oh, das tut mir leid. Ich wollte dich nicht so angehen. Es war eine lange Nacht. Das wäre nicht nötig gewesen. Aber danke.«

Er zuckte die Schultern. »Soll ich dich heimbringen?«

Sie war vor Ben gegangen, da er noch telefoniert hatte und sie dringend frische Luft brauchte. Dabei hatte sie gar nicht darüber nachgedacht, wie sie nach Hause kommen sollte.

»Ja, bitte. Das wäre nett.«

Sie stieg ein und er reichte ihr den Kaffee. Als sie einen Blick in die Tüte warf, lag darin ein noch warmes Croissant.

»Danke, Fin. Das ist wirklich lieb von dir.«

Er lächelte wieder und sie fühlte sich gleich besser. »Es ist nur von der rund um die Uhr geöffneten Tankstelle, aber die Geste zählt. Hattest du eine harte Nacht?«

»Ja, eine schreckliche.«

»Also habt ihr das Mädchen nicht gefunden?«

Sie sah ihn an und hob eine Augenbraue. Wie konnte er so viel über alles wissen? Wie gut kannte sie ihn?

»Es gab heute Morgen sehr früh eine Presseerklärung über ein vermisstes Kind«, sagte er. »Ich habe eine Nachricht auf meinem Handy dazu bekommen. Die trudeln immer ein, wenn es etwas Berichtenswertes gibt.«

»Ach so, natürlich. Tut mir leid, wenn du auf einen Exklusivbericht aus bist, muss ich dich enttäuschen. Ich darf dir nichts sagen.«

»Das weiß ich und ich erwarte es auch nicht. Ich bin nicht hier, um Einzelheiten zu erfahren, damit ich eine Story schreiben kann, Morgan. Ich bin hier, weil ich dich sehen und sichergehen wollte, dass es dir gut geht. Ich war sehr enttäuscht, weil du gestern Abend so früh aufbrechen musstest, bin mir jedoch bewusst, dass du einen guten Grund dafür hattest und deine Arbeit für dich das Wichtigste im Leben ist.«

Sie nippte an dem warmen Kaffee, genoss sein Aroma und

seufzte. Ihr war so gar nicht nach Diskussionen zumute. Er versuchte, nett zu sein, und sie war in einer schrecklichen Stimmung.

»Ich bin müde und in diesem Zustand nicht besonders umgänglich.« Sie fragte sich, ob sie wegen ihrer Schlafstörung überhaupt ein Auge zubekommen würde. Seit sie herausgefunden hatte, wer sie war, hatte sich das Problem etwas gelindert. Sie wachte zwar nach wie vor in den meisten Nächten um vier Uhr fünfundzwanzig auf, hatte sich in letzter Zeit aber immer wieder umdrehen und wegdämmern können, wenn sie nicht aufgab und aufstand.

Sie erklärte Fin den Weg zur Singleton Park Road. Er fuhr die restliche Strecke schweigend, wofür sie ihn am liebsten geküsst hätte. Als er vor ihrer Wohnung hielt, sah sie Emily aus der Eingangstür kommen. In ihrem zweiteiligen Hosenanzug und mit dem zum hohen Pferdeschwanz gebundenen blonden Haar war sie der Inbegriff einer strahlenden Schönheit. Emily sah angestrengt in den Wagen, erkannte sie und winkte frenetisch. Morgan winkte zurück. Wenn sie nur nicht immer aussehen würde wie eine Obdachlose, wenn sie Emily begegnete, dachte sie bei sich. Sie stieg aus.

»Danke, Fin. Ich würde dich hereinbitten, aber ich brauche jetzt wirklich eine Dusche und ein paar Stunden Schlaf.«

»Natürlich. Vielleicht können wir uns ja später noch sehen, wenn du nicht zu viel zu tun hast.«

Sie nickte, schloss die Tür sachte und ging zum Eingang, ohne sich umzudrehen und zu winken. Sie war nicht sicher, wie sie sich ihm gegenüber verhalten sollte. Er war reizend und sah sehr gut aus, weshalb sie sich fragte, was er an ihr fand. Ihr fiel ein, dass sie ihn vielleicht bitten konnte, sich mit Eleanor Flemings Verschwinden zu befassen. Er hatte mehr Zeit als sie und würde sicher ihr zuliebe ein bisschen Recherche betreiben. Angeblich waren Journalisten darin ganz gut. Außerdem hätte er dann eine Beschäftigung und würde aufhören, herumzuhängen und auf sie zu warten. Andererseits ging sie damit vielleicht eine Spur zu weit. Sie würde das auch ohne Fins Hilfe hinbekommen. Als sie in ihrer Wohnung war, holte sie das Croissant aus der Tüte und verschlang es mit drei großen Bissen, ohne das buttrige Gebäck so recht zu genießen. Auf dem Weg zum Bad hinterließ sie eine Spur aus Krümeln.

Unter der Dusche schloss sie die Augen und ließ das heiße Wasser auf ihren schmerzenden Rücken und die verspannten Schultern prasseln. Abwechselnd kamen ihr die Bilder von Charlie und Macy in den Sinn. Beide waren süße Kinder, lebten bei ihren alleinerziehenden Müttern und blieben oft sich selbst überlassen. Kamen sie dadurch besser allein zurecht oder machte es sie zur Zielscheibe von Menschen, die Kinder kidnappten? Tränen begannen ihr über das Gesicht zu laufen – sie konnte sie nicht mehr zurückhalten. Es brach ihr das Herz. Der Gedanke an ein Scheusal, das diese Mädchen ihren Eltern wegnahm, war unerträglich. Selbst wenn sie nicht die perfekten Mütter waren, taten sie dennoch ihr Bestes. Mehr als alles andere hätte sich Morgan gewünscht, die Kinder sicher ihren Eltern zurückgeben zu können. Aber Charlie war nun tot – mit neun Jahren. Viel zu jung, um auf solch albtraumhafte Weise zu sterben. Als sie den Conditioner aus ihrem Haar gespült hatte, stieg sie aus der Dusche und trocknete sich ab. Sie zog einen bequemen, weichen Pyjama an und frottierte ihr Haar. Erst musste sie etwas schlafen, dann würde sie sich weiter mit dem wirren Fall beschäftigen.

Sie kletterte ins Bett und begann tief durch die Nase ein- und auszuatmen. Krampfhaft versuchte sie, das Bild von Charlies blassem, totem Gesicht auszublenden. Dann hob sie das Kopfkissen und holte den Rauchquarzstein hervor, den ihre Tante Ettie ihr gegeben hatte. Sie nahm ihn fest in die linke Hand, in der Hoffnung, dass er sie zumindest für ein paar

Stunden etwas erdete und die Trauer und den Schmerz vertrieb, der ihr Innerstes zu zerreißen schien. In weniger als einer Minute hatte sie aufgehört, ihre Atemzüge zu zählen, und war eingeschlafen.

EINUNDZWANZIG

Macy öffnete die Augen und starrte auf die flamingorosa Decke über sich. Das war nicht ihr Zimmer. Ihres hatte eine schmutzig weiße Decke und einen großen schwarzen Schimmelfleck in der Ecke links neben der Lampe. Als sie sich aufsetzen wollte, merkte sie, dass sie Arme und Beine nicht bewegen konnte. Sie öffnete den Mund, um zu schreien, saugte aber nur ein Stück Stoff ein und merkte, dass sie geknebelt war. Die trockene Luft und das Gewebe in ihrem Mund brachten sie zum Würgen. Ihr Herz klopfte wie wild. Sie hatte in ihrem ganzen Leben noch nie solche Angst gehabt. Wo war sie? Ihre Mutter würde ihr die Hölle heiß machen. Sie war nicht einmal dazu gekommen, den blöden Schokoriegel zu essen, durch den sie überhaupt erst in diesen Schlamassel geraten war. Macy schloss die Augen und versuchte, ruhiger zu atmen. Zumindest fehlte ihr nichts und sie konnte noch Luft holen. Da erinnerte sie ein pochender Schmerz in ihrem Knie an den Sturz in der vermüllten Gasse, durch die sie gestern Abend gelaufen war, obwohl sie eigentlich einen Bogen um sie hätte machen sollen. Tränen traten ihr in die Augen. Sie spürte, wie ihr dicke, nasse Tropfen über die Wangen liefen. Dabei weinte sie sonst nie, niemals, nicht einmal, wenn ihre Mutter gemein zu ihr war und sie zwang, den Müll hinauszubringen oder das ganze Geschirr zu spülen, nachdem sie einen Sonntagsbraten gekocht hatte. Sie hob den Arm, um sie wegzuwischen, bevor jemand sie sah, und stieß einen erstickten Wutschrei aus, weil sie nicht einmal die Hände heben konnte. Also blinzelte sie nur wütend. Sie war kein verängstigtes Kind. Das sollte der Mann, der sie hergebracht hatte, nur nicht glauben. Wie war sie überhaupt hierhergekommen? Das Letzte, woran sie sich erinnerte, war, dass sie zwischen leeren Bierdosen und Chipstüten lag und ihre Knie höllisch brannten. Sie hob den Kopf und versuchte, sich umzusehen, doch sogleich wurde ihr übel. Ihr Kopf schmerzte fürchterlich. War sie ohnmächtig geworden, weil sie gestürzt war, oder hatte sie das Bewusstsein verloren und war deshalb zusammengebrochen?

Vor dem Zimmer hörte sie Schritte, schwere Schritte. Jemand ging auf und ab. Sie schloss die Augen. Wer es auch war, sie wollte ihn nicht sehen. Sie stellte sich am besten schlafend, bis sie wusste, wo sie war und was hier vor sich ging. Sie hörte eine Frauenstimme im Haus, die jemanden anschrie, aber sie verstand nicht, was sie rief, dazu war sie zu weit weg. Auf jeden Fall klang sie zornig. Sie fragte sich, ob sie gleich kommen und sie ebenfalls anbrüllen würde.

Sie erstarrte, als sich im Türschloss langsam ein Schlüssel zu drehen begann. Sie kniff die Augen fest zusammen. *Bitte, Gott, sie sollen mir nicht wehtun. Ich will nach Hause zu meinem Hund.* Aber niemand betrat das Zimmer. Die Tür öffnete sich nicht. Sie wagte einen Blick durch ihre fast geschlossenen Lider, konnte aber nichts erkennen, ohne preiszugeben, dass sie wach war. Dann spürte sie kühle Luft. Die Person, die draußen gestanden hatte, kam herein und ging zügig zum Bett. Macy hörte ein klapperndes Geräusch, als schlage Metall gegen einen Teller oder etwas Ähnliches. Ein Tablett, kein Zweifel. Sie spürte einen Funken Hoffnung – vielleicht war sie ja in einer Art seltsamem Krankenhaus, wo man Patienten fesselte, weil es zu ihrem Besten war. Sie hatte einmal auf Netflix einen Film über ein Mädchen in einer Klinik gesehen, in der alle ans Bett gefesselt gewesen waren. Sie fühlte sich gleich etwas besser, wagte es aber trotzdem noch nicht, ihre Augen zu öffnen, falls doch keine Krankenschwester vor ihr stand. Was, wenn es ein Verrückter mit einem Messer war? Womöglich derjenige, der Charlie entführt hatte? Die Gedanken rasten in ihrem Kopf.

Sie hörte jemanden flüstern: »Ich nehme dir gleich den Knebel ab und binde eine Hand los, damit du etwas essen kannst. Wenn du schreist oder sonst ein Geräusch machst und wegzulaufen versuchst, wird dich meine Mutter hören. Sie ist keine besonders nette Frau. Ich glaube nicht, dass du ihr begegnen möchtest. Iss deshalb dein Frühstück und dann machen wir weiter. Wenn sie auch nur einen Laut von dir hört, bringt sie dich um, das verspreche ich dir.«

Kälte kroch durch Macys Körper. Sie bewegte sich nicht, obwohl er wahrscheinlich gemerkt hatte, dass sie nur so tat, als würde sie schlafen, denn ihr Körper war vor Angst völlig verkrampft. Er drehte sich um und verließ den Raum. Dann schloss er die Tür und sperrte ab.

Macy öffnete die Augen und sah, was er gebracht hatte. Zu ihrer Überraschung lag da ein Stapel Pancakes mit Schokoladenüberzug und Streuseln darauf. Frische Sahne tropfte von ihnen und vermischte sich am Rand mit der Schokosoße. Sogleich begann ihr Magen zu knurren. Auch ein Glas Orangensaft stand daneben. Sie war so durstig, dass sie sich nach vorn beugte und das Glas nahm. Sie konnte sich kaum bewegen – nur so viel, dass sie das Tablett gerade noch erreichte. Schon bei der ersten Bewegung hatte sie das Gefühl, ihr Kopf würde gleich explodieren. Aber sie konzentrierte sich ganz auf das Getränk. Sie nahm das kalte, kleine Glas, hob es an ihre Lippen und trank es fast in einem Zug aus. Die Süße des Safts hatte einen bitteren Beigeschmack, aber das störte sie nicht – sie war viel zu durstig. Nachdem sie das Glas geleert hatte, nahm sie den Löffel, tauchte ihn in die Sahne und Schokosoße und leckte ihn ab. Trotz ihrer verzweifelten Lage musste sie lächeln, weil es so gut schmeckte. Die Pancakes waren die Besten, die sie je gegessen hatte, noch viel besser als die, die ihre Mutter machte, denn die waren immer verbrannt und klebten an der Pfanne. Sie aß sie bis zum letzten Krümel auf und hätte am liebsten noch den Teller abgeleckt, wenn sie sich bis zu ihm hätte strecken können. Als ihr Hunger nach Süßem gestillt war, legte sie sich wieder auf das Bett. Wer sie auch eingesperrt hatte, konnte gar nicht so böse sein, wenn er ihr solche leckeren Sachen brachte. Sie sah sich im Zimmer um. Es war ganz rosa, ekelhaft rosa. An der Wand hingen Poster von einer Boygroup, die sie nicht kannte. Die Augen wurden ihr schwer. Sie versuchte, ihre andere Hand loszubinden, aber die Finger gehorchten ihr nicht mehr so richtig. Der Raum begann sich zu drehen. Sie schloss die Augen und legte den Kopf zurück. Erst würde sie ein bisschen schlafen, dann weglaufen. Wenn sie die andere Hand und ihre Beine losgebunden hatte, würde sie sich aus dem Staub machen können. Da trug die Dunkelheit Macy weg aus diesem seltsamen Zimmer, weg von der entsetzlichen Angst, die ihr den Magen zusammenzog.

ZWEIUNDZWANZIG

Ben hatte alles veranlasst, was möglich war. Al und sein Suchtrupp durchkämmten weiter die Umgebung. Die Kontaktbereichsbeamten hatten bereits an alle Türen geklopft und die Spurensicherung hatte sich die Gasse, in der Macy nach Morgans Einschätzung entführt worden war, gründlich vorgenommen. Unterdessen war Vincent zu seiner Mutter zurückgeschickt worden. Die einzige Person, mit der Ben noch nicht gesprochen hatte, war Charlies Vater Brett, der spurlos verschwunden zu sein schien. Als die Opferschutzbeamtin ihm die schlechte Nachricht hatte überbringen wollen, war nur seine Freundin zu Hause gewesen. Nun brauchte Ben ein paar Stunden Schlaf, dann wollte er weitermachen. Außerdem musste er sich duschen, rasieren und umziehen. Die Vorstellung, dass sein zerknitterter Anzug vielleicht nach altem Schweiß roch, war ihm sehr unangenehm. Er sehnte sich nach einer Zigarette. Vor Jahren hatte er aufgehört, aber wenn der Stresspegel so hoch war wie jetzt, hatte es meist geholfen, heimlich eine Zigarette hinter der alten Dienststelle zu rauchen. Er schaffte es bis zu seinem Auto, ohne dass sein Handy klingelte, was schon ein Erfolg war. Aber schließlich begann es doch in seiner Tasche zu vibrieren. Er erkannte Declans Nummer.

»Guten Morgen. Warst du schon zu Hause?«

»Noch nicht.«

»Wirklich? Ich hatte die kürzeste Nacht seit Langem und wollte dir nur sagen, dass ich früher zur Arbeit kommen kann, wenn die Autopsie eilt. Aber zuerst solltest du dich ein paar Stunden hinlegen.«

»Wir haben noch ein vermisstes Mädchen.«

»Wirklich? Shit.«

»Leider. Wir suchen gerade nach ihr. Sie hat unweit von Charlie Standish gewohnt.«

Declan gab einen langen Pfiff von sich.

»Dann haben wir ein gewaltiges Problem, mein Freund.«

»Allerdings. Ich bin gleich da.«

»Nein, fahr nach Hause. Charlie kann noch warten.«

Damit beendete Declan das Gespräch.

Ben war inzwischen nicht mehr nur müde, sondern bereits über den Punkt der Erschöpfung hinaus, also völlig fertig. Auch wenn es immer hieß, »schlafen kannst du, wenn du tot bist«, war es durchaus möglich, dass er vor Trauer und Stressbelastung bald umkippte. Aber er wollte das alles hinter sich bringen. Deshalb beschloss er, loszufahren und Morgan aufzuwecken.

Bei ihrem Lieblingscafé, Rydal Falls Coffee Co., legte er einen Zwischenstopp ein. Ein anständiger Kaffee würde ihre Lebensgeister hoffentlich wieder wecken, damit sie sich darauf konzentrieren konnten, den kranken Dreckskerl zu schnappen, der Kinder entführte und tötete.

Ben orderte zwei große Becher Kaffee und einen Espresso, um sein Gehirn mit einer Ladung Koffein auf Touren zu bringen. Als er in die Einfahrt des schönen georgianischen Hauses fuhr, in dem Morgan die Erdgeschosswohnung hatte, fragte er sich, wem der Porsche 911 gehörte.

Vielleicht hatte jemand das mittlere Apartment gemietet – es war als Letztes renoviert worden. Er hatte schon einmal mit dem Gedanken gespielt, sich zu verkleinern und hierherzuziehen. So wäre er wenigstens in der Nähe von Morgan und könnte auf sie aufpassen, hatte er sich gedacht. Dann hatte er erkannt, wie abstrus das wäre. Er würde dastehen wie eine Mischung aus Vater und Stalker und nicht wie ihr Freund und Chef. Er stellte sein Auto neben dem Porsche ab, stieg aus und ging bewundernd um ihn herum. Zwar hatte er sich stets einen Aston Martin DBS gewünscht, aber auch dieses Auto war recht schön anzusehen – und genauso wie der Aston weit über seinen Möglichkeiten. Mit den Kaffeebechern in einer Hand klingelte er an der Tür und fragte sich, ob sie schon tief und fest schlief. Sogleich hatte er ein schlechtes Gewissen, weil er sie störte. Da hörte er ihre Stimme durch die Sprechanlage.

»Was machst du hier? Du solltest doch zu Hause sein und ein bisschen schlafen. Habt ihr Macy gefunden?«

Er blickte in die Kamera. »Nein, leider nicht. Warum bist du noch wach? Du solltest doch auch schlafen.«

Er hörte, wie sich ihre Wohnungstür im großen Hausflur öffnete. Dann zog sie die Eingangstür auf und er roch schwach den Duft ihres Parfüms: Coco Mademoiselle, das Einzige, was sie verwendete. Sie hatte ihr kupferrotes Haar zu einem zerzausten Bun hochgesteckt und trug einen Pyjama. Ihr Gesicht war ungeschminkt, er konnte die Sommersprossen auf ihrer Nase sehen. Ben trat ein und sie schloss die Tür hinter ihm.

»Wir müssen reden.«

Sie führte ihn in den offenen Wohnzimmer-Küchen-Bereich. Da sah er diesen verdammten Journalisten stehen, der gerade heißes Wasser in eine Kaffeemaschine goss. Ein übermächtiges Gefühl überkam ihn. Er wusste nicht, ob es Ärger oder Eifersucht war. Das Auto, das er soeben noch draußen bewundert hatte, gehörte vermutlich ihm, dachte er bei sich – und ärgerte sich noch mehr.

Morgan lächelte ihn an. »Kennst du Fin Palmer? Fin, das ist Ben, mein Sergeant.«

Fin streckte ihm die Hand hin und Ben nahm sie widerwillig. Die viel zu weiche Haut des Mannes widerte ihn an. Er blickte nach unten und sah, dass Fins Nägel perfekt manikürt waren. Welcher Kerl machte sich die Mühe einer Maniküre? Als er die Hand losließ, musste er an sich halten, um sich die seine nicht an der Hose abzuwischen. Er mochte den Typen nicht, der da vor ihm stand und ihn mit seinen makellosen, zu weißen und für den Mund scheinbar viel zu großen Zähnen angrinste. Ben fragte sich, wie alt er war. Auf den ersten Blick sah er aus, als sei er in etwa so alt wie Morgan, doch bei näherem Hinsehen bemerkte er verräterische Falten um die Augen, obwohl seine Stirn viel zu glatt für die eines Mannes war. Er fragte sich, ob er Botox benutzte oder was auch immer man sich in die Haut spritzen ließ, um Altersspuren zu beseitigen.

»Wir sind uns noch nicht offiziell vorgestellt worden«, sagte Fin. »Es freut mich, Sie kennenzulernen. Morgan spricht in höchsten Tönen von Ihnen, wenn man bedenkt, dass Sie ihr Chef sind.«

Morgan sah Fin an und zog eine Augenbraue hoch, wodurch sich Ben gleich besser fühlte. Sonderlich erfreut darüber, wie er sich vorstellte, schien sie nicht zu sein. Sie nahm ihm den Kaffeebecher aus der Hand. Ben bemerkte in Fins Miene einen Anflug von Ärger – er musste wohl die Kanne Kaffee, die er soeben gemacht hatte, selbst trinken.

»Wenn du Macy noch nicht gefunden hast, warum bist du dann gekommen?«, fragte Morgan.

Ben konnte kaum noch an sich halten. Er blitzte Fin wütend an, der gut daran tat, sich abzuwenden. Lieber redete er noch mit Vincent Jackson als mit diesem schmierigen Scheißkerl. Fin ging zu Morgan und begann ihr mit der Hand über die Schulterblätter zu streichen. Sie schüttelte sie jedoch ab.

»Es gibt nichts Neues von Macy. Declan sagt, er sei bereit, mit der Autopsie früher zu beginnen, wenn es für uns okay ist. Er konnte ebenfalls nicht schlafen und ist deshalb gewillt, früh ins Krankenhaus zu fahren.«

»Das arme Kind«, mischte sich Fin ein. »Es sieht nicht gut für sie aus, oder?«

Morgan sah ihn an. »Er hat gute Kontakte und scheint alles sogar noch vor uns herauszubekommen, nicht wahr, Fin? Ich warte nur darauf, von ihm zu erfahren, dass er unser vermisstes Mädchen gefunden hat.«

Ben sah mit diebischer Freude, wie sich Fins Wangen dunkelrot färbten.

»Ich lasse euch dann mal allein«, meinte Fin. »Ihr habt offensichtlich Dinge zu bereden, die ihr vor mir nicht besprechen könnt. Morgan, ich stehe zur Verfügung, wenn du etwas brauchst. Ruf mich einfach an.« Er beugte sich zu ihr und näherte sich mit seinem Gesicht dem ihren. Ben konnte es nicht fassen – er wollte sie doch tatsächlich vor seinen Augen auf die Lippen küssen. Morgan merkte, was er vorhatte, und drehte ihm schnell die Wange hin, sodass sein Mund nur über ihren Wangenknochen strich. Fin richtete sich wieder auf. Er wirkte verärgert, was Ben eine gewisse Befriedigung verschaffte.

»Danke, Fin. Ich weiß es zu schätzen, dass du gekommen bist. Wir sehen uns vielleicht später.«

Er nickte und war schon dabei, die Eingangstür zu öffnen. Etwas zu laut schloss er sie hinter sich.

Sie sahen sich an und grinsten.

»Ich glaube, du hast deinen neuen Freund etwas vor den Kopf gestoßen.«

»Er ist nicht mein Freund«, erwiderte sie missbilligend. »Und ich weiß nicht, warum er gerade diesen Auftritt hingelegt hat. Ich kenne ihn kaum.«

»Aber du magst ihn, oder?« Die Frage entfuhr ihm, bevor er sie zurückhalten konnte.

Sie zuckte die Schultern. »Ja, schon. Er sieht gut aus und ist charmant. Außerdem scheint er fürchterlich viel über alles zu wissen und fährt ein schönes Auto. Aber …«

»Aber?«

»Ich weiß nicht. Eigentlich will ich nur ein bisschen Spaß. Hinzu kommt, dass ich zu viel zu tun habe. Schließlich arbeite ich Tag und Nacht für dich.«

»Oh, tut mir leid. Ich dachte, du wärst gern in meinem Team.«

Morgan stellte ihren Kaffee auf die Marmorplatte der Küche und ging um die Anrichte herum zu Ben. Sie schlang ihre Arme um seine Schultern und drückte ihn.

»Das war nicht ernst gemeint. Ich arbeite sehr gern für dich, ja, ich mag dich sogar, vor allem, weil du mir Kaffee bringst. Aber auch, weil du wahrscheinlich der beste Freund bist, den ich habe.«

Er lachte und löste sich von ihr.

»Herrje, Brookes! Wenn ich deine Vorstellung von einem besten Freund bin, dann musst du definitiv mehr ausgehen.«

Sie gab ihm scherzhaft einen Klaps auf den Arm und setzte sich ihm gegenüber.

»Also, wie gehen wir weiter vor?«, fragte er.

Sie zuckte die Schultern. »Ich ziehe mich an. Dann fahren wir zu Charlies Autopsie. Danach suchen wir auf Teufel komm raus nach Macy.«

»Jawohl!«

Morgan verdrehte die Augen.

»Eines Tages wirst du noch ein richtig guter Detective Sergeant«, meinte er. »Vielleicht sogar ein Detective Chief Inspector, wenn du dich ranhältst.«

»Was ist mit dir?«, fragte sie. »Warum hast du noch nicht die Inspektorenprüfung absolviert?«

»Wollte ich vor ein paar Jahren auch. Aber nach Cindy habe ich gemerkt, dass Arbeit nicht alles ist. Außerdem: Wen sollte ich damit beeindrucken wollen? Ich brauche kein größeres Haus. Das, in dem ich wohne, ist mir sowieso schon zu groß. Ich muss keine Familie ernähren. Was ich mache, reicht mir, um geistig fit zu bleiben, dachte ich mir. Mehr wollte ich gar nicht. Ich war zufrieden mit einer guten Work-Life-Balance und wollte etwas mehr Zeit haben, um auf den baumlosen Hügeln der Umgebung spazieren zu gehen, zu lesen, so Zeug.«

»Und? Hast du sie?«

»Habe ich was?«

»Mehr Zeit zum Lesen, Spazierengehen, so Zeug.«

Ben lachte und schüttelte den Kopf. »Na ja, seit du in meinem Team bist, nicht mehr, Morgan. Seit du zu uns gekommen bist, scheint sich Rydal Falls von einem verschlafenen Städtchen im Lake District in die Mordhauptstadt des englischen Nordwestens verwandelt zu haben.«

»Ach, Ben. Ich weiß nicht, was ich dazu sagen soll.«

»Das ist doch kein Vorwurf, Morgan. Ich bin froh, dass wir uns begegnet sind. Der Tag, an dem du frisch von der Ausbildung kamst und im Potter-Haus zugegen warst, erscheint mir schon so weit weg, als seien seitdem Jahre vergangen. Dabei sind es noch nicht einmal zwölf Monate. Du bist eine echte Bereicherung für mein Team, allerdings auch der Grund für viele graue Haare auf meinem Kopf – warum, denkst du, habe ich ihn kahl geschoren? Und warum, meinst du, habe ich eine Menge neuer Sorgenfalten auf meiner Stirn. Aber die sind ein kleiner Preis dafür, dass ich nun eine brillante Ermittlerin in meinem Team habe. Und jetzt fahre ich heim und dusche, denn ich muss mich umziehen. Soll ich dich danach abholen oder fährst du selbst?«

»Ich komme in einer Stunde bei dir vorbei. Dann haben wir noch immer mehr als genug Zeit, ins Krankenhaus zu fahren.«

Er nickte, während er zu seinem Auto ging. Mit Erleichterung und zugleich einem schlechten Gewissen nahm er zur Kenntnis, dass Emilys blauer Mini Cooper nirgends zu sehen war. Auch der Porsche war verschwunden. Emily war nett und eine reizende Gesellschaft, zugleich aber etwas vorlaut. Er wusste nicht, ob es an seinem Alter lag, an der Tatsache, dass er sich nach wie vor schuldig an Cindys Tod fühlte, oder an dem Gefühl, das er in seiner Brust immer wieder unterdrücken musste, wenn er zu viel an Morgan dachte. Er war damit zufrieden, ihre Beziehung so locker und unkompliziert wie möglich zu halten, hatte jedoch den Eindruck, dass Emily wesentlich mehr wollte, als er im Moment zu geben bereit war.

DREIUNDZWANZIG

Diesmal mussten sie nicht durch die hektische Notaufnahme, um ins Leichenschauhaus zu gelangen. Stattdessen gingen sie zu einem Seiteneingang und klingelten. Geöffnet wurde ihnen von Susie, die einen blauen OP-Kittel trug. Ihr magentarosa Haar hatte sie zu einem Pferdeschwanz hochgebunden, sodass ihr schönes großes, frisch gestochenes, lebensechtes Rosentattoo in Schwarz und Grau auf der linken Seite ihres Halses sichtbar wurde. Außerdem steckten Earbuds in ihren Ohren. Sie begrüßte sie mit einem Lächeln.

»Guten Morgen. Der Chef macht sich gerade fertig.«

Sie traten ein. Susi schloss die Tür hinter ihnen und sperrte ab.

»Dein Haar sieht großartig aus und das Tattoo ist prächtig, Susi. Von wem ist es?«

Morgan spürte, wie sich Bens Blick in sie bohrte. Sie wusste, dass er dachte: Was zum Teufel soll das! Aber er war nun einmal etwas altmodisch. Sie hingegen liebte Tattoos.

Susie zog einen Ohrhörer heraus. »Bitte?«

»Mir gefällt deine Frisur und das Tattoo. Wo hast du dir das machen lassen?«

»Bei Aurora Tattoo gleich um die Ecke in der Brock Street. Dort arbeiten super Tattookünstler. Wenn du auch eines willst, frag nach Emma, Sammi oder Kerryn. Ein echt cooler Laden im Keller einer alten Kirche, er wird dir gefallen, Morgan. Ich wollte immer Tätowiererin werden, bin aber im Zeichnen nicht besonders gut. Dann habe ich diese Arbeit hier angenommen. Ich dachte mir, die Arbeit mit Toten wäre vielleicht auch fast so interessant.«

»Danke, ich sehe mir den Laden mal an.«

Ben starrte Susi mit großen Augen an, als sei sie eine Außerirdische. Morgan warf ihm einen strengen Blick zu.

In der Tür erschien Declan und lächelte. »Erzählt Susie wieder von ihren Träumen? Dabei bekommt sie nicht einmal auf einer Leiche eine gerade Linie hin und die hält nun wirklich still. Möge Gott verhüten, dass sie je ein Tattoo an jemand Lebendigem ausprobiert.«

Susie streckte ihm die Zunge heraus. Morgan freute sich zu sehen, dass die beiden inzwischen wesentlich besser miteinander auskamen als bei ihrem letzten Besuch, in dessen Verlauf sich Declan fortwährend über seine neue Assistentin beklagt hatte.

Er rollte einen Ärmel hoch und zeigte ihnen sein neuestes Tattoo: einen schwarz-grauen Löwen mit den grünsten Augen, die Morgan je gesehen hatte.

»Aber sie hat recht: Die sind dort erstaunlich gut. Das hier hat Sammi gemacht. Komm schon, Morgan, zeig uns dein Tattoo. Ich weiß, dass du auch ein paar hast.«

Bevor Morgan ihr Hosenbein hochkrempeln konnte, schaltete sich Ben ein: »Die sind ja alle ganz nett, aber können wir jetzt bitte zur Sache kommen?«

Declan nickte Morgan zu. »Ja, natürlich. Wir albern nur ein bisschen herum, Ben, um die nächsten Stunden besser zu überstehen. Die werden nämlich heftig.«

Dann wandte er sich an Morgan. »Ben ist neidisch, weil er

so langweilig ist und nicht zu unserem Club der Supercoolen gehört, nicht wahr, Ben? Hey, vielleicht könnt du und Morgan euch ja ein Freundschaftstattoo zulegen und zusammen hingehen.«

Morgan hätte beinahe losgeprustet, doch gelang es ihr gerade noch, das Lachen zu unterdrücken, denn Ben war so rot geworden, dass es aussah, als würde er gleich in Flammen aufgehen.

»Sorry, sorry, ich lasse mich gehen«, entschuldigte sich Declan. »Schuld sind diese beiden Kinder. Sie haben einen schlechten Einfluss auf mich. Ich weiß nicht, wie du es schaffst, bei der Zusammenarbeit mit Morgan redlich zu bleiben.« Er zwinkerte Ben zu, der sich nun doch ein Lächeln abrang und gleich nicht mehr ganz so verkrampft wirkte.

»Ja, es ist nicht einfach.«

Declan klatschte in die Hände. »Also gut, wenden wir uns wieder ernsteren Dingen zu. Zieht ihr euch bitte die Schutzkleidung an? Wendy und ihre sehr stille Kollegin sind schon da. Sie ist Frühaufsteherin. Als ich ankam, haben sie bereits vor der Tür gewartet.«

Morgan ging als Erste in den Umkleideraum, gefolgt von Ben. Sie wuschen sich die Hände und zogen sich Plastikschürzen und Handschuhe an. Eine schmale Tür führte in das Leichenschauhaus. Morgan sah sie einige Augenblicke lang an und wünschte, etwas Angenehmeres würde dahinter warten. Sie öffnete sie seufzend und trat hindurch. In dem großen, grell erleuchteten, sterilen Raum empfing sie ein Schwall kalter Luft. Der Temperaturunterschied ließ sie sogleich frösteln: Wendy und Isla, die neue Spurensicherungsbeamtin, sahen zu ihnen herüber und nickten ihnen zu.

»Ich fotografiere gerade«, sagte Wendy. »Isla steckt alle Spuren in Beweissicherungsbeutel. Isla, das ist Morgan und das Ben. Sie sind von der Kriminalpolizei.«

Isla lächelte sie an. An der Hinterwand befanden sich die

Kühlzellen, in denen die Leichen aufbewahrt wurden. Morgan warf einen Blick darauf und wandte sich dann dem leeren Stahltisch in der Mitte des Raums zu. Im Radio lief der Sender Smooth FM. Declan kam ebenfalls herein, ging schnurstracks zum Apparat und schaltete auf Radio eins um.

»Ich glaube nicht, dass Charlie Lust auf Golden Oldies aus den Sechzigern hat.«

Morgan zerriss es fast das Herz. Ein Kloß bildete sich in ihrer Kehle. Mein Gott, das würde das Härteste werden, was sie je hatte durchstehen müssen. Trotzdem war sie froh, für Charlie hier zu sein. Sie hatten ihr nicht helfen können, als sie noch am Leben gewesen war, aber sie konnten nun ihr Möglichstes tun, um den Mörder zu finden.

Als Susie zu den Kühlzellen ging, spürte Morgan, wie sich ihr ganzer Körper verkrampfte. Das schwere Kratzen von Metall auf Metall beim Öffnen des Fachs versetzte Morgan einen Schock. Susi zog den Hubwagen heraus, auf dem Charlies kleiner Körper in einer Leichenmulde lag. Dann trugen sie und Declan ihn darin zum Seziertisch und hoben ihn ohne Mühe darauf. Die in ein Laken gehüllte Leiche wirkte viel zu klein für den riesigen kalten Tisch, auf dem problemlos schwere Erwachsene Platz fanden. Niemand sprach, aber alle starrten auf das Bündel, bis Wendys Stimme die Stille durchbrach.

»Das ist so beschissen.«

»Allerdings«, pflichtete ihr Declan bei. »Wir sind jedoch hier, damit wir uns bestmöglich um sie kümmern. Charlie mag im Leben keine Chance gehabt haben. Aber wir alle, die wir hier sind, werden dafür sorgen, dass wir den, der das getan hat, erwischen.«

Sie nickten zustimmend. Declan und Susie begannen Charlies Leiche behutsam auszuwickeln. Morgan musste sich zwingen, ihre Augen weiter auf den Tisch zu richten, als das bleiche, kalte Gesicht sichtbar wurde. Sie blinzelte einige Male.

»Hallo, Charlie. Ich bin es, Declan. Wir sind uns gestern

schon begegnet. Ich habe dir ja gesagt, dass ich mich um dich kümmern werde. Du warst sehr tapfer. Ich hoffe, du verstehst, dass das, was wir heute tun, unbedingt notwendig ist. Wir müssen herausfinden, wer dir das angetan hat, mein liebes Mädchen.«

Wendy weinte hemmungslos und Morgan musste alle Kraft zusammennehmen, um nicht ebenfalls loszuheulen. Ben wandte den Blick ab. Susie brachte Wendy eine Packung Taschentücher und tätschelte ihr den Rücken.

»Sorry«, sagte Wendy. »Es ist nur ... ich habe eine Nichte im gleichen Alter und ...«

Declan wartete, bis sie sich die Augen gewischt und die Nase geputzt hatte.

Schließlich reckte sie das Kinn vor und nickte. »Gut, ich bin so weit.«

Niemand machte ihr einen Vorwurf. Es ging ihnen allen ebenso wie ihr.

Declan lächelte ihr zu. »Du kannst sie fotografieren, bevor wir sie ausziehen und ihr den Verband abnehmen. Hoffen wir, dass derjenige, der ihr den Kopf verbunden hat, ordentlich DNA-Spuren hinterlassen hat, damit wir den Dreckskerl so bald wie möglich schnappen.«

Morgan hoffte inständig, dass sich in dem blutgetränkten Verbandsmaterial ein Haar mit einem Follikel befand, aus dem sich DNA extrahieren ließ. Es würde ihnen viel Zeit sparen. Sie musste an Macy denken, die sich aus dem Haus gestohlen hatte, obwohl sie es nicht durfte, und einen Schokoriegel kaufen gegangen war. Wie viele Kinder hatten schon genau das Gleiche getan, ohne sich groß Gedanken darüber zu machen? Auch sie war oft aus Stans Haus geschlüpft, um sich mit Freundinnen zu treffen. Kinder dachten nicht an die Folgen, die solche Kleinigkeiten haben konnten. Macy hatte sich einen Schokoriegel geholt und war anschließend sofort wieder nach Hause gegangen, um ihn zu essen. Sie hatte nicht damit gerechnet, von einem Kindermörder entführt zu werden. Genauso wenig wie Charlie.

»Wir sehen hier, was schon die Röntgenaufnahme vermuten lassen hat.« Declan deutete auf die linke Schädelseite. »Ein stumpfes Trauma war für den Tod ursächlich. Ich denke, es wurde ihr perimortem zugefügt.« Er sah sie alle an und bemerkte ihre Verwirrung. »Das heißt, dass ihr die Verletzung in etwa zum Zeitpunkt des Todes zugefügt wurde und die Todesursache war. Selbst wenn es sie nicht sofort getötet hat, hat sie mit Sicherheit nicht mehr lange gelebt. Hier sieht man die Schädelfrakturen. Sie wurden durch die Wucht des Schlags verursacht. Das Cranium hat eine komplexe Knochenstruktur, die das Gehirn schützt und sich aus drei Schichten zusammensetzt: der Tabula externa an der harten Außenseite des Schädels, der Tabula interna an der Innenseite und der schwammigen Schicht dazwischen, die Diploe genannt wird. Durch den Schlag wurde die äußere, mittlere und innere Schicht zertrümmert. Vom Aufprallpunkt ausgehend haben sich Frakturen radial ausgebreitet.«

Ben versuchte, überallhin zu blicken, nur nicht auf Charlies zertrümmerten Schädel. Er fragte: »Was hat deiner Meinung nach die Verletzung verursacht?«

»Schwer zu sagen. Es kommen viele Objekte infrage. Ich kann leider keine Spuren erkennen, die klar darüber Aufschluss geben. Tut mir leid, ich weiß, das bringt euch nicht weiter. Auf jeden Fall war es ein schwerer stumpfer Gegenstand. Ähnliche Verletzungen sind mir schon öfter untergekommen. Sie wurde entweder von einem schweren Gegenstand getroffen oder …«

»Oder?«, fragte Morgan.

»… oder von einem Auto oder Lieferwagen angefahren. Genug Wucht, um solche Verletzungen zu verursachen, hätte ein Fahrzeug mit großen Frontschutzbügeln aus Metall oder Kuhfängern. Allerdings hat sie ansonsten keine weiteren Verletzungen, sieht man von einer linearen Abschürfung am rechten Arm ab.«

Er hob ihren Arm, um sich den langen, dünnen Kratzer anzusehen.

»Sie wurde von der relativen Bewegung eines spitzen Gegenstands auf der Haut verursacht. Ein Nagel oder ein Dorn vielleicht. Vielleicht wurde sie auch von einem Tier gekratzt. Susie, machst du bitte einen Abstrich davon? Für den Fall, dass der Mörder sie versehentlich gekratzt und uns dabei eine schöne DNA hinterlassen hat. Der Kratzer ist mit Sicherheit nicht die Folge eines Aufpralls, sonst wären da wesentlich mehr Abschürfungen und Schnitte. Außerdem hätte sie dann zahlreiche Hämatome. Die Kopfverletzung dagegen scheint eher durch einen harten Aufprall zustande gekommen zu sein.«

Morgan musste sogleich an Bretts Pick-up denken. Er hatte an der Vorderseite eine große Stoßstange aus Chrom, dessen war sie sich sicher. Vielleicht wollte er zu Charlie, fuhr ihr versehentlich über den Kopf und geriet anschließend in Panik.

»Was ist mit dem Todeszeitpunkt?«, fragte Ben.

Declan blickte auf. »Die Totenstarre hatte schon eingesetzt, als sie gestern Abend eingeliefert wurde. Sie muss zu dieser Zeit also bis zu dreißig Stunden tot gewesen sein. Wenn man den Eingang der Vermisstenmeldung in Betracht zieht, lässt sich der Zeitpunkt relativ genau einschätzen. Aus den Leichenflecken auf ihrem Rücken, also der violetten Verfärbungen, lässt sich schließen, dass sie mindestens sechs Stunden lang auf einer ebenen Fläche gelegen haben muss.«

»Wie sieht man das?«

»Die Flecken bilden sich innerhalb von dreißig Minuten nach dem Herzstillstand. Sie verändern sich nur, wenn der Körper in den ersten sechs Stunden bewegt wird. Danach bleiben sie bestehen, weil sich die Blutgefäße zu zersetzen beginnen. Wenn wir den Mageninhalt untersuchen, finden wir hoffentlich etwas, das uns mehr Hinweise gibt, sodass wir den

Zeitrahmen noch besser eingrenzen können. Das Verdauungssystem stellt nach dem Tod seine Tätigkeit ein und ist sozusagen eine Zeitkapsel, in der die letzten Augenblicke vor dem Ableben des Opfers festgehalten werden. Es dauert je nach der Art der Nahrung unterschiedlich lange, bis der Mageninhalt komplett verdaut ist, aber meistens ist es nach etwa sechs Stunden der Fall. Ist der Magen leer, wurde sie nicht sofort nach der Entführung umgebracht.«

Morgan schauderte bei dem Gedanken. Die arme Charlie. Sie schrieb alles mit, was Declan sagte, damit sie später in der Dienststelle den exakten Ablauf rekonstruieren konnten, um entsprechende Schlüsse daraus zu ziehen.

Als sich Declan schließlich ächzend aufrichtete, empfand Morgan eine gewisse Erleichterung. Im Verband war zwar, soweit man sehen konnte, nur Charlies eigenes Blut, aber der Stoff lag nun in einem Beweissicherungsbeutel und ging anschließend zur Analyse ins Labor. Declan trug die kleine Metallschale mit Charlies Mageninhalt zur langen Arbeitsfläche und warf einen Blick darauf.

»Oh, ich glaube, wir haben Glück. Ich sehe ein paar unverdaute Ananasstücke und etwas, das nach Schinken aussieht.«

Morgan sah Ben an. »Pizza. Wir müssen herausfinden, was Charlie gegessen hat, bevor sie aus dem Haus gegangen ist.«

Er nickte.

»Pizza wird normalerweise in ein paar Stunden verdaut«, fügte Declan hinzu. »Wenn sie die Pizza also gegessen hat, bevor sie nach draußen gegangen ist, dann ist sie innerhalb von zwei, drei Stunden nach dem Verzehr gestorben. Könnt ihr den Zeitrahmen damit etwas eingrenzen?«

»Ja, allerdings. Danke, Declan.«

»Sehr gern, Ben. Jetzt wissen wir wenigstens, dass sie zum Glück nicht auch noch sexuell missbraucht wurde. Ihre einzigen Verletzungen sind das tödliche Schädeltrauma und der Kratzer auf ihrem Arm.«

»Wenn es ein Unfall war und der Verursacher sie sofort in ein Krankenhaus gebracht hätte, wäre sie dann noch am Leben?«, fragte Morgan.

Declan drehte sich zu ihr und sah sie an.

»Das ist eine sehr gute Frage, aber die Antwort lautet Nein. Der Schlag hatte eine so katastrophale Schädelverletzung zur Folge, dass Charlie gestorben wäre, noch bevor man sie ins Krankenhaus hätte bringen können. Es hätte auch keine Möglichkeit gegeben, das zu behandeln. Wenn ihr uns nun bitte die weitere Arbeit erledigen lassen würdet. Wir müssen Charlie wieder etwas herrichten. Nicht wahr, Susie?«

Susie nickte und lächelte Morgan an. »Ja, wir nähen alles wieder sauber zusammen. Ihre Mutter wird nichts von der Autopsie bemerken.«

Das beruhigte Morgan etwas. Ben wandte sich zum Gehen und sie folgte ihm. Dahinter kamen Wendy und Isla mit braunen Papierbeuteln, in denen sich Charlies Kleidung befand.

VIERUNDZWANZIG

Detective Constable Amy Smith feilte gerade ihre Nägel. Die Heizung blies heiße Luft in den kleinen Ford Focus, während sie in der Nähe der Zufahrt zur Cedarwood Grove darauf wartete, dass Brett Mosely auftauchte. Sie war erleichtert, dass sie nicht mit zur Autopsie des Mädchens hatte gehen müssen. So taff und erfahren sie auch war, mit ermordeten Kindern zu tun zu haben, hasste sie noch immer. Zum Glück kam das in diesem Teil der Grafschaft Cumbria nicht sehr oft vor. Sie hatte Des geschickt, Kaffee und etwas zu essen zu besorgen. Auf ein großes, feines, saftiges Stück Kuchen hatte sie jetzt große Lust. Aber so wie sie Des kannte, würde er mit zwei Ziegenkäsesalaten und einer Tüte Veggie-Snacks zurückkommen. Er hatte seit noch nicht allzu langer Zeit eine neue Freundin, die er mit seinem enormen kulinarischen Wissen und gesunder Ernährung zu beeindrucken versuchte. Wogegen nichts einzuwenden war – auch sie versuchte immer wieder, gesünder zu essen. Allerdings gab es Grenzen. Wenn er mit etwas antanzte, was Ziegenkäse oder Tofu enthielt, garantierte sie für nichts mehr. Wie zur Bestätigung knurrte ihr Magen gewaltig. Im Rückspiegel sah sie etwas Silbriges aufblitzen. Sie beobachtete, wie

Des seinen Wagen parkte, und wartete darauf, dass er ihr das Essen brachte. Beide saßen in ihren eigenen Autos, sodass sie einzeln zur Toilette gehen und sich Kaffee besorgen konnten, ohne die Observation unterbrechen zu müssen. Als sie das Seitenfenster herunterfuhr, reichte Des einen großen Papierbecher Kaffee und eine braune Papiertüte hindurch.

Sie sah ihn fest an und fragte: »Was ist im Becher und was in der Tüte?«

»Himmel, Amy, wie wär's mit einem kleinen ›Danke, Des, dass du los bist, um etwas zu essen zu besorgen, ich weiß das sehr zu schätzen‹?«

»Ein Danke gibt's erst, wenn ich weiß, was drin ist. Und gnade dir Gott, wenn es ein koffeinbefreiter Soja Latte ist.«

Er schüttelte den Kopf. »Es ist ein Latte mit voller Koffeindröhnung und Kuhmilch. Und in der Tüte steckt ein Thunfisch-Mayo-Baguette mit Käse und ohne Salat. Zufrieden, eure Majestät?«

Sie grinste ihn an. »Viel besser, als ich gehofft hatte, danke dir. Was hast du dir geholt?«

Sie rechnete mit irgendeiner unappetitlichen Mischung, doch er meinte nur: »Dasselbe wie du.«

»Echt jetzt? Kann nicht sein. Das glaube ich nicht. Ist heute dein Cheat Day, oder was?«

»Sie hat mich wegen des Typs sitzen lassen, der gerade das neue Fitnessstudio in der Salter Road eröffnet hat. Warum also soll ich mich kasteien?«

Es kam nicht oft vor, dass Amy die Worte fehlten, aber das verschlug ihr die Sprache. Des tat ihr leid. Er wirkte am Boden zerstört.

»Dann ist Gertha eine Idiotin.«

»Birgitta, nicht Gertha. Und nein, eigentlich nicht. Sie ist viel jünger als ich und wir haben nun einmal unmögliche Arbeitszeiten. Aber ich habe sie wirklich gemocht.«

Was als Nächstes passierte, geschah so schnell, dass keiner

der beiden es kommen sah. Sie bemerkten den Mann nicht, der mit schmerz- und zornverzerrtem Gesicht auf sie zukam. Des lehnte gerade in Amys Seitenfenster und sprach mit ihr, als er plötzlich einen Arm spürte, der sich wie eine Schraubzwinge um seinen Hals legte und ihn nach hinten riss.

Amy schrie: »Shit!«, und schüttete den ganzen Kaffee über sich und den Fahrersitz, als sie aus dem Auto sprang. Sie schnappte sich das Funkgerät vom Beifahrersitz und rief hinein: »Brauchen dringend Unterstützung in Cedarwood Grove. Sofort!« Sicherheitshalber drückte sie noch den orangen Notfallknopf am Gerät, denn sie hatte keine Zeit, der Einsatzleitstelle ausführlichere Erklärungen durchzugeben, während Des gerade von Brett Mosley verprügelt wurde. Brett hatte Des' Kopf im Würgegriff. Das Gesicht des Polizisten lief bereits blau an. Amy rannte zu den beiden Männern, zog das Reizgasspray aus der Tasche und hielt es Brett vor die Augen.

»Sofort loslassen! Es tut mir leid, dass Charlie tot ist, aber Sie gehen auf die Falschen los.«

Durch den Würgegriff waren Des' Augen bereits wässrig geworden. Tränen strömten ihm über das Gesicht.

Brett starrte sie mit vor Wut und Schmerz wirren Augen an. Amy sah, dass er nicht mehr erreichbar war – ihre Worte kamen bei ihm gar nicht an. Sie schnippte die Verschlusskappe von der kleinen schwarzen Spraydose, zielte auf seine Augen und drückte auf den roten Knopf. Ein Flüssigkeitsstrahl schoss in Bretts Gesicht. Es dauerte einige Augenblicke, bis er vor Schmerz und Zorn aufschrie und seinen Griff um Des' Hals löste. Des fiel keuchend und spuckend auf Hände und Knie und sog gierig die Luft ein. Plötzlich erfüllte Sirenengeheul die Straße. Noch bevor Amy reagieren konnte, hörte sie schon die Tritte schwerer Stiefel auf sie zukommen. Zwei Uniformierte schnappten sich Brett, der sich erbittert wehrte, während sie ihn zum Kastenwagen zerrten, obwohl er durch das Reizgas vorerst kampfunfähig geworden war. Des hielt die Augen noch immer fest geschlossen.

»Verdammt, Amy! Hast du auf mich oder ihn gezielt? Ich kann verdammt noch mal nichts sehen. Meine Augen brennen wie Feuer.«

Amy lachte – zu laut, aber es war traurig und lustig zugleich. »Und ich habe vom Kaffee Verbrennungen dritten Grades im Schritt, weil ich ihn mir zwischen die Beine geschüttet habe, als ich aus dem Auto gesprungen bin. Was hast du denen gesagt? Dass sie ihn so heiß machen sollen, dass es mir die Zunge wegbrennt?«

Des stöhnte. Trotz des Schmerzes hatte er den Anflug eines Lächelns auf seinen Lippen. Wieder waren Schritte zu hören, als noch ein Kastenwagen der Polizei eintraf. Madds, der Sergeant vom Dienst, kam mit zwei weiteren Polizisten herbeigerannt.

»Was geht denn hier ab? Police Academy? Ihr hattet einen einzigen Auftrag, ihr beiden, und jetzt seht euch an, was ihr daraus gemacht habt. Amy, hast du dich bepisst?«

Amy grinste ihn an. Sie war drauf und dran, ihm zu sagen, dass er sich verziehen solle. Aber er hatte recht und obwohl er nicht lächelte, konnte sie doch ein Funkeln in seinen Augen erkennen, das sie noch aus der Zeit kannte, als sie gemeinsam in einer Einheit gewesen waren. Er würde die Story in den nächsten Wochen jedem auf die Nase binden, der sie hören wollte.

»Ich nehme an, ihr habt ihn wenigstens in Gewahrsam, sodass wir jetzt wissen, wo er ist.«

»Ist das jetzt ein ›Gut gemacht‹, Sergeant? Und nein, ich bin nicht inkontinent: Ich habe mir Kaffee über die Hose geschüttet.«

»Gut gemacht? Das ist eine Katastrophe, Amy. Weißt du, was das für einen Shitstorm gibt? Dem trauernden Vater eines toten Kindes mitten auf der Straße unter den Augen der

Öffentlichkeit Pfefferspray ins Gesicht zu sprühen? Die Presse wird sich mit Begeisterung darauf stürzen. Heute Abend ist es in den Fernsehnachrichten. Du und Desmond, ihr werdet berühmt sein.«

»Wäre er nicht auf Des losgegangen, wäre das alles nicht passiert.«

Madds zuckte die Schultern. »Kann schon sein, aber dieser erste Teil der Geschichte interessiert niemanden. Ob ein Bulle Prügel bezieht, kümmert keinen. Fahrt in die Dienststelle und bringt euch in Ordnung. Wo ist überhaupt Ben? Hat er es etwa für eine gute Idee gehalten, euch allein etwas machen zu lassen?«

»Er ist gerade im Leichenschauhaus. Und ja, eigentlich weiß er, dass wir ziemlich fähig sind, vielen Dank auch.«

Diesmal musste Madds lachen. Er ging zu seinem Kastenwagen, mit dem er gekommen war, und schüttelte den Kopf.

»Wollt ihr mit zurückfahren? Ihr könnt hinten in der Gefangenenzelle sitzen.«

Amy schüttelte den Kopf. »Nein, alles in Ordnung.«

Madds fuhr weg und Des murmelte: »Blind und mit gebrochenem Hals – ist das deine Vorstellung von ›alles in Ordnung‹, Amy?«

»Willst du dir den ganzen Weg zurück zur Dienststelle anhören, wie er sich über uns lustig macht? Ich nicht. Wir fahren mit deinem Auto zurück. Ich sitze nicht gern in einer Kaffeelache.«

Sie half ihm auf die Beine, hakte sich bei ihm unter und führte ihn zu seinem Wagen, wo die Zündschlüssel noch steckten. Nachdem sie ihn auf dem Beifahrersitz platziert hatte, holte sie ihr Thunfischbaguette und die Schlüssel aus ihrem Auto und verriegelte es. Dann schickte sie Ben eine Nachricht.

Brett Mosley ist in Gewahrsam. Ruf mich an, wenn du kannst.

Dann fuhr sie mit Des zurück zur Dienststelle, um etwas anderes anzuziehen, sich dem Bombardement aus Fragen zu stellen, mit denen sie rechnen mussten, und die vielen Berichte auszufüllen. Wenigstens war ihr Detective Chief Inspector wieder aus dem Urlaub zurück. Sie erklärte lieber alles Tom und holte sich den Rüffel von ihm, als irgendeinem diensthabenden Inspector, der ihn vertrat, Rede und Antwort zu stehen.

FÜNFUNDZWANZIG

In der Dienststelle ging es hoch her. Lautes, raues Gelächter drang aus dem Briefingraum, in dem die neue Schicht gerade ihre Anweisungen für die nächsten zehn Stunden erhielt. Ben sah im Vorbeigehen Morgan an und murmelte: »Schön zu wissen, dass alle zufrieden sind. Wenn man sie so hört, möchte man gar nicht meinen, dass wir ein totes und ein vermisstes Mädchen haben, nicht wahr?«

Morgan sagte nichts. Manchmal war schwarzer Humor das Einzige, was einen die Schicht überstehen ließ. Ihre Arbeit konnte lustig, schrecklich und herzzerreißend zugleich sein. Sie gingen nach oben in die kriminalpolizeiliche Abteilung. Auf halbem Weg hörten sie Madds von unten rufen: »Ben, kann ich kurz mit dir reden?«

Ben warf einen Blick zu ihm hinab. Morgan sah ihm an, dass er nicht in der Stimmung für das war, was auf ihn wartete. Trotzdem machte er kehrt und ging nach unten ins Zimmer des Sergeants, während sie den Weg in ihr Büro fortsetzte. Dort saß Amy mit dem Kopf in den Händen an ihrem Schreibtisch und daneben Des mit stark geröteten Augen. Morgan wusste nicht, ob er geweint hatte und sie gerade in eine sehr private Angelegenheit zwischen beiden hineingeplatzt war. Aber dann sah Amy sie an und schnitt eine Grimasse.

»Alles okay, Des?«, fragte Morgan.

Er schüttelte den Kopf. »Nein, dank Amy sehe ich auf einem Auge nichts mehr.«

»Um Himmels willen«, rief Amy. »Wenn ich dem Kerl kein Reizgas verpasst hätte, wärst du jetzt vielleicht tot, und dann würde es keine Rolle mehr spielen, ob du etwas siehst oder nicht, meinst du nicht auch, du undankbarer Schwachkopf?«

Morgan blieb der Mund offen. Sie starrte Amy an, dann Des und hatte keine Ahnung, wovon sie eigentlich redete. Bevor sie fragen konnte, stürmte Ben durch die Tür herein und schlug sie hinter sich zu. Er sah zuerst Amy und schließlich Des an und schüttelte den Kopf.

»Herrgott, was für eine Scheiße. Bist du okay, Des? Musst du ins Krankenhaus?«

Des schüttelte den Kopf. »Nein. Ich habe ein bisschen Halsschmerzen, aber mein Hals brennt nicht so schlimm wie meine Augen.«

Amy warf entrüstet die Arme hoch. »So etwas Undankbares! Das nächste Mal sehe ich zu, wie du erwürgt wirst, und erspare mir Verbrennungen dritten Grades.«

Morgan blickte Ben fragend an. Sie hoffte, er würde etwas Licht in die Angelegenheit bringen.

»Erzähl mir, was passiert ist.«

Amy stand auf. Erst jetzt bemerkte Morgan erstaunt den dunklen Fleck auf ihrer Hose.

»Des hatte uns etwas zu essen geholt. Als er mit mir durch das Autofenster geredet hat, kam auf einmal Brett Mosely von hinten und nahm ihn in den Würgegriff. Er hat ihm wirklich die Kehle zugedrückt. Ich bin aus dem Auto gesprungen, habe mich dabei verbrüht und den Notfallknopf gedrückt, um Hilfe zu holen. Dann habe ich Mosley freundlich gebeten, Des loszulassen, aber man sah ihm an, dass er völlig weggetreten war,

Chef. Er hatte richtig irre Augen. Also habe ich ihm Reizgas verpasst und dabei Des versehentlich die Rolle der Drama Queen zugewiesen. Die Streife kam, nahm Mosley in Gewahrsam und jetzt sitzt er in einer Zelle und wartet auf die Befragung.«

Ben fuhr sich mit der Hand über den Kopf und nickte. »Na, wenigstens ist er jetzt hier, sodass wir mit ihm reden können. Ihr habt das gut gemacht, ihr beiden, und getan, was ihr musstet. Macht euch keine Sorgen deswegen. Das mit Charlie tut mir sehr leid. Ich habe sie nicht gekannt und kann mir wahrscheinlich nicht einmal annähernd vorstellen, wie es Brett geht, aber trotzdem kann er nicht einfach herumlaufen und versuchen, meine Beamten umzubringen, nur weil er wütend ist. Wo war er überhaupt die letzten zwanzig Stunden? Was verschweigt er uns? Er war uns gegenüber von Anfang an nicht ehrlich. Irgendwelche Klagen gegen uns kann er vergessen, falls er meint, er müsse uns damit drohen. Wir geben ihm noch ein bisschen Zeit, sich zu beruhigen. Dann rede ich mit ihm und sehe, wie ich mit ihm zurechtkomme.«

Tom, der nach Ben ins Büro gekommen war, nickte zustimmend. »Sie haben beide getan, was unter solch schwierigen Umständen notwendig war. Niemand wollte, dass es letztlich so ausgeht, und je früher Mr Mosely erkennt, dass wir auf seiner Seite sind, desto besser. Ich bin froh, dass ich von meinem Törn zurück bin. Es kommt mir vor, als sei ich gar nicht weg gewesen.« Er zwinkerte Amy zu, die lächelte.

»Schön, dass Sie wieder da sind, Sir.«

»Haben wir das zweite vermisste Mädchen jetzt gefunden?«

Niemand sagte etwas. »Na gut. Was genau wird getan, um sie aufzuspüren? Ich will damit niemandem an den Karren fahren, es ist lediglich eine Frage. Bringt mich auf den neuesten Stand. Was wurde bisher unternommen und was nicht?«

Ben ging zu dem großen Whiteboard, auf dem mit

schwarzem Marker »Charlie« und »Macy« geschrieben stand. »Macy ist ohne Vater aufgewachsen. Er lebt in Schottland. Die schottische Polizei ist gerade dabei, ihm einen Besuch abzustatten, um zu sehen, ob er sie vielleicht mitgenommen hat. Unser Suchteam ist im Einsatz, wir haben eine Sondereinheit eingerichtet und auch der Hundeführer ist draußen. Die Kontaktbereichsbeamten gehen noch einmal von Tür zu Tür. Die Gegend ist abgeriegelt, bis wir der Meinung sind, dass wir sämtliche Spuren gesichert haben. Macys Haus wurde vom Dachboden bis zum Garten durchgekämmt, aber dort ist sie nicht. Wir haben mit allen Freunden und Verwandten gesprochen. Mit Sicherheit gesehen wurde sie das letzte Mal gestern Abend in einem kleinen Laden um die Ecke, wo sie sich einen Schokoriegel gekauft hat. Auf dem Nachhauseweg hat sie mit ihrem Hund eine Abkürzung durch die Gasse zwischen der Friars und der Cloisters Lane genommen, ist aber nie zu Hause angekommen. Morgan hat den Schokoriegel kurz vor der Einmündung der Gasse in die Cloisters Lane zwischen Unkraut entdeckt. Sie war also fast schon in Sicherheit und scheint direkt in der Gasse entführt worden zu sein. Der Hund ist allein nach Hause zurückgelaufen. Als Macys Mutter heimkam, hat sie ihn winselnd im Vorgarten angetroffen.«

Tom schüttelte den Kopf. »Unglaublich. Wie weit ist die Gasse von der Straße entfernt, in der Charlie gekidnappt wurde?«

»Knapp zweihundert Meter.«

»Wer ist unser Hauptverdächtiger? Haben wir überhaupt einen?«

»Da wäre Vincent Jackson, der auf halbem Weg zwischen Charlies Adresse und der Gasse wohnt. Er ist ein registrierter Sexualstraftäter.«

»Ja, ich kenne ihn.«

»Er wohnt mit seiner alten Mutter zusammen. Wir haben ihn zur Vernehmung hergebracht und sein Auto beschlagnahmt, um es auf Spuren zu untersuchen. Doch außer seinen Vorstrafen gibt es nichts, was darauf hindeutet, dass er etwas mit den Mädchen zu tun haben könnte.«

»Warum ist Charlies Vater in Gewahrsam? Was hat er sich abgesehen von dem Angriff auf Des zuschulden kommen lassen?«

»Er hat sehr ausweichend reagiert, als wir ihn gefragt haben, wo er war, als sie entführt wurde. Eigentlich hätte er sie abholen und über Nacht bei sich behalten sollen, hat aber ihrer Mutter gesagt, dass er keine Zeit hätte. Dann ist er mit seiner neuen Freundin zum Essen gegangen. Im Restaurant kamen sie so spät an, dass sie beinahe keinen Platz mehr bekommen hätten. Das alles hat er uns bei der ersten Befragung verschwiegen. Wir kommen gerade von Charlies Autopsie zurück. Die Todesursache war ein stumpfes Schädeltrauma. Der Pathologie meint, es könnte von einem Allradfahrzeug oder Pick-up mit Frontschutzbügel verursacht worden sein. Und Mosley fährt einen Pick-up.«

Morgan fügte hinzu: »Hinzu kommt, dass er vor Jahren mit Macys Mutter Carol gegangen ist und sie für Amanda, Charlies Mutter, verlassen hat. Außerdem habe ich herausgefunden, dass vor fünfzehn Jahren ein weiteres Mädchen verschwunden ist.«

Tom nickte. »Genau. Das war Eleanor Fleming. Sie wollte weg aus der Provinz. Wenn wir uns nur auf Indizien stützen, käme er auf jeden Fall infrage. Aber hat er ein Motiv? Gibt es irgendetwas, das über die derzeitigen Hinweise hinausgeht?«

»Nein.«

»Dann könnt ihr zwar mit ihm reden und von ihm einen lückenlosen Nachweis seines Verbleibs einfordern. Aber anschließend müsst ihr ihn laufen lassen.«

Des sah Tom an. »Und was ist mit dem Angriff auf mich? Er kann doch nicht einfach herumlaufen und fremde Leute würgen, nur weil er einen schlechten Tag hat.«

»Nein, das kann er nicht, da haben Sie recht. Aber unter den gegebenen Umständen wird sein Anwalt einwenden, dass er aufgrund seiner Trauer nicht er selbst war und es nicht im öffentlichen Interesse ist, ihn strafrechtlich zu belangen. Wir müssen uns darauf konzentrieren, das vermisste Mädchen zu finden, bevor es zu spät ist. Vielleicht können wir ihn ja unauffällig überwachen lassen. Amy, kannst du dich mit seinem Background befassen? Hat er ein Lager, eine Garage oder etwas Ähnliches, wo er ein Kind ohne großes Risiko, entdeckt zu werden, verstecken könnte? Hat er schon Vorstrafen wegen Körperverletzung? So etwas in der Art?«

Morgan meldete sich. »Als wir ihn zu Hause aufgesucht haben und Philippa mir Charlies Zimmer zeigte, hat sie sich gebückt. Da ist mir aufgefallen, dass sie einen großen blauen Fleck an der Seite hatte. Als ich sie darauf angesprochen habe, hat sie sehr ausweichend reagiert. Es kann also durchaus sein, dass Brett ihr gegenüber gewalttätig wird.«

Tom nickte. »Danke, wir werden das im Hinterkopf behalten.«

Ben kam mit einem Stapel ausgedruckter Seiten ins Büro. »Wir können jeden registrierten Sexualstraftäter in Rydal Falls überprüfen und die Aktion dann auf Kendal ausweiten. Ich will, dass wir die Kennzeichen aller Fahrzeuge, die ihnen gehören oder zu denen sie Zugang haben, durch die automatische Nummernschilderkennung laufen lassen, um zu sehen, ob sie in etwa zu der Zeit, als Charlie und Macy verschwanden, in der Gegend von Rydal waren. Amy, du und Morgan könnt zusammen losziehen. Des, ist es okay für dich, wenn du mich begleitest, nachdem ich mit Brett gesprochen habe? Dann hast du noch Zeit, dir einen Kaffee zu holen.«

Des nickte. Er wirkte, als sei alle Luft aus ihm gewichen. Morgan sah zu Amy, die stumm die Worte »Liebeskummer« formte. Morgan nickte. Es war ihr egal, mit wem sie loszog oder was sie tat, solang es etwas Sinnvolles war und half, Macy zu finden.

»Gibt es viele Sexualstraftäter in Rydal? Die Stadt ist schließlich nicht so groß wie Kendal oder Barrow.«

Amy warf einen Blick auf den Computerbildschirm und sagte: »Hier gibt es sechs. In Kendal sind es wesentlich mehr. Soviel ich weiß, haben wir im gesamten Süden von Cumbria siebzig, aber dazu gehört auch Barrow. Und Barrow ist groß.«

»Sir, was ist mit Eleanor?«, fragte Morgan.

Tom fixierte Morgan mit seinen braunen Augen. »Was soll mit ihr sein?«

»Sie könnte das erste Opfer gewesen sein. Wer sie entführt hat, hat sie vielleicht auch umgebracht. Man verschwindet in diesem Alter nicht einfach spurlos, ohne dass jemand an einem so kleinen Ort wie diesem hier etwas mitbekommt. Was, wenn der Mörder wegen eines anderen – schweren – Verbrechens gefasst wurde, eine Zeit lang im Gefängnis saß und erst vor Kurzem freikam? Das würde den großen zeitlichen Abstand zwischen Eleanors und Charlies Verschwinden erklären. Vielleicht waren beide Mädchen einfach zur falschen Zeit am richtigen Ort.«

Tom lächelte. »Sehr gut, Morgan, das gefällt mir. Aber im Augenblick müssen wir uns darauf konzentrieren, Macy zu finden. Dann können wir sehen, ob es eine Verbindung zu Eleanor Fleming gibt.«

Sie war enttäuscht, doch so ganz überraschte sie seine Reaktion nicht. Er hatte recht: Natürlich mussten sie Macy oberste Priorität einräumen. Aber es störte sie, dass alle in Rydal Falls Eleanor aufgegeben hatten, ohne einen Gedanken an sie zu verschwenden. Sie würde alles daransetzen, aufzudecken, was mit ihr geschehen war.

»Gut. Dann machen wir uns an die Arbeit«, sagte sie.

Sie verließen das Büro. »Ich muss nach Hause und die Hose wechseln«, flüsterte Amy.

»Natürlich. Soll ich dich fahren? Dann kannst du bei dir schnell aus dem Auto springen?«

Amy nickte. Sie gingen in den Hinterhof der kleinen Dienststelle. Hier pfiff der Wind und ließ das abgefallene Herbstlaub der Bäume in wilden Wirbeln tanzen.

»Es wird eisig«, meinte Amy. »Ich glaube, ich ziehe meine lange Thermounterhose an. Frierst du nicht, Morgan?«

Morgan sah auf ihren Hosenanzug und merkte, dass sie viel zu dünn angezogen war. Aber sie wollte keine Zeit verlieren. »Schon okay, danke«, sagte sie. Sie nahm sich vor, morgen etwas Passenderes anzuziehen.

Vor Amys Haus war kein Parkplatz frei. Deshalb blieb Morgan mit laufendem Motor und eingeschalteter Warnblinkanlage in zweiter Reihe stehen. Da klingelte ihr Handy.

»Hallo?«

»Hallo, Traumfrau.«

Beim Klang von Fins weicher, ausdrucksvoller, südenglisch gefärbter Stimme musste sie lächeln.

»Ich wollte nur wissen, ob es dir gut geht.«

»Mir geht es gut, danke. Ich friere und bin gestresst, aber sonst okay. Und wie geht es dir?«

»Mir? Großartig. Hast du später Zeit? Ich wollte fragen, ob du vielleicht etwas mit mir essen, ein paar Gläser Wein trinken und nach unserem misslungenen Date gestern Abend entspannen möchtest.«

»Liebend gern, aber …«

»Ja, ja, bei dir gibt es immer ein Aber.«

Er lachte, aber Morgan bemerkte einen leicht verärgerten Unterton.

»… aber ich weiß nicht, wann ich fertig bin.«

»Wie wäre es, wenn du mich anrufst, sobald du zu Hause

bist? Ich könnte uns etwas zu essen und ein paar Flaschen Wein besorgen.«

Sie sah Amy mit einem Ersatzmantel über dem Arm auf das Auto zueilen.

»Sorry, ich muss los. Und ja, das hört sich sehr gut an. Gibt es was Neues von Macy?«

Sie hatte sich fest vorgenommen, ihn nicht danach zu fragen, aber die Worte waren draußen, bevor sie Zeit hatte, darüber nachzudenken. Sie hoffte, er würde für das, was er ihr erzählte, keine Informationen im Gegenzug fordern, denn sie konnte und wollte sie ihm nicht geben.

»Im Augenblick nicht, tut mir leid.«

»Oh, schon okay. Danke. Ich hatte gehofft, dass dir etwas zu Ohren gekommen wäre.«

Inzwischen war Amy eingestiegen und sah sie an. »Bis später, Fin. Bye«, sagte Morgan und beendete das Gespräch.

»Fin? Ist das dein neuer Freund, der Journalist, den Ben nicht ausstehen kann? Ich habe gehört, er sieht großartig aus und fährt einen Porsche. Also nehme ich an, dass er reichlich Kohle hat.«

Morgan starrte Amy entgeistert an. »Woher weißt du das? Dir entgeht aber auch nichts.«

Amy zuckte die Schultern. »Ich habe meine Quellen und weiß gern, was läuft. Außerdem kann ich nichts dafür, wenn ich Sachen herausfinde. Schließlich bin ich Kriminalbeamtin – es ist mein Beruf, zu erfahren, was passiert. Du magst ihn wohl?«

»Bist du nur neugierig?«

Amy lachte. »Komm schon, deinem Tantchen Amy kannst du es doch erzählen. Ich verrate es auch niemandem.«

»Also, ja. Aber es ist kompliziert. Wohin fahren wir als Erstes?«

Amy schnappte sich das Blatt mit Namen und Adressen vom Rücksitz und warf einen Blick darauf.

»Wir fahren zuerst zu den Wohnungen in der Sun Street. Dort wohnt ein Typ, der früher als Security gearbeitet hat, aber eine Vorliebe für Nacktfotos von Kindern unter dreizehn Jahren hat.«

Morgan schauderte. Die Welt war voller Ungeheuer in unterschiedlichster Verkleidung.

»Was ist jetzt mit diesem Fin?«

»Was soll mit ihm sein? Er ist eine nette Ablenkung von diesem ganzen Elend. Ich kenne ihn kaum und möchte nur ein bisschen Spaß haben. Auf etwas Ernstes habe ich keine Lust. Eigentlich will ich lediglich ein bisschen entspannen und über etwas anderes als die Arbeit plaudern.«

Amy nickte. »Ich wette, Ben gefällt das nicht besonders.«

»Warum nicht? Er ist mein Chef. Was ich privat mache, geht nur mich etwas an.«

»Zunächst einmal ist Fin Journalist. Selbst wenn er auf den ersten Blick nicht neugierig wirkt, ist er doch nur auf Informationen aus, darauf wette ich. Außerdem dachte ich, dass du und Ben, na, du weißt schon.«

»Was weiß ich schon?«

Amy sah sie an. »Nichts. Ich dachte, ihr wärt befreundet.«

»Wir sind auch befreundet. Nicht mehr und nicht weniger.«

»Möchtest du nicht mehr, als nur befreundet zu sein? Ich denke, ihr würdet ein gutes Paar abgeben.«

»Himmel, Amy.«

»Sorry. Ich halte jetzt meinen Mund.«

»Ben hat eine feste Freundin. Zumindest geht er mit ihr aus.«

»Nein, wirklich?«, rief Amy schockiert. »Mit wem?«

»Mit Emily. Sie wohnt im Apartment über mir. Ich habe sein Auto schon draußen stehen sehen und sie hat ihn ein paarmal erwähnt.«

»Sieh an, sieh an, die hat's faustdick hinter den Ohren. Die

Stillen sind die Schlimmsten, das bewahrheitet sich wieder einmal.«

Morgan hatte dazu nichts zu sagen und so fuhren sie die restliche Strecke zur Sun Street schweigend. Unterwegs fragte sie sich, ob sie sich noch mehr mit Eleanors Verschwinden befassen konnte, ohne sich in Schwierigkeiten zu bringen.«

SECHSUNDZWANZIG

Drei Stunden später hatten sie allen sechs Personen auf der Liste einen Besuch abgestattet. Es handelte sich um fünf Männer und eine Frau, die von Doncaster hergezogen war. Alle hatten die Beamten in ihre Häuser, Wohnungen oder Zimmer gelassen, damit sie sich umsahen. Auf Widerstand waren sie kaum gestoßen. Einige hatten sich allerdings etwas schockiert gezeigt, dass sie ausgerechnet bei ihnen nach den beiden Mädchen fragten. Inzwischen war der Abend schon weit fortgeschritten. Morgan war müde, vor allem aber hungrig. Sie rief Ben an.

»Wir haben mit allen auf der Liste gesprochen und ihre Wohnungen durchsucht. Leider hat es nichts gebracht.«

»Einen Versuch war es trotzdem wert, danke dir. Ich hatte wirklich gehofft, dass einer von ihnen Macy vielleicht hätte.«

»Wir auch. Was machen wir jetzt?«

»Nichts. Ich habe Beamte in Zivil um den Spielplatz Piggy Lane herum postiert, für den Fall, dass der Täter beschließt, Macy wie Charlie dort abzulegen. Im Moment weiß ich nicht, was wir sonst noch tun könnten. Bislang hat sich niemand gemeldet, also wurde sie nicht wegen einer Lösegeldforderung entführt. Die schottische Polizei hat ihren Vater befragt, der allerdings schon seit drei Wochen nicht mehr auf Achse ist, weil er sich den Knöchel gebrochen hat.«

»Ach, der Arme.«

»Ja, allerdings. In ganz Rydal Falls sind weitere Beamte in Zivil verteilt. Ich habe sie zum Teil aus anderen Landesteilen herkommen lassen. Im Moment bin ich mit meinem Latein am Ende. Wir könnten höchstens noch an jeder einzelnen Wohnung in ganz Rydal Falls anklopfen, aber dafür fehlt mir schlichtweg das Personal. Brett hat geheult wie ein Baby. Er meinte, er hätte nichts mit Charlies Verschwinden zu tun, sondern sich mit einer anderen Frau getroffen, weshalb er auch so spät zum Essen mit Phillipa gekommen sei, mit dem sie den Jahrestag ihres Kennenlernens feiern wollten. Er ist ein erbärmlicher, lügender und betrügender Scheißkerl, aber wohl kein Mörder. Auch hat er zugegeben, früher mit Carol befreundet gewesen zu sein, und dann gefragt, was das mit dem Ganzen zu tun hätte – es sei zehn Jahre her und Rydal Falls sei nun einmal eine kleine Stadt. Sie seien alle in dieselbe Klasse gegangen. Ich muss sagen, ich glaube ihm. Wir haben auch mit seiner Zweitfreundin gesprochen, die sein Alibi bestätigt hat.«

In seiner Stimme schwang Bitterkeit mit, gepaart mit Selbstvorwürfen und Enttäuschung. Sie hätte ihn am liebsten in den Arm genommen. Die Sache ging ihm nahe, als sei er für alles verantwortlich.

»Ben, du tust, was du kannst, es ist nicht deine Schuld. Willst du nicht nach Hause gehen und dich etwas ausruhen? Wann hast du das letzte Mal geschlafen?«

»Ich weiß nicht, was ich machen soll. Die Direktion hat uns Detective Chief Inspector Claire Williams von der Mordkommission als Fulltime-Beraterin geschickt. Sie geht alles durch, was wir bisher gemacht oder nicht gemacht haben. Ein frisches Augenpaar sieht den Fall vielleicht aus einer neuen Perspektive. Ich habe ihr die bisherigen Unterlagen per E-Mail geschickt, damit sie sich heute Abend einarbeiten kann.«

»Und was machen wir jetzt?«

»Nach Hause gehen. Vor allem du, Morgan, hast deine Kräfte schon aufgebraucht. Ruh dich aus, iss etwas, schlaf, wenn du kannst. Und falls es Neuigkeiten gibt, sind wir die Ersten, die informiert werden, das hat man mir versichert.«

Er beendete das Gespräch. Sie wusste, was er mit »Neuigkeiten« meinte: das Auffinden von Macys Leiche. Amy sah sie fragend an.

»Er sagt, wir sollen für heute Schluss machen. Es gibt nicht mehr viel zu tun.«

Amy zuckte die Schultern. »Das ist doch Quatsch. Hast du nicht ein paar zündende Ideen? Du bist doch die Superermittlerin von Rydal Falls, die vom Himmel herabschwebt und den Fall löst.«

Morgan fühlte Ärger in sich aufsteigen, weil Amy so sarkastisch war. Aber in Amys Gesichtsausdruck lag Hoffnung und Morgan merkte, dass sie es ernst und nicht spöttisch meinte.

»Wir können an jede Tür klopfen und uns in Charlies Straße auf die Lauer legen. Aber Ben hat gesagt, dass er dort schon Beamte in Zivil postiert hat. Ich weiß nicht, was man sonst noch tun könnte. So machtlos zu sein macht mich krank. Kannst du mich zu Hause absetzen? Ich muss etwas tun, um die Spannung loszuwerden. Schade, dass ich keinen Boxsack habe. Ich war noch nie im Leben so frustriert.«

»Geh in den Boxclub in der Dalkeith Street. Paul Ryan war Polizist, bevor er auf Personal Trainer umgesattelt hat. Er arbeitet seit Jahren als Boxtrainer. Das würde dir wirklich guttun. Und jemandem wie dir, der ständig in Auseinandersetzungen gerät, schadet es überhaupt nicht, wenn er lernt, ordentlich zuzuschlagen.«

»Danke. Vielleicht mache ich es tatsächlich, aber nicht mehr heute Abend. Ich fahre nach Hause und chille.«

Als Amy vor Morgans Apartment hielt, pfiff sie anerkennend.

»Der ist ja ganz schön hartnäckig. Wie lange, denkst du, wartet er schon in seinem Porsche hier auf dich?«

Beim Anblick von Fins Auto spürte Morgan Ärger in sich aufsteigen. Überall hing er herum und wartete auf sie, was ihr allmählich auf die Nerven zu gehen begann. Sie stieg aus und winkte Amy zum Abschied. Dann marschierte sie zu dem Wagen, in dem Fin auf dem Fahrersitz saß und etwas in ein MacBook tippte. Sie klopfte wesentlich heftiger an die Scheibe, als sie es vorgehabt hatte. Er erschrak, sah, dass sie es war, und bedachte sie mit diesem strahlenden, perfekten Lächeln. Dann drückte er auf einen Knopf und fuhr das Fenster herunter.

»Mensch, hast du mich erschreckt.«

»Was machst du hier, Fin? Das kommt mir allmählich seltsam vor.«

Die Freude wich aus seinem Gesicht und machte einem verletzten Ausdruck Platz. Sie fühlte sich sogleich schlecht. »Oh, tut mir leid, ich wollte nur sichergehen, dass du gut zu Hause ankommst. Das findest du seltsam? Ich habe einfach das Auto als mobiles Büro benutzt und dachte, ich parke hier und überrasche dich.«

»Ja, das finde ich in der Tat seltsam, aber auch nett von dir. Ich hätte allerdings bis morgen Früh in der Arbeit sein können. Dann hättest du lange hier sitzen und warten können. Wärst du irgendwann nach Hause gefahren?«

Er zuckte die Schultern. »Irgendwann schon.«

Wenn sie diese Beziehung beenden wollte, bevor sie richtig angefangen hatte, wäre jetzt der passende Zeitpunkt. Das wurde ihr in diesem Augenblick klar. Aber sie brachte es nicht übers Herz. Sie brauchte Gesellschaft, jemanden, mit dem sie reden konnte und der sie die fürchterlichen Geschehnisse der letzten Tage eine Zeit lang vergessen ließ. Was sprach dagegen, dass dieser Jemand Fin war, wenn er es denn unbedingt wollte.

»Komm, ich habe einen Bärenhunger. Hast du nicht angeboten, einen Imbiss zu besorgen und den Alkohol gleich mitzuliefern?«

Er grinste sie an. »Habe ich. Ich bin auch hungrig und esse alles, was du willst. Ich gehe es sogar holen.«

»Ich habe dir ja schon gesagt, dass die Auswahl jetzt im Herbst, wenn kaum noch Touristen da sind, nicht mehr groß ist. Es gibt da einen Chinesen, einen Italiener oder die Fish-and-Chips-Bude – such dir's aus. Mir ist es egal, ich bin so hungrig, dass ich alles esse.«

»Italienisch?«

»Gut. Gino's macht die beste Pasta. Gehen wir hinein. Ich bestelle und du kannst es abholen, während ich dusche.«

Bevor sie noch etwas sagen konnte, war Fin schon aus dem Auto gesprungen und hatte die Türen verriegelt.

»Nimm deinen Laptop besser mit.«

Er zuckte die Schultern. »Warum? Hier sagen sich doch Fuchs und Hase gute Nacht. Wer sollte auf dieser langen, verlassenen Landstraße mit der Absicht entlangspazieren, etwas zu klauen?«

Er hatte recht, es war äußerst unwahrscheinlich. Sie gingen in ihre Wohnung. Morgan holte die Speisekarte von Gino's aus einer Küchenschublade und reichte sie Fin. Er ging sie durch, sagte ihr, was er wollte, und sie rief an, um die Bestellung aufzugeben.

»Soll ich auch ein paar Flaschen Wein besorgen?«

»Wenn es dir nichts ausmacht. Nach dem Tag heute brauche ich ein bisschen Alkohol.«

Er sagte nichts, sondern kam auf sie zu und zog sie an sich. Seine Lippen waren plötzlich auf ihren, doch diesmal ließ sie ihn gewähren. Die Wärme seines Körpers fühlte sich gut an und einen Augenblick lang war sie versucht, ihm zu sagen, dass er das Essen vergessen und einfach weitermachen solle. Doch dann meldete sich ihr Magen mit dem lautesten Knurren der Welt und zerstörte jede Romantik. Sie lösten sich voneinander. Fin lachte und sie wurde rot.

»Ich glaube, du brauchst wirklich etwas zu essen. Das hast du gerade eindrucksvoll klargestellt.«

»Haha, vielen Dank.«

Er verließ die Wohnung. Sie schloss die Tür hinter ihm zu.

Als es klingelte, hatte sie bereits geduscht und ihren schönsten Pyjama angezogen, ein schwarzes Seidenteil, das sie für besondere Augenblicke gekauft hatte. Wenn es einen solchen gab, dann war er jetzt gekommen, dachte sie bei sich. Sie warf einen Blick auf ihr Handy, um zu sehen, wer vor der Tür stand, und erkannte Fin. In den Händen hielt er Pizzaschachteln und einen Beutel, in dem es klirrte, wenn er ihn bewegte. Sie öffnete die Tür und er trat ein. Kurz darauf saßen sie zusammengedrängt auf dem übergroßen Sessel im Wohnzimmer und aßen Pizza direkt aus den Kartons, ohne Teller und Besteck. Während Morgan abwechselnd von ihrem eisgekühlten Rosé trank und große Pizzastücke abbiss, begann sie sich allmählich wieder wie ein Mensch zu fühlen. Für ein paar Stunden gelang es ihr, alle Gedanken an Charlie und Macy beiseitezuschieben. Sie redeten über die neuesten Filme, Bücher, darüber, wer den Booker Prize hätte bekommen sollen und die besten neuen Serien auf Netflix. Als nur noch Pizzaränder und leere Weingläser übrig waren, gähnte sie und reichte Fin die Hand.

»Gehen wir ins Bett.«

Er nahm ihre Hand und ließ sich von ihr ins Schlafzimmer führen.

SIEBENUNDZWANZIG

Als Macy die Augen öffnete, war es dunkel. Die kleine Lampe auf dem Nachtschrank war eingeschaltet. Jemand hatte das Tablett mit den leeren Tellern weggenommen und durch ein belegtes Brot sowie eine Dose Cola ersetzt. Macy schmerzte der Unterleib. Sie musste ganz dringend pinkeln. Wenn sie nicht bald auf die Toilette gehen konnte, würde sie ins Bett machen – und das hatte sie nicht mehr getan, seit sie ein Baby gewesen war. Die Tür öffnete sich einen Spalt. Sie sah sein Gesicht, das er im Schatten versteckte. Dieses Mal tat sie nicht mehr so, als würde sie schlafen. Sie begann sich zu winden und zu quengeln. Er betrat eilends das Zimmer, schloss die Tür hinter sich und hob den Finger an die Lippen.

»Pst, was ist los?«

Als er ihr den Knebel aus dem Mund gezogen hatte, flüsterte sie: »Ich muss pinkeln.«

Er verzog angewidert das Gesicht, nickte aber.

»Ja, natürlich. Wie dumm von mir. Du kannst die Toilette benutzen, aber untersteh dich, Zicken oder Geräusche zu machen. Wenn du alles tust, was ich sage, kannst du morgen nach Hause, aber nur, wenn du leise bist. Meine Mutter darf nicht wissen, dass du hier bist. Hast du verstanden?«

Sie nickte. Er band ihre Hände und Füße los, doch bevor er sie aufstehen ließ, sah er noch schnell nach, ob auch niemand im Flur war. Dann packte er sie hinten am T-Shirt, schob sie zum Badezimmer und öffnete ihr die Tür. Er warf sie fast hinein und zischte ihr hinterher: »Beeil dich.«

Macy setzte sich rasch auf die Toilette, erleichtert, dass sie sich nicht in die Hosen hatte machen müssen. Sie sah sich um – auch dieser Raum war ganz mit rosa und violetten Blüten dekoriert. Shampoo- und Parfümflaschen standen herum. In einer Schale lagen mehrere altmodische Lockenwickler mit Haaren darin. Sie sah sich nach etwas um, was bei einem Fluchtversuch nützlich sein könnte, und bemerkte auf dem Regal über dem Waschbecken eine kleine Schere. Rasch betätigte sie die Spülung, nahm die Schere und steckte sie in den Bund ihrer Leggings. Dann öffnete sie die Tür. Er stand davor und starrte sie an. In diesem Augenblick wurde ihr klar, dass sie ihn kannte. Ihr Kopf pochte und ihr Gehirn fühlte sich an wie vernebelt – sie konnte nicht klar denken. Warum war sie hier? Was hatte er mit ihr vor? Als sie das Badezimmer verließ, packte er sie wieder hinten am T-Shirt und führte sie zurück in ihre Gefängniszelle. Drinnen flüsterte er: »Streck deine Hände aus.«

Sie hielt sie ihm hin und drehte sie um, damit er sah, dass sie leer waren. Gleichzeitig hoffte sie, dass er sie nicht abtastete. Er bedeutete ihr, sich auf das Bett zu legen, und sie gehorchte. Sie hatte nicht das Gefühl, klar genug denken zu können, um sich gegen ihn zu wehren. Aber wenn er versuchte, ihr wehzutun, würde sie bereit sein. Sie würde ihm mit der Schere in die Augen stechen und weglaufen. Sollte seine Mutter versuchen, sie aufzuhalten, würde sie ebenfalls die Schere zu spüren bekommen. Sie schauderte, stieg aber auf das Bett.

»Frierst du?«, fragte er. »Ich bringe dir eine Decke. Wir haben keine Federbetten, weil Mutter die nicht mag. In diesem

Haus benutzen wir im Winter Biberbetttücher und Wolldecken, im Sommer Baumwolle und Polyester. Bettdecken sind etwas für Faule und wir sind nicht faul, wir machen unsere Betten.«

Macy sah ihn an. War er womöglich verrückt, so wie er sprach? Sie wusste nicht, worauf er hinauswollte. Er ging zum Schrank, öffnete ihn ein Stück, zog eine dicke Decke heraus und trug sie zum Bett.

»Tut mir leid, ich muss dir zuerst die Hände zusammenbinden. Aber wenn du keine Zicken machst, brauche ich dir die Füße nicht zu fesseln.«

Sie nickte und ließ sich die Hände wieder fesseln. Allerdings kam es ihr so vor, als würde er sie diesmal nicht so fest zusammenschnüren. Die Füße ließ er in Ruhe. Das war gut – so konnte sie sich wenigstens etwas drehen. Sie lag still und er breitete eine schwere Wolldecke über sie.

»Muss ich dich knebeln oder bist du brav? Meine letzte Freundin war nicht sehr brav. Sie hat viel zu viel Lärm gemacht und geweint. Ich musste dafür sorgen, dass sie nicht mehr weint. Das verstehst du doch, oder? Es ist sehr wichtig, dass du keinen Lärm machst, weil ich dich mag und ich möchte dich nicht zum Schweigen bringen müssen wie sie.«

Sie nickte heftig.

»Du weißt, was passiert, wenn du Lärm machst, nicht wahr?«

»Ja.«

»Gut. Ich hoffe, dass du keinen Ärger machst. Ich komme später wieder, um nach dir zu sehen.«

Er hastete zur Tür, blieb aber dort stehen. Dann drehte er sich um und eilte zu ihr zurück. Mit einem Schulterzucken begann er ihr den Mund mit Stoff zu knebeln, wenn auch nicht so fest wie beim letzten Mal.

»Tut mir leid. Ich möchte dir ja vertrauen, wirklich. Aber du musst dir mein Vertrauen erst verdienen. Wenn du keine

Dummheiten machst, nehme ich dir den Knebel später wieder ab.«

Dann ging er zur Tür hinaus. Sie hoffte, dass er vergessen würde, sie abzuschließen, hörte jedoch, wie er den Schlüssel im Schloss drehte. Traurigkeit überkam sie. Sie wollte ihre Mum wiedersehen. Als sie so dalag und ihr Tränen in die Augen traten, hörte sie von unten eine Stimme rufen: »Hast du wieder in deinem Schlafzimmer gegessen?«

Beim Klang der Stimme sträubten sich ihr die Nackenhaare. Sie klang seltsam und gruselig. Nun wusste sie, warum sie nicht erfahren sollte, dass er sie hier versteckt hielt. Man hörte dem Mann an, dass er vor seiner Mutter Angst hatte. »Tut mir leid, Mum.«

Dann war es wieder still im Haus, sah man vom lauten Ticken einer Uhr irgendwo ab. Macy lag da und überlegte, ob es möglich war, zu flüchten. Sie war sich sicher, dass sie es schaffen konnte. Auf keinen Fall wollte sie ewig hier bleiben. Und was war mit diesem Mädchen, dieser Charlie? Hielt er sie auch hier gefangen? War sie die Freundin, der er hatte wehtun müssen, damit sie still war? Und wenn, wo war sie jetzt?

ACHTUNDZWANZIG

Emily hatte Ben zum Abendessen eingeladen. Er hatte sich ziemlich verspätet und sie angerufen, um ihr den Grund zu erklären. Sie hatte darauf bestanden, dass er trotzdem noch bei ihr auftauchte. Sie meinte, sie habe genug für eine kleine Armee gekocht, und es sei eine Schande, das alles wegzuwerfen. Also war er gekommen und hatte das Auto dieses arroganten Mistkerls in der gemeinsamen Einfahrt stehen sehen. Es wurmte ihn fürchterlich, dass der Typ sich auf diese Weise in Morgans Leben geschlichen hatte. Inzwischen war es schon nach elf und der Kerl war noch immer bei ihr. Obendrein brannte in Morgans Wohnung kein Licht, was ihn viel mehr ärgerte, als ihm zustand, denn schließlich war er selbst gerade bei ihrer Nachbarin zum Abendessen gewesen. Er hatte sich nur zu einem Kuss und einer Umarmung für Emily durchringen können, womit sie jedoch zufrieden gewesen zu sein schien, was ihm wiederum ein schlechtes Gewissen beschert hatte. Er wusste nicht, ob es daran lag, dass er sich nach wie vor gegenüber Cindy wie der schlechteste Ehemann der Welt vorkam, oder ob er sich schuldig fühlte, weil sie Macy noch nicht gefunden hatten. Als er zu seinem Wagen ging, spürte er den unwiderstehlichen Drang, einen Stein aus dem Garten zu holen und ihn in das Rückfenster des Porsche zu schmettern. Er tat es nicht, würde es auch nie tun, schließlich stand er auf der richtigen Seite des Gesetzes. Allerdings war das manchmal schwieriger, als er es sich vorgestellt hatte. Es war im Laufe der Jahre mehrmals vorgekommen, dass er am liebsten jemandem eine verpasst hätte, auch wenn er es nicht getan hatte, mochte ihm noch so viel Unrecht widerfahren sein. Stattdessen stieg er nun in sein Auto und stieß rückwärts aus der Einfahrt auf die Straße. Er wollte nach Hause fahren und sich ein großes Glas von etwas Hochprozentigem gönnen, das ihm einzuschlafen half. Denn wenn er nicht gerade über Charlie oder den Verbleib von Macy nachdachte, ging ihm Morgan im Kopf herum. Es wuchs sich schon fast zur Quälerei aus – da waren so viele Fragen und doch nur sehr wenig oder gar keine Antworten. Sie alle kreisten in seinem Kopf wie ein Tornado, der immer mehr an Fahrt gewann.

Als der Wecker klingelte, stöhnte Ben. Er warf einen Blick auf sein Handy. Niemand hatte angerufen, also war Macy während seiner dienstfreien Zeit noch nicht gefunden worden. Nachdem er sich einen Großteil der Nacht unruhig hin und her geworfen hatte, war er erst vor Kurzem in einen tiefen Schlaf gefallen. Trotzdem zwang er sich, aufzustehen und zu duschen. Er kam als Erster zur Arbeit und sammelte die vielen beiseite gestellten Becher auf den Schreibtischen ein, um sie in die kleine Küche zu bringen und alle zu spülen, bevor er Wasser aufsetzte. Heute wollte er Ergebnisse sehen. Macy musste gefunden und zu ihrer Mutter zurückgebracht werden. Außerdem wollte er hören, dass Morgan beschlossen hatte, Fin den Laufpass zu geben, weil er ein Blutsauger war. Ben war sich ziemlich sicher, dass er hinter mehr her war als nur hinter ihr. Wie viele Journalisten fuhren ein Auto wie er? Er kannte keinen, nicht einmal, wenn sie aus London kamen. Damit er sich diese Art von Untersatz leisten konnte, musste er schon verdammt gut sein. Er schnappte sich den großen Becher mit Kaffee, den er sich gemacht hatte, ging in sein kleines Büro und schloss die Tür. Viel Zeit verbrachte er dort normalerweise nicht, denn er zog es vor, sich im Hauptbüro aufzuhalten, sofern Amy dort nicht gerade an einem Schreibtisch saß und sich über jeden lustig machte oder Des versuchte, alle zum Veganismus zu bekehren, was nie passieren würde, weil sie viel zu viel Müll in sich hineinstopften. Was er auf ihren stressigen Beruf zurückführte, die langen Arbeitsstunden und die Dramen, mit denen sie tagein, tagaus zu tun hatten. Rydal war keine sonderlich große Stadt, hatte aber trotzdem mit genug Problemen zu kämpfen. Zugegeben, die Wintermonate waren viel ruhiger als der Sommer, denn im Winter blieben die Einheimischen eher zu Hause. Im Sommer hingegen bekam es die Polizei unablässig mit Verlustanzeigen, Ladendiebstahl, versprengten Schafen und reichlich Betrunkenen zu tun, die sich in den Pubs und dem einen Nachtclub, der im Grunde nur ein etwas größeres Pub war und länger aufhatte als die anderen, danebenbenahmen. Er startete seinen Computer, rief aber nicht wie üblich sofort das Intranet der Polizei auf, sondern öffnete Google und tippte »Fin Palmer« in die Suchleiste ein. Es erschienen Links zu Facebook, Instagram und einem YouTube-Video. Er klickte sich durch alles, entdeckte aber keinen Hinweis auf Fin und sah niemanden, der auch nur annähernd Ähnlichkeit mit ihm hatte. Beunruhigt probierte er es mit »Finlay«, »Finley« und jeder anderen Variation des Namens, fand aber nichts über einen Journalisten aus dem Süden Englands, der aktuell in Rydal Falls arbeitete. Da hörte er Stimmen und sah Amy und Morgan durch die Tür ins Büro kommen. Rasch schloss er die Seite auf seinem Bildschirm. Das Herumschnüffeln behagte ihm gar nicht, aber jemand wie Fin sollte doch eigentlich in den sozialen Medien präsent sein. Wenn er der war, der er zu sein vorgab, müssten zumindest Artikel von ihm oder Links dazu auffindbar sein.

Morgan klopfte an seine Tür und öffnete sie einen Spalt.

»Guten Morgen. Möchtest du einen Kaffee?«

Er hob den Becher, um ihn ihr zu zeigen. »Ich habe schon einen. Danke.«

Sie lächelte und schloss die Tür. In seinem Kopf flüsterte eine Stimme: *Was tust du da? Das geht entschieden zu weit. Was Morgan macht, geht dich nichts an. Doch*«, flüsterte eine andere Stimme, »*es geht dich etwas an, ihr seid Freunde. Du willst schließlich nur das Beste für sie.*

Sein Telefon klingelte. Er nahm das Gespräch an.

»Matthews.«

»Oh, oh, heute hörst du dich aber übellaunig an.«

Er lächelte.

»Guten Morgen, Declan.«

»Schon besser. Die unverdauten Reste in Charlies Magen stammen von Schinken- und Ananaspizza. Hast du herausgefunden, was Charlie als Letztes zu sich genommen hat?«

»Ja, ihre Mutter hat bestätigt, dass sie Pizza gegessen hat, als sie von der Schule nach Hause kam. Sie hat Pizza nur gemocht, wenn sie mit Schinken und Ananas belegt war.«

»Das heißt also, wer sie umgebracht hat, hat es innerhalb von zwei Stunden nach dieser Mahlzeit getan.«

»Die Mutter hat ungefähr fünfzig Minuten nachdem Charlie heimgekommen ist, das Haus verlassen, um zu ihrer Freundin zu gehen. Sie sagte, Charlie sei zu diesem Zeitpunkt nicht auf der Straße gewesen, weshalb sie gedacht habe, dass ihr Vater es sich anders überlegt und sie mitgenommen habe. Das bedeutet, dass Charlie da schon bei ihrem Mörder war. Sie wurde also sofort oder innerhalb der darauffolgenden Stunde umgebracht.«

»Hast du sie wegen des Kratzers auf Charlies Arm gefragt? Wir konnten ihn nicht zuordnen. Leider ließ sich auch keine

DNA daraus sichern, die uns Aufschluss über den Mörder hätte geben können.«

»Sie konnte sich nicht erinnern, ihn gesehen zu haben, als Charlie von der Schule nach Hause kam.«

»Interessant. Vielleicht hat sie sich an Dornensträuchern verletzt oder wurde von einer Katze gekratzt. Der Kratzer ist sehr dünn und du weißt, wie launisch Katzen sein können. Wir hatten einmal eine, die sich zuerst streicheln ließ und uns dann urplötzlich ihre Krallen in die Hand geschlagen hat. Hast du alle Gärten überprüft? Wie sehen sie aus? Sind sie gepflegt oder zugewuchert? Ich kenne die Gegend nicht, in der sie gewohnt hat. Ich glaube kaum, dass sie sich besonders weit von zu Hause entfernt hat, Ben.«

»Declan, du bist ein verdammtes Genie. Danke dir.«

»Ich mache nur meine Arbeit. Ich will, dass du das Schwein erwischst und das andere Mädchen lebend findest. Wir schulden es Charlie, unser Bestes zu geben. Ich muss aufhören, jemand ruft mich am Büroapparat an. Wenn Susie sich krankmeldet, heule ich.«

Er legte auf. Ben lächelte. Wenigstens hatten sie nun etwas, auf das sie sich konzentrieren konnten. Er ging ins Büro. Morgan, Des und Amy warteten schon darauf, von ihm auf den neuesten Stand gebracht zu werden. Da ging die Tür auf und herein kam eine vom Wind zerzauste, derangierte Claire Williams. Alle starrten sie an, sogar Ben. Er hatte mit einem Anruf gerechnet, vielleicht sogar mit einem Teams-Meeting, aber nicht damit, dass sie in Person erscheinen würde.

»Guten Morgen. Sorry, dass ich so spät komme. Bei diesem Wetter über Shap zu fahren war schrecklich. Ich dachte schon, der Wind bläst meinen Mietwagen in den Straßengraben. Wie geht es allen? Störe ich?«

Ben starrte sie noch immer an, als sei sie mit drei Köpfen anstelle von einem hereinspaziert. Morgan stand auf.

»Möchten Sie einen Kaffee, um sich ein bisschen aufzuwärmen?«

Sie nickte. »Ja, bitte, Morgan. Das wäre sehr nett.«

Morgan verließ das Büro, um Kaffee zu kochen. Unterdessen fand Ben seine Stimme wieder.

»Nein, sorry, natürlich nicht. Ich meine, natürlich stören Sie nicht. Vielen Dank, dass Sie gekommen sind. Wir wissen das sehr zu schätzen. Ich habe die Unterlagen zum Fall in meinem Büro, wenn Sie sie durchgehen möchten.«

So ganz sicher war er sich nicht, ob er ihre Anwesenheit tatsächlich zu schätzen wusste. Wollte er wirklich, dass sie ihre Nase in den Fall steckte und ihm sagte, was für einen Scheißjob er bisher gemacht hatte? Nicht unbedingt, aber er war auch nicht egoistisch genug, ihre Hilfe abzulehnen. Wenn sie eine Ermittlerin mehr hatten, um Macy zu finden und sicher nach Hause zu bringen, zählte das und sonst nichts.

NEUNUNDZWANZIG

Morgan suchte im Küchenschrank nach einem Becher, der nicht beschädigt oder voller Teeflecken war, und fand ganz hinten im Fach ein vorzeigbares Exemplar. Sie schrubbte es sauber, spülte es und brachte es mit Kaffee gefüllt zurück zu Claire, die an einen Heizkörper gelehnt am Ende des Raums stand. Ihr zweiteiliger Hosenanzug ähnelte dem, den Morgan gestern getragen hatte und in dem sie beinahe den Kältetod gestorben wäre. Sie hoffte, dass Claire das Büro nicht allzu oft verließ, denn sie würde unweigerlich frieren. Schon gestern waren der Wind und Regen kalt gewesen, doch heute war es noch wesentlich schlimmer geworden. In den gerade einsetzenden Regen mischte sich Schnee, der an den Scheiben klebte. Morgan war froh, dass sie sich eine Thermojacke, einen dicken schwarzen Rollkragenpullover und gefütterte Leggings angezogen hatte, die sie warm hielten. Sie hatte sie letzten Sommer bei einer Primark-Aktion gekauft und sich gefragt, ob sie je Verwendung dafür haben würde.

Nach einer langen Nacht mit Fin war sie gestern in einen tiefen Schlaf gefallen und hatte damit gerechnet, ihn beim Aufwachen am Bettende sitzen zu sehen. Aber er hatte sich früh davongemacht, was ihr nicht unrecht gewesen war. Sie war gestern Abend etwas zu betrunken gewesen, was Folgen gehabt hatte. Normalerweise ließ sie niemanden in ihr Bett, den sie kaum kannte. Heute tat es ihr mehr als nur ein bisschen leid, dass sie es doch getan hatte. Nicht, dass sie sich beklagte: Die Gesellschaft und Wärme waren angenehm gewesen. Was man vom Sex nicht unbedingt sagen konnte. Sie hatte zwar nicht gerade eine ganze Legion verflossener Liebhaber, mit denen sie Fin vergleichen konnte, aber erwartet hatte sie doch wesentlich mehr. Im Grunde genommen war es sogar ziemlich öde gewesen.

»Morgan, könntest du mit Amy gehen und das erledigen?«

Ihr Blick wanderte zu Ben. Sie hatte nicht einmal gemerkt, dass er mit ihr gesprochen hatte, und spürte, wie sie rot wurde. Als Amy sie unter dem Schreibtisch heftig trat, nickte sie eifrig, obwohl sie keine Ahnung hatte, wozu sie sich damit bereit erklärte. Aber es schien das Richtige zu sein. Claire lächelte sie an und sie lächelte zurück. Morgan mochte Claire. Sie war nett, aber zugleich sehr gründlich und entschlossen. Amy stand auf und Morgan folgte ihr. Sie nahm ihre dicke, wasserdichte Jacke von der Stuhllehne und ging hinter ihr in den Korridor hinaus.

»Hallo, Erde an Morgan. Himmel, wo warst du gerade? Ich dachte wirklich, jemand hätte dir das Gehirn gestohlen.«

»Ich habe nachgedacht.«

»Worüber?«

»Über letzte Nacht.«

»Ach. Und was war letzte Nacht? Bitte liefere mir etwas, das mir hilft, weiterzumachen, einen ordentlichen Tratsch, der mich die nächsten Tage durchstehen lässt. Du und Fin, habt ihr …?«

»Geht dich gar nichts an, was ich treibe.«

»Sag bloß, du hast mit dem Schreiberling geschlafen? Nicht, dass ich Nein sagen würde. Er sieht schließlich gut aus und hat ein Auto, das mich dazu bringen würde, mich ohne nachzudenken auf ihn zu stürzen.«

Morgan zuckte die Schultern. »Gott, bist du oberflächlich. Das ist doch nur ein Auto.«

»Nur ein Auto? Der Wagen beweist, dass er Kohle hat.« Sie rieb Daumen und Zeigefinger aneinander. »Cash. Das bedeutet, hübsche Geschenke zu bekommen, in tolle Restaurants zu gehen, was Schönes zusammen zu unternehmen.«

»Lieber ein Picknick an einem See mit jemandem, der nicht so lau ist wie Spülwasser, als alles Geld in der Welt.«

Amy lachte. »Himmel, er muss echt eine Niete im Bett gewesen sein, wenn nicht einmal Geld das wettmachen kann.«

»Klar, Geld ist schon ein Vorteil, man müsste ja bescheuert sein, wenn das überhaupt keine Rolle spielen würde. Aber es gehört schon mehr dazu. Ich verbringe lieber Zeit mit jemandem, der ...?« Sie hielt inne. Der was? Sie hatte gehofft, Fin wäre eine nette Zerstreuung und würde sie auf andere Gedanken bringen. Aber im Grunde war sie sich nicht sicher, ob es durch ihn nicht noch schlimmer geworden war.

Die Straße, in der Charlie gewohnt hatte, war nicht mehr abgeriegelt. Aber in mehreren Wagen saßen Kontaktbereichsbeamte und behielten sie im Auge. Morgan winkte ihnen zu, als sie und Amy vorbeifuhren, um etwas weiter die Straße hinunter zu parken. Auf dem Boden hatten sich große Pfützen gebildet. Sie war froh, Stiefel und extradicke Socken angezogen zu haben. Als sie ausstiegen, warfen sie einen Blick hinüber zum Haus von Charlies Mutter, das aussah, als habe im Vorgarten ein Blumengeschäft eröffnet. Überall lagen Blüten, Teddybären und Luftballons auf dem Gras.

»Das ist ja ganz nett« murmelte Amy. »Aber ich weiß nicht, ob es mir gefallen würde, wenn jeder in meinem Vorgarten herumtrampeln würde, um dort etwas zum Gedenken abzulegen. Darauf hätte ich keinen Bock.«

»Es ist so traurig. Als sie noch lebte und bei jedem Wetter allein draußen war, hat sich niemand um sie gekümmert, soweit ich es mitbekommen habe.«

»Die haben alle ein schlechtes Gewissen. Vielleicht wussten sie nicht, was sie sonst tun sollten.«

»Ich nehme diese Straßenseite, du die andere, auf der Charlie gewohnt hat. Wonach suchen wir?«

Amy lächelte. »Mein Gott, du hast wirklich nichts mitbekommen, oder? Wir suchen in Gehweite zu ihrem Haus nach etwas Spitzem, das einen Kratzer auf Charlies Arm verursacht haben könnte. Einen mit Wildrosen oder anderen Dornensträuchern zugewucherten Garten.« Morgan nickte. »Declan meinte, es könnte auch eine Katze gewesen sein. Deshalb müssen wir herausfinden, welche Nachbarn eine haben.« Amy sah sich den Vorgarten von Charlies Haus an. »Ein bisschen weit hergeholt, ich weiß. Aber versuchen müssen wir es.«

»Stimmt. Wir haben ja sonst nichts.«

»Exakt.«

Morgan begann loszulaufen und nach zugewucherten, verwilderten Vorgärten Ausschau zu halten. Die auf ihrer Seite waren alle tipptopp, mit sauber geschnittenen Hecken, akkurat gestutztem Rasen, gepflegten Blumenbeeten und ohne eine Spur von Dornensträuchern. Nur einer nicht: der vor Eleanor Flemings Haus. Morgan zwängte sich durch das Tor und versuchte etwas zu finden, was den Kratzer verursacht haben könnte. Aber sie sah weder Rosen noch andere Dornensträucher. Die Haustür öffnete sich einen Spalt. Sie hörte eine Stimme und drehte sich in die Richtung, aus der sie kam.

»Haben Sie etwas verloren? Kann ich Ihnen helfen?«

Sie warf einen Blick über die Straße. Amy lief die gegenüberliegende Seite entlang, warf jedoch nur vom Gehweg aus einen Blick in die Gärten. Morgan begriff, dass sie vielleicht etwas zu weit gegangen war.

»Guten Morgen. Entschuldigung, ich suche ein Stück Papier, das mir der Wind aus der Hand geweht hat.«

»Oh, ich helfe Ihnen. Aus irgendeinem seltsamen Grund kann hier in der Straße der Wind ordentlich pfeifen. Warten Sie, ich ziehe mir nur die Schuhe an.«

Sie hatte ein schlechtes Gewissen. Lügen war nicht ihr Ding. Aber sie wollte auch nicht, dass er dachte, sie hätte den Garten ins Visier genommen, weil er nicht so aufgeräumt war wie die anderen. Sie lächelte ihn an und begann weiter herumzusuchen. Er tat es ihr nach. Nach einer Minute brach er die Suche ab.

»Tut mir leid, Morgan. Hier ist kein Papier. Haben Sie es schon bei den Nachbarn probiert?«

»Ja. Aber machen Sie sich keine Gedanken. Danke für Ihre Hilfe.«

Er lächelte sie an, ging zurück ins Haus und wollte die Tür schließen.

Da rief Morgan ihm nach: »Ich würde Sie gern noch etwas zu Eleanor fragen?«

Er erstarrte und sie merkte, dass er nicht über sie sprechen wollte. Selbst nach all den Jahren war es noch immer schmerzlich für ihn.

»Was ist mit ihr?«

»Ich möchte wissen, wer ihre Freunde waren, welche Beamten sich mit der Angelegenheit befasst haben und ob sie einen festen Freund hatte. Ach, da fällt mir ein, sie hatte tatsächlich einen Freund. Aber der ist weggezogen, nicht wahr? Sorry, das hatte ich ganz vergessen. Glauben Sie, dass sie zu ihm ist? Wollte sie vielleicht von hier weg? Hatte sie einen Grund, die Familie zu verlassen?«

»Das sind ganz schön viele Fragen.«

Dessen war sie sich bewusst. Aber die Sache brannte ihr

unter den Nägeln und sie konnte es gar nicht erwarten, die ganzen Akten auszugraben, sobald sie auch nur eine Minute Zeit dafür hatte.

»Ich weiß. Es tut mir auch leid, dass ich das Ganze wieder zur Sprache bringe und Sie damit aufwühle. Aber es will mir einfach nicht in den Kopf, dass ihr Verschwinden niemanden groß gekümmert hat.«

»Sie glauben also nicht, dass sie weggelaufen ist?«

Morgan schüttelte den Kopf. »So ganz überzeugt bin ich nicht. Und Sie, was meinen Sie?«

Er zuckte die Achseln. »Ich bin kein Kriminalpolizist und kenne mich mit solchen Sachen nicht aus.« Dann trat er wieder nach draußen vor die Tür, schloss sie hinter sich und senkte die Stimme.

»Meine Mutter hat es nicht geglaubt. Aber sie wollte auch nicht glauben, dass ihr etwas Schlimmes zugestoßen ist. Also hat sie hingenommen, was die Polizei ihr erzählt hat. Aber sie hat Eleanors Verschwinden nie verkraftet. Mum war immer eine starke Frau, hat uns allein aufgezogen, hier in diesem Haus, und sich sehr gut um uns gekümmert. Sie war arg streng mit uns, wenn auch nicht strenger, als wir es verdient haben, denke ich. Nachdem Eleanor weg war, wurde sie sehr gläubig und hat ihrem Glauben viel Zeit gewidmet. Ich war schon alt genug, um allein zurechtzukommen, weshalb es mir nichts ausgemacht hat. Ich wollte auch wegziehen, konnte sie dann aber doch nicht allein lassen. Sie hat nicht mehr ordentlich gegessen und ist nur noch aus dem Haus, um zur Kirche zu gehen. Letztlich ist sie, sind wir beide daran zerbrochen. Aber wir haben geglaubt, was man uns gesagt hat. Es stand uns auch nicht zu, in Zweifel zu ziehen, was die Polizei uns erzählte. Inzwischen geht es ihr gar nicht mehr gut und sie verbringt die meiste Zeit im Bett. Eleanor hat durch ihr Weglaufen vielleicht das Leben bekommen, das sie wollte, aber sie hat unseres damit ruiniert, und das kann ich ihr nicht verzeihen.«

»Ich würde wirklich gern einmal mit Ihrer Mutter reden. Können Sie sie fragen, ob das geht? Ich richte mich ganz nach ihr und komme, wenn es ihr passt.«

Ein schmerzlicher Ausdruck – oder war es Verärgerung – huschte über sein Gesicht. »Ich frage sie, kann aber nicht versprechen, dass sie einverstanden ist. Wie kann ich Sie kontaktieren? Sie schläft gerade und ich kann sie nicht stören. Wir hatten eine sehr unruhige Nacht.«

»Natürlich, danke.« Sie zog eine Visitenkarte aus der Tasche. »Das ist meine Dienstnummer. Wenn sich die Mailbox einschaltet, können Sie meine private Nummer anrufen. Warten Sie.« Sie nahm einen Stift und schrieb ihre Handy- und Festnetznummer für den Fall auf, dass er kein Mobiltelefon anrufen wollte. Er war ein bisschen altmodisch, wogegen nichts zu sagen war, aber sie wollte sicher sein, dass er sie erreichte, wenn seine Mutter bereit war, mit ihr zu reden.

Er nahm sie. »Danke, ich frage sie. Ach, der Kriminalbeamte, der mit der Sache befasst war, hieß Peterson. Ich glaube nicht, dass er noch aktiv ist. Er war schon relativ alt, als er den Fall damals übernommen hat.«

»War er gut?«

»Verglichen mit Ihnen wahrscheinlich nicht, Morgan. Er hat gern getrunken, glaube ich, weil er immer eine Fahne hatte.«

»Danke für Ihre Hilfe.«

Er lächelte sie an. Diesmal ging er wirklich ins Haus und schloss die schwere hölzerne Eingangstür hinter sich.

Amy kam auf Morgans Straßenseite herbeigelaufen. Morgan verließ den Garten und ging ihr entgegen.

»Was jetzt?«, fragte Amy.

»Wir machen weiter. Gehen wir in Richtung von Macys Haus. Es ist nicht weit weg. Wie hat Vincents Garten ausgesehen?«

Amy schüttelte den Kopf. »Gepflegt und aufgeräumt. Kein Dornenstrauch weit und breit.«

»Hm, schade. Stell dir vor, darin hätte es ein riesiges Gestrüpp gegeben, das auf die Straße hinausgewachsen wäre. Dann hätten wir den Fall vielleicht schließen und Vince für den Rest seines Lebens hinter Gitter schicken können.«

»Wenn es nur so einfach wäre. Wie bei *Luther* und *Vera* im Fernsehen. Da bekommen sie immer so schöne Hinweise auf dem Silbertablett serviert.«

Morgan lächelte. »Ich hätte nichts dagegen, wenn man mir Luther auf einem Silbertablett servieren würde.«

Amy seufzte. »Ich auch nicht. Wenn unser Chef so gut aussehen würde wie er, könnte ich verstehen, dass du ihn anhimmelst.«

Morgan wurde klar, dass sie damit aufhören musste. Wenn es schon Amy auffiel, dass sie Ben mochte, hatte es vielleicht die ganze Dienststelle gemerkt. Sie beschloss, sich mit Fin mehr Mühe zu geben. Bevor sie ins Bett gehüpft waren, hatten sie zwei Flaschen Wein getrunken und Unmengen Pizza gegessen – das dämpfte zwangsläufig jede Leidenschaft.

»Also gut, machen wir uns auf die Suche nach einem zugewucherten Garten. Wir haben nicht den ganzen Tag Zeit. Für Macy läuft vielleicht die Zeit ab.«

»Mein Gott, ich hoffe, dem Kind geht es gut. Ich konnte gestern Nacht nicht schlafen, weil ich immerzu an sie denken musste.«

Das überraschte Morgan. Sie hätte nicht gedacht, dass unter Amys harter Schale ein weiches Herz schlug. »Hoffen wir es«, pflichtete sie ihr bei.

Als sie die Bay Fell Grove entlangzugehen begannen, waren sie so damit beschäftigt, sich die Vorgärten der Anwohner anzusehen, dass sie den Mann nicht sahen, der sie aus der Entfernung beobachtete. Morgan war mit einer wesentlich größeren Beamtin aus einem weißen Ford Focus ausgestiegen und hatte ihn nicht einmal abgesperrt. Für Polizistinnen waren die beiden nicht sonderlich auf Sicherheit bedacht. Er warf einen Blick durch das Seitenfenster. Auf dem Boden vor dem Beifahrersitz lag eine kleine, schwarze Handtasche. Er öffnete die Tür gerade so weit, dass er hineinfassen und sie nehmen konnte. Hastig wühlte er in der Tasche herum. Darin waren ein kleiner Geldbeutel, ein Notizblock und ein Brief. Ihn interessierte nur der Brief. Er zog ihn heraus, steckte ihn ein und legte die Handtasche wieder zurück auf den Boden. Dann schloss er die Autotür und sah sich um. Niemand schien ihn zu beachten. Er schlenderte langsam weiter. Anscheinend konzentrierte man sich bei den Ermittlungen nach wie vor auf diese Gegend, was ihm etwas Kopfzerbrechen bereitete. Er ging an dem Haus vorbei, vor dem Unmengen frischer Blumen, Ballons und Teddybären lagen. Traurigkeit erfasste ihn. Eine Frau in Polizeiuniform stieg am Ende der Straße aus einem Auto. Er bekam fast einen Herzinfarkt. Hatte sie gesehen, wie er etwas aus der Handtasche im Wagen gestohlen hatte? Er beschleunigte seine Schritte und ging auf sie zu. Sie sah zu ihm herüber, ging dann aber über die Straße. Als er auf gleicher Höhe mit ihr war, rief er ihr zu: »Guten Morgen, Officer.«

Sie wandte sich ihm zu und lächelte. »Morgen.« Da begann ihr Funkgerät wie ein Telefon zu klingeln und sie drehte sich weg. Er machte, dass er von hier fortkam. Das war knapp. Zu knapp für seinen Geschmack.

DREISSIG

Ben, Claire und Tom saßen in dem kleinen Büro, das für die Fahndung nach Charlies Mörder und Macys Entführer in eine Einsatzzentrale umfunktioniert worden war. Eine hochrangige Sitzung mit den Dienststellenleitern war anberaumt worden. Ben hatte das Einsatzbuch mitgebracht, in dem fast alles eingetragen war, was das Team seit dem ersten Notruf getan hatte: Jede Aktion und jeder Ermittlungsschritt konnte darin von allen nachgesehen werden, die wissen wollten, was bisher unternommen worden war. Zunächst hatte Tom vorgehabt, die Polizeidatenbank HOLMES 2 nicht zu nutzen, doch inzwischen hatte er ein paar Leute von der Intel-Einheit abgezogen, die das System fieberhaft mit Daten fütterten. Ben hatte mit HOLMES nur ein Problem: Es arbeitete für seinen Geschmack nicht schnell genug. Deshalb zog er es vor, sich selbst Gedanken zu machen. Sie hatten die Technologie bisher erst einmal einsetzen müssen, als sie im Fall des Riverside-Vergewaltigers ermittelt hatten. Claire war das Einsatzbuch inzwischen durchgegangen und gab es Ben zurück.

»Ich wäre bei keinem einzigen Punkt anders vorgegangen«, sagte sie. »Das ist alles so, wie es sein soll.«

Er nickte. Seine Schultern, soeben noch vor Anspannung verkrampft, lockerten sich etwas. Schwierigkeiten zu bekommen machte ihm nichts aus, aber wenn er schlechte Entscheidungen getroffen hätte, die Charlie das Leben gekostet hätten und womöglich auch Macy zum Verhängnis werden könnten, hätte er ein großes Problem damit gehabt.

»Wie also gehen wir weiter vor? Gibt es etwas, was wir tun müssen, aber noch nicht getan haben?«, fragte er.

»Wie lange ist Macy schon verschwunden?«, fragte Claire.

»Seit etwa achtunddreißig Stunden«, erwiderte Ben.

»Und wie lang war Charlie verschwunden, bevor ihre Leiche gefunden wurde?«

»Wir glauben, dass sie um etwa sechs Uhr abends entführt wurde. Entdeckt wurde sie rund dreiundzwanzig Stunden später um etwa fünf Uhr des folgenden Tages.«

»Warum also glauben Sie, dass Macy noch nicht aufgetaucht ist?«, fragte Claire.

»Möglicherweise hat der Täter versucht, Charlie zu helfen, und sie unbeabsichtigt verletzt«, erwiderte Ben. »Deshalb hat er sie an einem so öffentlichen Platz abgelegt.«

»Warum aber dann ein weiteres Mädchen entführen? Wenn er Schuldgefühle hatte, weil er Charlie wehgetan hatte, weshalb so kurz darauf noch ein Kind kidnappen?«

»Es lief nicht so, wie er gedacht hatte. Eine zufällige Begegnung mit Macy war eine gute Gelegenheit für ihn, es noch einmal zu versuchen. Wahrscheinlich ist ihm Macy in der dunklen Gasse begegnet. Das heißt aber auch, dass er in der Nachbarschaft von ihr und Charlie leben muss. In diesem Fall kann er unsere Aktivitäten praktisch vom Fenster seines Hauses aus beobachten.«

»Dieser Vincent Jackson, wohnt der nicht in der Gegend?«, wollte Claire wissen. »Er ist doch einschlägig vorbestraft, oder?«

»Ja«, antwortete Ben. »Wir haben sein Auto beschlagnahmt, um es auf Spuren zu untersuchen, doch bisher hat sich nichts ergeben. Vince wurde zweimal befragt, aber sein Anwalt meinte, solang wir statt konkreter Beweise nur Vermutungen haben, sollen wir uns unterstehen, ihn noch ein drittes Mal herzuholen.«

»Aber er ist der einzige nennenswerte Verdächtige, den wir haben?«

»Eine Zeit lang dachte ich, dass Charlies Vater seine Tochter beim Abholen eventuell versehentlich verletzt hätte und dann durchgedreht sei. Aber nachdem er Des gestern am helllichten Tag beinahe erwürgt hätte und wir ihn zum Verhör hergebracht hatten, gestand er, dass er auf unsere Fragen so ausweichend geantwortet hatte, weil er eine Affäre hat und die Frau betrügt, wegen der er Charlies Mutter verlassen hat.«

Claire nickte. »Dieser Brett scheint ja ein Prachtexemplar von einem Mann zu sein.«

Ben lächelte. »Charlie hatte einen Kratzer am Arm, den sie nach Aussage ihrer Mutter noch nicht gehabt hatte, als sie das Haus verließ. Ich habe Amy und Morgan losgeschickt, damit sie die Gegend nach vernachlässigten Gärten oder irgendetwas anderem absuchen, das erklären würde, woher die Verletzung stammt. Ich habe keine Ahnung, was ich sonst noch tun kann, Claire. Ich weiß, die Zeit läuft uns davon und mit jeder weiteren Sekunde, die verstreicht, ist Macys Leben noch stärker in Gefahr.«

Tom stand auf und begann in dem kleinen Raum auf und ab zu gehen. »Holen wir Vincent noch einmal her. Dieses Mal soll die Spurensicherung das ganze Haus gründlichst durchkämmen. Hat er Zugang zu Lagerräumen, Garagen oder anderen Gebäuden, die wir vielleicht übersehen haben?«

»Ich glaube nicht, Sir. Was machen wir mit seiner Mutter? Sie ist alt und dement.«

»Eine Kontaktbereichsbeamtin soll kommen und sich um sie kümmern, während wir das Haus auf den Kopf stellen. Darf sie allein zu Hause bleiben oder braucht sie eine Rund-um-die-Uhr-Betreuung?«

»Ich glaube, für eine Weile kommt sie allein zurecht. So war es zumindest, als wir ihn gestern kurz in Gewahrsam genommen haben.«

»Wenn nicht, soll sich das Sozialamt um sie kümmern. Vielleicht kann man dafür sorgen, dass sie an einen sicheren Ort gebracht wird.«

Ben nickte. So sehr er wollte, dass Vincent der Täter war – er passte ins Täterprofil –, so sehr hatte er doch das Gefühl, dass er lediglich zur falschen Zeit am falschen Ort gewesen war. Er hatte gar nicht die Möglichkeit, zwei Mädchen in einem Haus zu verstecken, in dem auch seine Mutter wohnte, ohne dass es bemerkt wurde. Ben wollte keine Zeit damit verschwenden, einer falschen Spur nachzugehen, die sie nicht zu Macy führte. Aber sie mussten der Öffentlichkeit beweisen, dass sie alles unternahmen, was möglich war. Und indem sie sich Vince vorknöpften, sah es zumindest so aus, als würden sie das tun.

Claire sah von Ben zu Tom. »Wenn das für euch in Ordnung geht, soll es auch mir recht sein. Was ist mit dem Flussufer? Auf der anderen Seite sind viele Felder und ein Wald. Könnte er dort ein Versteck haben, wo er sie festhält? Ich denke, wir sollten die Suche ausweiten und uns nicht mehr nur auf die unmittelbare Umgebung konzentrieren. Wir können die Bergrettung bitten, uns bei der Suche im Wald und am Fluss zu helfen. Der Radius muss vergrößert werden. Wenn wir vor Ort schon alles versucht haben und damit nicht weitergekommen sind, müssen wir die Möglichkeit in Betracht ziehen, dass der Entführer Zugang zu etwas hat, das weiter ab vom Schuss ist, wo er ein Kind unterbringen kann, ohne dass man es hört und sieht. Ist das okay, Ben?«

Ein ungutes Bauchgefühl sagte ihm, dass es nicht okay war. Sie weiteten die Suche damit viel zu sehr aus. Aber er hoffte, dass es trotzdem der richtige Ansatz war. Was sollten sie auch sonst tun? Es gab bisher keinerlei Hinweis darauf, dass die Mädchen direkt vor ihren Augen versteckt worden waren.

»Also schicken wir ein Team los, das Vince in Gewahrsam nimmt, bringen ihn wieder her und nehmen sein Haus vom Dachboden bis zum Keller auseinander. Gleichzeitig lassen wir Suchtrupps das Flussufer und den Wald durchkämmen. Besteht die Möglichkeit, dass Macy einfach nur weggelaufen ist? Ich weiß, es kommt selten vor, aber manchmal werden die offensichtlichsten Erklärungen außer Acht gelassen. Vielleicht hat Charlies Mörder Macy gar nicht entführt. Es kann durchaus sein, dass wir es mit einer Vermissten zu tun haben, die sich nur zu weit von zu Hause entfernt hat und irgendwo verletzt liegt.«

»Möglich ist es durchaus, Claire. Wir müssen es zumindest in Betracht ziehen.«

Sie lächelte ihn an. »Jetzt hole ich den Kaffee, während du, Tom, alle Hebel in Bewegung setzt und die Suchtrupps organisierst.«

Damit nahm sie ihre Jacke von der Stuhllehne und ihre Geldbörse aus der Handtasche. Dann verließ sie den Raum und die Dienststelle.

Ben ging zurück ins Büro, wo Des Claire vom Fenster aus nachsah.

»Hat sie schon die Nase voll von dir, Chef?«

»Nein, sie besorgt Kaffee.«

»Kann ich ihr nicht verübeln. Morgans Gebräu schmeckt wirklich nicht besonders. Wie geht es jetzt weiter?«

»Ich weiß es nicht, Des. Ich glaube, ich wurde gerade kaltgestellt. Sie mobilisieren die Bergrettung, damit sie den Wald und das Flussufer absuchen.«

»Das haben wir schon gemacht, als Charlie abgängig war. Wir haben alle Register gezogen, mit Helikopter und so. Das ganze Programm.«

»Ich nehme an, das ist jetzt erneut fällig. Wir kommen einfach nicht schnell genug voran.«

»Bringt sie auch Kaffee für dich und mich mit oder müssen wir selbst los und uns welchen besorgen? Vielleicht sollten wir die Neuigkeit auch Morgan und Amy mitteilen. Die beiden halten nach wie vor Ausschau nach verwilderten Gärten?«

»Komm. Wir suchen sie.«

Ben wusste nicht, woher das nagende Gefühl in seinem Magen kam. Lag es daran, dass sie Macy noch immer nicht gefunden hatten, oder an der Tatsache, dass die Leitung der Ermittlung gerade von jemand anderem übernommen worden war?

EINUNDDREISSIG

Macy erschrak, als sich der Schlüssel im Schloss drehte. Sie hatte nicht einmal gemerkt, dass sie wieder eingeschlafen war. Woher kam nur diese Müdigkeit? Das war doch nicht normal. Die Tür ging auf und eine Weile stand er da im Schatten – in diesem Zimmer war es so schrecklich düster und dunkel. Sie bekam einen trockenen Mund und ihr Herz pochte wie wild. Hatte er beschlossen, ihr nun etwas Schlimmes anzutun? Wenn, dann war sie bereit. Die kleine Schere steckte noch immer hinten in ihrer Hose. Irgendwie würde sie sich schon von ihren Fesseln befreien und die Schere gegen ihn einsetzen, wenn es sein musste.

Er öffnete die Tür, kam herein und schaltete das Licht an. Macy schrie entsetzt auf, krabbelte umher und versuchte, zu entkommen.

»Was für eine Schande. Du bist wie ein Vogel im Käfig. So zart und so schön. Dein Haar hat eine wunderbar goldene Farbe. Ein so weiches, seidiges Haar hätte ich gern gehabt.« Er hob den Finger an die Lippen. »Pst. Wir wollen doch in diesem Haus keinen Lärm machen. Mutter mag das nicht. Kleine

Mädchen soll man sehen, aber nicht hören. Hat man dir das nie beigebracht?«

Sie starrte ihn mit großen Augen an und schüttelte den Kopf. Er lächelte sie an und schloss die Tür hinter sich. Dann schaltete er das Licht aus, ging zum Nachtschrank auf der anderen Seite des Betts und knipste die Lampe dort an.

»Spielst du gern Spiele? Ich schon. Mein Lieblingsspiel ist Cluedo. Wenn du ein braves Mädchen bist, spielen wir es morgen. Ich dachte, wir könnten jetzt ganz ruhig und gemütlich Scrabble spielen, um uns die Zeit zu vertreiben. Ich binde dir die Hände los, damit du spielen kannst. Aber wenn du etwas Dummes machst, muss ich dich wieder fesseln. Und das wäre jammerschade, denn damit würdest du verhindern, dass wir uns auf angenehme Weise kennenlernen. Nicke, wenn du mich verstehst und einverstanden bist.«

Sie hob und senkte eifrig den Kopf.

»Gut. Das ist sehr gut. Hast du schon einmal Scrabble gespielt?«

Sie sah auf die grüne Schachtel in seinen Händen und zuckte die Schultern.

»Schon okay, es ist ganz leicht. Wir bekommen beide ein paar von diesen kleinen beigen Quadraten mit Buchstaben darauf und dann müssen wir Worte daraus legen. Für jedes Wort bekommt man Punkte. Ich bin sicher, du hast das ganz schnell kapiert.«

Er nahm das Tablett, auf dem er ihr die belegten Brote gebracht hatte. »Du hast ja gar nichts gegessen. Warum? Du wirst noch krank, wenn du nichts zu dir nimmst.«

Dann sah er den Knebel in ihrem Mund und kicherte schrill. »Ich bin so dumm, ich habe vergessen, dir den abzunehmen. Kein Wunder, dass du nichts essen konntest. Du musst einen Bärenhunger haben. Kannst du mir verzeihen, dass ich ein so schlechter Gastgeber bin?« Er beugte sich vor und löste das Seidentuch, mit dem er ihr den Mund zugebunden hatte. Sie begann zu schluchzen. Er tätschelte ihren Kopf.

»Schon okay, nicht weinen. Ich fürchte, das Brot ist etwas hart geworden. Aber man kann es noch essen, oder? Wegwerfen kann ich es nicht. Es ist eine Sünde, gutes Essen wegzuwerfen.«

Er bot ihr ein Glas Orangensaft zum Trinken an. Der Papierstrohhalm darin war inzwischen völlig durchweicht. Er zog ihn heraus und warf ihn in den Abfalleimer. Dann hob er das Glas an ihre Lippen. Sie nahm einige große Schlucke und lächelte ihn an. Er tupfte ihr die Mundwinkel mit einem Küchentuch trocken und hielt ihr ein Viertel eines Sandwichs hin, damit sie etwas davon abknabbern konnte, was sie auch tat, zunächst mit kleinen, dann mit größeren Bissen. Zum Schluss hatte sie alles gegessen, sogar die harte Kruste.

»Meine Güte, musst du hungrig gewesen sein.«

»Ja, das war ich. Danke.«

»Oh, du kannst ja reden. Das ist schön. Ich dachte allmählich schon, du seist stumm. Du hast eine sehr schöne Stimme.«

Macy lächelte ihn an. Er lächelte zurück.

»Gut, das ist sehr gut. Sollen wir jetzt spielen? Ich fürchte, ich muss dich wieder knebeln. Ich tue es nicht gern, aber Mutter darf nicht hören, dass wir Spaß haben. Sie würde fuchsteufelswild, wenn sie dächte, dass wir uns amüsieren.«

Eine Träne lief Macy aus dem Augenwinkel und die Wange hinunter.

»Ach, sei nicht traurig. Es ist ja nicht für lange. Du wirst nicht immer so angebunden bleiben müssen. Ich löse jetzt die Fesseln, damit du spielen kannst. Und wenn uns das Spiel gefällt, nehme ich dir das nächste Mal auch den Knebel ab.«

Er beugte sich zu ihr und steckte ihr sorgfältig den weichen Stoff in den Mund, band aber diesmal nicht so fest zu wie beim letzten Mal, denn sie hatte rote Striemen in den Mundwinkeln, wo das Seidentuch ihr in das weiche Fleisch geschnitten hatte. Sie spielten, und nach ein paar Durchgängen musste sie lächeln, als er sie lobte und lachte. Er war so in das Spiel vertieft, das ihm sichtlich Spaß machte, dass er seine Mutter völlig vergessen zu haben schien. Doch nach einer Stunde sprang er plötzlich auf, packte die Schachtel, warf alle Buchstabenquadrate und das Spielbrett hinein, schloss sie mit dem Deckel und eilte zur Tür. Als er merkte, dass er Macy noch nicht gefesselt hatte, kam er zurückgelaufen und band eine Hand fest. Die andere ließ er frei. Dann rannte er aus dem Zimmer, schloss die Tür leise und sperrte sie von außen zu.

Macy hatte verdutzt zugesehen, wie er urplötzlich aufgesprungen war und das Spiel wieder in die Schachtel gepackt hatte. Sie hatte nichts gehört, nahm aber an, dass seine Mutter zu Hause war, denn er hatte gerufen, dass er gleich kommen werde. Macy hatte gezittert und zunächst Angst gehabt, als er sie hergebracht hatte. Aber inzwischen war sie nicht mehr so ängstlich. Er hatte ihr nicht wehgetan, wie sie zunächst befürchtet hatte, sondern war sogar nett zu ihr gewesen. Sie wusste, dass er nicht ganz richtig im Kopf war. Jeder, der hier wohnte, wusste das. Die älteren Jungs hänselten ihn, weshalb er ihr immer leidgetan hatte – zumindest, bis er sie entführt hatte. Wenigstens wusste sie, wo er wohnte, nämlich gar nicht weit weg von ihrem Haus. Sie musste sich nur befreien. Dann würde sie in der Nacht aus dem Fenster klettern, sich am Regenrohr hinunterlassen und schnell heimlaufen. Und wie schnell! Ihre Mutter würde stinksauer sein, weil sie so lange weg gewesen war. Wahrscheinlich würde sie bis zum Ende ihrer Schulzeit Hausarrest bekommen. Aber das war ihr egal. Sie hatte sich noch nie im Leben so nach ihrer Mum gesehnt wie jetzt. Außerdem war da noch der arme Max. Hoffentlich war er nach Hause gerannt und nicht einfach weggelaufen, als sie gestolpert war. Wenn ihm etwas passiert war, würde sie sich das nie verzeihen. Denn schließlich wäre sie schuld daran, weil sie so egoistisch gewesen war und unbedingt einen Schokoriegel hatte haben müssen.

Sie hörte, wie er draußen im Flur war und anschließend die Treppe hinunterstapfte. Als sie die Hand hob, um sich die Tränen wegzuwischen, die ihr in die Augen getreten waren, merkte sie, dass etwas nicht stimmte. Sie bewegte die Finger und musste lächeln: Er hatte vergessen, sie wieder zu fesseln. Sie hatte eine freie Hand. Und wenn sie eine freie Hand hatte, hieß das, dass sie sich losbinden konnte. Als Erstes zog sie sich den Seidenschal vom Mund und atmete tief ein. Dann öffnete sie den Mund, um nach Hilfe zu rufen, hielt jedoch inne: Wenn er so viel Angst vor seiner Mum hatte, war es nicht gut, wenn sie herkommen und nachsehen würde, wer da im Zimmer schrie. Vielleicht war sie ganz schrecklich und würde ihr wehtun oder sie nicht gehen lassen. Also beschloss sie, ein braves Mädchen zu sein, wie er es von ihr verlangt hatte. Ihr erster Plan war der bessere: Sie würde sich vollends losmachen und aus dem Fenster steigen, sobald es dunkel war und die beiden schliefen.

Macy sah sich im Zimmer um. Er hatte die kleine Lampe am Nachtschrank angelassen. Die Einrichtung war schon richtig alt, wie in einem ihrer Lieblingsfilme, *Die Geistervilla*. Die Möbel waren aus dunklem Holz und mit Blumenschnitzereien verziert. Alles war rosa. Sie hatte noch nie gesehen, dass aus dem Haus ein Kind gekommen war, nur der sonderbare Mann selbst. Wenn aber das alles hier seiner Schwester gehörte und sie nicht wie er war, woher sollte sie dann wissen, wer sie war? Vielleicht war sie von den beiden weggegangen. Macy konnte sie verstehen. Wenn sie einen Bruder wie ihn hätte und eine noch seltsamere Mutter als ihre eigene, würde sie wahrscheinlich auch nicht bleiben. Sie begann mit der linken Hand an den Knoten des Materials zu zupfen, mit dem er ihre Hand ans Bett gebunden hatte. Aber es war nicht einfach. Sie wünschte, sie hätte auf ihre Mum gehört, als sie gesagt hatte, sie solle nicht mehr an ihren Nägeln kauen, bis sie bluteten. Jetzt wären lange Nägel wirklich nützlich gewesen. Sie merkte, dass sie trinken konnte, nahm das Saftglas und leerte es. Aber der Saft am Boden des Glases schmeckte so kalkig und bitter, dass sie das Gesicht verzog. Er kam ihr vor wie diese eklige Medizin, die ihr Mum immer gab, wenn sie krank war. Nach einiger Zeit begann sie zu gähnen. Sie konnte den Knoten nicht ein bisschen lösen. Es war so anstrengend und sie fühlte sich so müde. Hinzu kam, dass ihr alles vor den Augen verschwamm. Sie gähnte wieder und nach zehn Minuten begannen ihr die Augen zuzufallen. Sie konnte sie nicht mehr offen halten. Also beschloss sie, dass es das Beste wäre, ein Nickerchen zu machen. Wenn sie wieder aufwachte, würden er und seine Mutter vielleicht schon schlafen. Nach einer kleinen Pause hätte sie vielleicht mehr Energie als jetzt und würde die Knoten aufbeißen können, wenn es sein musste. Als ihr wieder die Augen zufielen, legte sie den Kopf auf die weichen Kissen und schlief ein.

ZWEIUNDDREISSIG

Morgan konnte sich nicht erinnern, Ben je so verzweifelt gesehen zu haben. Er war mit Des aufgekreuzt und hatte ihnen erklärt, was der Plan war. Sie und Amy hatten ihn gar nicht erst infrage gestellt, Ihnen gingen die Ideen aus, das wusste sie, und vielleicht hatte Vince ja doch ein Versteck im Wald, in dem er das vermisste Mädchen festhielt. An den Wald hatte sie gar nicht gedacht. Aber jetzt, da sie darüber nachgrübelte, kam ihr Tante Etties weiches, freundliches Gesicht in den Sinn. Sie hatte schon eine ganze Weile nicht mehr mit ihr gesprochen. Tante Ettie wohnte in diesem Wald. Sobald sie Macy gefunden hatten, würde sie ihr einen Besuch abstatten. Wahrscheinlich konnte sie sich sogar noch an Eleanor Flemings Verschwinden erinnern.

»Ich fühle mich, als hätte ich Macy im Stich gelassen«, meinte Ben. »Wir haben sie nicht gefunden und so sehr ich auch hoffe, dass es uns noch gelingt, so habe ich doch ein ungutes Gefühl im Magen, dass wir zu spät kommen und er immer dreister wird.«

Morgan klopfte ihm beschwichtigend auf den Arm. »Wie gehen wir vor, um den Wald abzusuchen?«, fragte sie.

»Wir? Damit haben wir nichts zu tun. Ein Suchtrupp geht mit der Bergrettung hinein. Wir konzentrieren uns nach wie vor auf die direkte Umgebung. Ich glaube, dass Macy noch hier ist, ich bin sogar davon überzeugt. Die Suchaktion im Wald ist nur Augenwischerei, damit es so aussieht, als würden wir nichts unversucht lassen. Aber ich habe den bösen Verdacht, dass sie überhaupt nichts bringt. Ich verstehe, dass es gemacht werden muss, aber trotzdem.«

Sie hörten lautes Türenknallen, als ein großer Kastenwagen in einiger Entfernung auf der Straße zum Stehen kam und vier uniformierte Beamte heraussprangen. Hinter ihnen hielt ein kleines Auto, aus dem zwei Frauen ausstiegen. Ben lächelte ihnen zu.

»Vince wird stinksauer auf die Polizei sein«, meinte Morgan. »Wie wollen sie begründen, dass sie ihn schon wieder in Gewahrsam nehmen? Und wer sind die beiden?«

»Die Betreuerinnen für Vincents Mutter«, erwiderte Ben. »Sie bringen sie zur Tagespflege. Claire und Tom sind sich einig, dass er der Hauptverdächtige ist. Dieses Mal lassen wir das Haus vollständig räumen und von der Spurensicherung komplett untersuchen. Ach, und jetzt nehme ich ihn mir selbst vor, zusammen mit Amy, denn er mag sie nicht und wir hoffen, sie bringt ihn so sehr in Rage, dass er sich verplappert.«

Morgan war enttäuscht. Sie hätte gern selbst Gelegenheit bekommen, ihn zu befragen. Doch sie war nur Vernehmungsbeamtin der Stufe zwei, während Amy Stufe vier war und damit eine höhere Qualifikation hatte.

»Du kannst die Suche koordinieren, wenn du möchtest«, schlug Ben vor. »Sag mir Bescheid, wenn sie etwas finden.«

»Was ist mit seiner Mutter?«

»Das Sozialamt bringt sie ins Bevan House, wo sie einen schönen Abend verbringen darf, während das Haus auf den Kopf gestellt wird. Wenn er unschuldig ist und wir nichts finden, kann sie wieder nach Hause, sobald er gehen darf. Vielleicht will sie ja auch bleiben. Dort hat sie wenigstens Gesellschaft von Leuten in ihrem Alter, statt immer nur mit ihm allein sein zu müssen.«

»Viel Glück mit Vince.«

Ben lächelte sie an. Plötzlich war viel Geschrei zu hören. Sie drehten sich um und sahen, wie Vince aus dem Haus gezerrt wurde. Er wehrte sich und schlug wild um sich, was die beiden Beamten, die ihn zum Auto brachten, allerdings ziemlich kaltließ: Sie waren wesentlich größer als er und hatten ihn einfach hochgehoben. Seine Beine zappelten in der Luft, als fahre er ein nicht vorhandenes Fahrrad. So trugen sie ihn praktisch zum Gefängnisbus, warfen ihn hinein und schlugen die schwere Tür mit einem solchen Knall zu, dass es durch die ganze Straße hallte.

»Er ist nicht sehr amüsiert«, meinte Morgan.

»Allerdings nicht. Aber um ehrlich zu sein: So sehr ich möchte, dass er es ist und wir das Ganze endlich hinter uns haben, glaube ich nicht, dass er den Mumm zu einer solchen Aktion hat. Er ist mehr der miese kleine, widerliche Pornokonsument.«

»Ich warte dann mal auf die Spurensicherung. Viel Glück.«

»Soll ich dir Des schicken, Morgan? Brauchst du unbedingt Gesellschaft?«

»So dringend auch wieder nicht. Danke, ich komme schon zurecht. Wenn es nur darum geht, zu warten, bis sie fertig sind, wäre es unnötig. Du darfst mir allerdings ein Auto dalassen, in das ich mich setzen kann. Ich habe keine Lust, stundenlang in der Kälte herumzustehen und zu frieren. Für später ist starker Regen vorhergesagt. Ich würde gern im Trockenen sitzen, um von dort aus alles zu überwachen.«

Ben lächelte und warf ihr die Autoschlüssel zu. Sie fing sie auf und fragte sich, ob sie hineingehen und sich umsehen sollte, wenn alle weg waren, beschloss aber, es nicht zu tun. Sie wollte nichts verunreinigen, was eventuell als Beweismittel gesichert werden konnte. Stattdessen fuhr sie das Auto, in dem Ben gekommen war, zu Vincents Haus und wartete, bis der Gefängnisbus weg war, um seinen Platz direkt vor dem Grundstück einzunehmen. Zwei Frauen verließen das Gebäude mit Vincents Mutter, die verwirrt, aber zufrieden wirkte und mit ihnen mitging. Morgan winkte ihr zu und sie lächelte zurück, bevor sie ins Auto stieg. Morgan begann »Eleanor Fleming« zu googeln, um die Zeitungsberichte von damals zu lesen, fand aber lediglich einen Artikel mit der Überschrift »Jugendliche verschwunden: ausgerissen oder entführt?« Darunter sah man zwei Aufnahmen, eine von Eleanor selbst, die aussah wie ein ganz normaler Teenager, wenngleich sie ein ziemlich biederes, langes schwarzes Kleid trug, das ihr fast bis zu den Knöcheln reichte, und ein zweites von Detective Sergeant Geoff Peterson, einem stämmigen, weißhaarigen Kerl mit rotem Gesicht. Sie scrollte weiter und stieß auf einen kurzen Artikel über Geoff Petersons Beerdigung. Enttäuscht seufzte sie auf. In diesem Leben würde sie ihn wohl nicht mehr befragen können.

DREIUNDDREISSIG

Die Spurensicherung verließ Vincents Haus mit einer Handvoll Beweissicherungsbeutel. Morgan stieg aus und ging Wendy entgegen, hinter der Isla herlief.

»Sieht ja nicht sehr eindrucksvoll aus.«

Wendy zuckte die Schultern und gab Morgan den Hausschlüssel. »Ist es auch nicht. Wir haben nichts gefunden, was darauf hindeutet, dass er Charlie versteckt hat und Macy festhält. Ich habe ein paar dreckige Turnschuhe eingesammelt, um zu prüfen, ob er damit durch den Wald marschiert ist. Wir können die Erdreste analysieren. Aber selbst das bringt wenig, denn der Wald ist eine beliebte Gegend zum Spazierengehen. Außerdem haben wir ein paar leere Coladosen und Süßigkeitenverpackungen gesichert, die wir auf Fingerabdrücke untersuchen. Aber es gibt buchstäblich nichts, was uns helfen könnte, Macy zu finden.«

»Verflucht. Ben wird sich grün und blau ärgern.«

»Da ist er nicht der Einzige.«

Morgan sah ihnen zu, wie sie die Beutel im Kastenwagen verstauten, die Schutzkleidung auszogen und losfuhren, um zur Dienststelle zurückzukehren. Mit dem Schlüssel in der Hand blieb sie vor dem Eingangstor zu Vincents Grundstück stehen und fragte sich, ob sie selbst einen Blick hineinwerfen sollte. Nicht, dass sie groß etwas zu finden glaubte. Aber sie war im Fall Potter in einer ähnlichen Situation gewesen und hatte die Familie tot im Keller des Hauses gefunden. Handschuhe brauchte sie nicht mehr – das Haus war gründlich forensisch untersucht worden. Sie sperrte das Auto ab und warf einen kurzen Blick die Straße hinauf und hinunter, um sicherzugehen, dass Vince nicht gerade nach Hause kam. Dann begann sie, das Haus zu durchsuchen. Es handelte sich zwar nicht um ein großes, abgelegenes Einfamilienhaus mit verborgenem Keller und ihre Kolleginnen hatten sogar den Dachboden durchsucht. Trotzdem wollte sie nicht so einfach aufgeben. Als sie sich überzeugt hatte, dass es im Erdgeschoss keine versteckten Türen hinter Schränken oder andere verborgene Zugänge gab, ging sie nach oben. Neben der Klappe zum Dachboden stand eine Leiter. Sie lehnte sie gegen die Wand, stieg hinauf und öffnete die Luke. Dann zog sie sich in den staubigen Speicher hoch und aktivierte die Taschenlampen-App ihres Handys. Sie leuchtete herum und sah, dass er genauso aussah wie vor einigen Tagen, als sie gemeinsam mit Ben Charlie gesucht hatte. *Wo bist du, Macy?*, flüsterte sie und begann die Leiter wieder hinunterzusteigen. Da bemerkte sie einen Mann auf dem Treppenabsatz stehen. Er sah sie und stieß einen erstickten Schrei aus.

»O Gott!«, kreischte Morgan. Ihr Herz begann wie wild zu schlagen. Doch Vincent Jackson war noch blasser als sie.

»Mein Gott, wollt ihr mich nicht endlich allein lassen? Ich habe die Nase voll von alledem. Jeder in der Straße denkt, ich hätte diese Kinder entführt. Ich habe Ihnen doch neulich schon gesagt, dass ich es nicht getan habe. Ich habe damit nichts zu tun. Es reicht!«

»Ja, das haben Sie. Tut mir leid.«

»Raus.«

Morgan nickte. Sie lächelte ihn an und ging an ihm vorbei die Treppe hinunter und schnurstracks aus dem Haus. Gleichzeitig war sie fuchsteufelswild, weil niemand sie angerufen und ihr gesagt hatte, dass Vince auf freien Fuß gesetzt worden war. Dieses Zusammentreffen hätte schlimme Folgen haben können. Ihr Handy begann zu klingeln. Verärgert sah sie, dass es Ben war.

»Ja?«

»Wir mussten ihn freilassen. Wir haben nichts gegen ihn in der Hand und sein Anwalt kochte fast vor Wut.«

»Na, vielen Dank, dass ich es auch erfahre.«

»Warum? Wo bist du?«

»Ich war auf seinem Dachboden, um zur Sicherheit noch einmal nachzusehen, da kam er geschlichen. Ich hätte fast einen Herzinfarkt bekommen, Ben.«

»Verdammt, Morgan, was hattest du da allein zu suchen?«

»Ich weiß auch nicht. Ich hatte gehofft, Macy zu finden, so wie ich die Potters entdeckt habe. Na ja, nicht tot wie sie natürlich, ich will, dass Macy noch lebt und munter ist. Aber ...«

Sie fand keine Worte mehr, um weiterzusprechen. Einen Augenblick lang herrschte Schweigen zwischen ihnen, bis Ben die Stille unterbrach.

»Die Suche im Wald und am Fluss wurde abgeblasen. Es ist inzwischen zu dunkel, um sie sicher fortsetzen zu können. Sobald es morgen hell wird, geht es weiter. Inzwischen haben wir eine Presseerklärung abgegeben, in der wir allen Eltern und anderen Erziehungsberechtigten raten, ihre Kinder unter keinen Umständen allein und ohne Aufsicht nach draußen zu lassen.«

»Das ist gut.«

»Warum fährst du nicht nach Hause? Wir können im Moment wirklich nichts mehr tun.«

»Und was machst du?«

»Das Gleiche. Irgendwann brauche auch ich etwas Schlaf.

Heute hat Emily Geburtstag und wir gehen noch etwas trinken. Möchtest du uns nicht begleiten? Ich bin sicher, sie würde sich freuen. Sie fragt ständig nach dir, Morgan. Ich glaube, sie wäre gern mit dir befreundet.«

»Nein, danke, schon okay. Ich wünsche euch einen schönen Abend. Sag ihr, dass ich ihr alles Gute zum Geburtstag wünsche.«

»Könntest du auch selbst machen.«

Sie beendete das Gespräch. Ihr Magen hatte vorher schon protestiert, aber nun revoltierte er mit aller Macht. Sie freute sich, dass Ben sie eingeladen hatte, mit ihnen etwas trinken zu gehen, das war nett. Trotzdem schlug es ihr auf die Stimmung. Sie fragte sich, was mit ihr los war. Sie traf sich mit Fin, es sollte ihr also völlig egal sein, was Ben tat – es war absolut lächerlich. Und was meinte er damit, dass Emily gern mit ihr befreundet wäre? Das klang irgendwie seltsam. Emily war nett und sie plauderten jedes Mal, wenn sie sich begegneten. Was wollte sie denn noch?

Morgan fuhr zur Dienststelle, um das Auto zurückzubringen und sich ihren ramponierten alten Corsa zu holen, der schon bessere Tage gesehen hatte.

VIERUNDDREISSIG

Während der Fahrt nach Hause beschloss Morgan, sich ins Bett zu legen und zu lesen. Sie wollte niemanden sehen. Als sie jedoch in die Einfahrt einbog und Fins Auto dort stehen sah, legte sie ihre Pläne rasch ad acta. Dieses Mal beschloss sie, froh zu sein, dass er da war: Wenn Ben sich amüsieren konnte, während sie mitten in einem hochriskanten Fall steckten, in dem es um ein vermisstes Mädchen ging, konnte auch sie sich locker machen und einmal entspannen. Trotz ihrer anfänglichen Reserviertheit gegenüber Fin merkte sie, dass sie ihn mit jeder Begegnung ein Stückchen mehr mochte. Als er aus dem Auto sprang, lächelte sie – er war der Typ des gut aussehenden Mannes, wie man ihn in Zeitschriften sah. Er hätte auch als Model für Gucci oder Armani arbeiten können. Sie ertappte sich dabei, wie sie ihn anstarrte. Es umgab ihn eine elegante Aura und der Charme eines Mannes aus reichem Elternhaus. Weshalb es sie umso mehr verwunderte, dass er eine so kleine Wohnung hatte. Sie kannte seine finanzielle Situation nicht, doch schien er immer eine mit reichlich Bargeld und vielen Kreditkarten gefüllte Brieftasche zu haben. Warum also wohnte er nicht in etwas wesentlich

Besserem als seiner jetzigen Bleibe? Andererseits, was für ein Recht hatte sie, über ihn zu urteilen? Ihr eigenes Apartment war wesentlich teurer, als es ihr behagte. Aber wenn sie dafür in einer so schönen Umgebung leben konnte, war es jeden Penny wert. Sie war nicht wie einige ihrer Freundinnen auf die Universität gegangen und musste daher nicht exorbitante Studiengebühren zurückzahlen oder reichlich Schulden abstottern. Sie stieg aus und Fin strahlte sie an. Er steckte den Kopf durch das Fenster auf der Beifahrerseite und holte aus dem Auto den größten Blumenstrauß, den sie je gesehen hatte, einen Traum aus exquisiten Rosen und Lilien. Mit einer Flasche Rosé von Bollinger und einer kleinen Verbeugung überreichte er ihn ihr. Dann nahm er ihre Hand und küsste sie.

»Danke. Die sind wirklich schön. Aber was ist der Anlass?«

»Um zu feiern. Außerdem sind schöne Blumen immer etwas für schöne Frauen.«

Morgan lächelte. Sie sah ihr Spiegelbild im Fenster seines Porsche. Im Augenblick wirkte sie, als sei sie von einer Wanderung in den Bergen zurückgekommen. Ihre Frisur war von der Pudelmütze zerdrückt worden, der Lippenstift hatte sich schon vor Stunden verabschiedet und ihre Nasenspitze leuchtete in der Kälte knallrot. Sie lachte und schüttelte den Kopf. Auf ihren Wangen bildeten sich zwei winzige kreisrunde Flecken.

»Dann kommst du mal besser mit hinein und siehst nach, ob du deine Brille findest, die du bei deinem letzten Besuch anscheinend verlegt hast.« Ein mulmiges Gefühl in ihrer Brust schmälerte die positive Überraschung etwas. Sie ging in ihre Wohnung. Fin folgte ihr. Dann schloss sie die Tür und verriegelte sie. Nachdem sie Mantel und Mütze ausgezogen und in den Schrank gehängt hatte, lief sie in die Küche, wo Fin bereits den Champagner entkorkte.

»Was feiern wir?«

Er lächelte sie an. »Meinen Buchvertrag.«

»Oh, ich wusste gar nicht, dass du eines schreibst. Gratuliere, was für eine fantastische Leistung.«

Er nickte. »Mein Gott, die Sache läuft schon ewig. Ich habe inzwischen so viele Absagen bekommen, dass ich nicht einmal mehr darüber reden wollte. Warum trinken wir nicht etwas? Und wenn du bereit für ein bisschen Langeweile bist, erzähle ich dir alles.«

Sie stellte die Blumen in Wasser, öffnete den Schrank und holte die beiden einzigen Weingläser heraus, die sie besaß. »Sorry, ich habe noch nie Champagner gekauft und deshalb auch keine passenden Gläser.«

»Die sind schon in Ordnung. Wir machen sie bis obenhin voll und müssen dann nicht mehr ständig nachschenken. Ich habe noch zwei Flaschen im Auto.«

»Ich mache mich schnell ein bisschen frisch und ziehe meine feuchte Jeans aus. Dauert nicht lange.«

Sie ging ins Bad, in dem noch immer das Chaos von letzter Nacht herrschte. Dann warf sie die Bettdecke auf das Bett zurück, schüttelte die Kissen auf und schnappte sich ein Paar Shorts und eine weiche weiße Seidenbluse, die sie nur halb zuknöpfte, damit ein gutes Stück ihres Dekolletés zu sehen war. Sie legte ihre feuchte Kleidung ab, trug schnell etwas Deo und Parfüm auf und zog sich an. Nachdem sie ihr Haar gebürstet hatte, kämmte sie es etwas zurück und schürzte die Lippen, um ihren dunkelroten Lieblingslippenstift aufzutragen. So fühlte sie sich gleich nicht mehr so spießig. Als sie zurück ins Wohnzimmer ging, wartete Fin auf sie. Er kam auf sie zu, legte ihr den Arm um die Hüfte, drückte sie fest und beugte sich zu ihr hinunter. Seine Lippen streiften ihre Wange.

»Hm. Du riechst immer so gut, dass ich dich am liebsten vernaschen würde.«

Sie lachte und löste sich von ihm. »Dann bin ich besser als meine Mahlzeiten. Ich habe heute Morgen einen Nudelauflauf gemacht, der mir verbrannt ist.«

Er lächelte und begann gekonnt den Draht vom Korken zu lösen. Dabei agierte er so fingerfertig und routiniert, dass sie sich fragte, wie oft er das schon gemacht hatte, denn sie selbst hatte keine Ahnung, wie das ging. Er ließ den Korken knallen und hielt ihn ihr unter die Nase. Sie schnüffelte daran und nickte, obwohl sie nicht wusste, was sie riechen oder wie sie darauf reagieren sollte. Inzwischen hatte der Schaum aus dem Flaschenhals zu quellen begonnen. Er nahm ein Glas und fing die perlende zartrosa Flüssigkeit damit auf. Als es fast voll war, reichte er es ihr. Dann füllte er das zweite, hob es in die Luft und stieß mit ihrem an.

»Prost, Morgan. Trinken wir auf harte Arbeit, darauf, dass wir nie aufgeben und all unsere Träume in Erfüllung gehen.«

»Prost«, erwiderte sie und nahm einen Schluck. »Oh, der schmeckt aber gut. An den könnte ich mich gewöhnen.«

»Wenn ich viele Bücher verkaufe, trinken wir ihn jeden Tag zum Frühstück.«

Sie lachte. »Klingt gut.«

FÜNFUNDDREISSIG

Ben saß mit Emily im Black Dog. Sie sah fabelhaft aus, aber trotzdem konnte er sich nicht auf das Gespräch mit ihr konzentrieren, da seine Gedanken ständig darum kreisten, wie sie Charlies Mörder dingfest machen und Macy finden konnten. Zugleich kam ihm immer wieder Morgan in den Sinn. Er hatte das Gefühl, ein Zugunglück in Zeitlupe zu beobachten und es nicht verhindern zu können. Hätte er seinen Freund doch nie gebeten, Erkundigungen über Finley Palmer einzuholen. Wie sollte er ihr sagen, was er wusste, ohne zuzugeben, dass er sich in ihre Angelegenheiten eingemischt hatte, obwohl er dazu kein Recht hatte? Bevor er von zu Hause losgegangen war, hatte er die Nachricht gelesen und war so wütend geworden, dass er ein Loch in die neue Gipswand seines Wohnzimmers geschlagen hatte. Jetzt waren seine Knöchel geschwollen und taten weh. Wäre das satte Krachen der Wand, als seine Faust sie zerschmetterte, nur von Fins Nase gekommen. Wie konnte der Kerl es wagen, herzukommen und ihr das anzutun, ohne sich Gedanken darüber zu machen, was er anrichtete? Er spürte, wie eine Ader in seiner Schläfe pulsierte. Jetzt nur keinen

Schlaganfall bekommen. Um Emilys willen musste er versuchen, ruhig zu bleiben. Es wäre einfach unfair ihr gegenüber.

»Was soll ich also deiner Meinung nach machen? Wäre ich eine gute Polizistin? Oder soll ich Lehrerin bleiben?«

»Was?«

»Soll ich mich bei der Polizei bewerben? Sie haben eine Anzeige aufgegeben. Hast du mir überhaupt zugehört, Ben?«

»Ja, tut mir leid. Ich denke, wenn du es schon immer wolltest, könntest du es versuchen. Falls es dir nicht gefällt, gehst du eben in deinen alten Beruf zurück.«

»Ja, wahrscheinlich. Nur das mit den Leichen macht mir ein bisschen Sorgen. Ob ich mit dem Geruch und der ganzen Sauerei zurechtkommen würde? Ich weiß nicht, wie ihr, du und Morgan, das schafft. Aber ich denke mir, vielleicht gewöhnt man sich ja daran.«

Er sah sie an und merkte, dass sie beide gerade auf völlig unterschiedlichen Planeten waren. »Entschuldige, ich muss telefonieren. Dauert nicht lang.« Er sprang auf und ließ sie am Tisch zurück. Sie starrte ihm nach, als er nach draußen lief und Morgan anrief. Es meldete sich nur die Mailbox.

»Morgan, ich bin's«, sprach er darauf. »Kannst du mich zurückrufen, wenn du einen Augenblick Zeit hast?«

Als er ins Pub zurückging, hoffte er, nicht allzu verzweifelt geklungen zu haben. Emily war unterdessen an der Bar gewesen und nun stand eine Flasche Wein auf dem Tisch. Sie goss sich ein großes Glas ein und bot auch ihm eines an, aber er schüttelte den Kopf. Möglicherweise bekam er noch einen dienstlichen Anruf. Deshalb musste er sich mit ein, zwei Hellen begnügen.

»Hast du einen schönen Tag gehabt und nette Sachen bekommen?«, fragte er sie.

Ihm fiel auf, wie wenig er über sie wusste. Er hatte keine Ahnung, ob sie eine Familie hatte, die ihr Geschenke kaufte. Zum Glück hatte er daran gedacht, auf dem Weg hierher im

Supermarkt ein paar Blumen und eine Glückwunschkarte zu besorgen.

»Ja, danke. Hattest du viel Arbeit? Gibt es ein Lebenszeichen von dem armen Mädchen?«

»Ja, wir haben sehr viel zu tun. Und nein, es gibt noch keine Spur von ihr.«

Emily nickte. Sie trank einen großen Schluck und sah ihm fest in die Augen. »Hast du Morgan gebeten, zu kommen?«

»Ja. Sie wollte nach Hause, lässt dir aber Glückwünsche ausrichten. Sie freut sich, dich wieder einmal zu sehen.«

Während er das sagte, kreuzte er die Finger unter dem Tisch. Er hasste es zu lügen, denn Emily war unglaublich nett. Aber sie war nicht Morgan und das wusste er jetzt. Er war wütend auf Fin und konnte es nicht mit ansehen, dass man Morgan verletzte oder schlecht behandelte. Sie hatte etwas Besseres verdient. Viele schlaflose Nächte lang hatte er über sie nachgedacht und viele Gründe gefunden, warum es zwischen ihnen nie funktionieren würde: Er trug zu viel emotionalen Ballast mit sich herum ... sie würde es nicht verstehen ... sie waren sich zu ähnlich. Es schnürte ihm die Brust zu, wenn er daran dachte, dass sie gerade eine Beziehung mit einem Lügner, Betrüger und Hochstapler einging, der sich überhaupt nicht um sie scherte und ihr Vertrauen missbrauchte. Wenn sie ihn nur zurückrufen würde, damit er mit ihr darüber reden könnte.

»Du bist ein ganz schlechter Lügner, Ben. Dein Blick wandert in alle möglichen Richtungen, wenn du nicht die Wahrheit sagst. Verstehe mich bitte nicht falsch, ich meine das nicht böse. Ich weiß, dass du es nur tust, um meine Gefühle nicht zu verletzen, und das ist ein sehr feiner Zug von dir. Aber ...«

Beschämt nahm Ben einen Schluck von seinem Bier. »Aber was?«

»Wenn du Morgan so sehr magst, warum sagst du es ihr

nicht? Ihr seid beide mündige Erwachsene. Ich denke, sie mag dich so, wie du sie magst.«

»Bin ich so durchschaubar?«

Sie lächelte ihn an und nickte. »Ich glaube, ihr würdet ein großartiges Paar abgeben. Ich weiß, du bist ihr Vorgesetzter und sie ist jünger als du. Aber letzten Endes zählt das hier.« Sie klopfte sich auf das Herz. »Das Leben ist zu kurz, um nicht glücklich zu sein, Ben. Ich mag dich sehr, weiß aber, dass ich dich nicht so glücklich machen kann wie sie. Ich will ganz ehrlich zu dir sein – das war ich schon immer. Ich habe dich gebeten, mit mir auszugehen, also brauchst du kein schlechtes Gewissen zu haben. Es ist ja nicht so, dass wir in einer ernsthaften Beziehung wären. Ich habe meine Freundin angerufen, während du draußen warst. Sie ist auf dem Weg hierher. Wir können uns betrinken, uns ein paar Schnäpse als Absacker genehmigen und dann heimwanken. Du lässt mich hier also nicht allein, keine Sorge.«

Er nahm ihre Hand. »Emily, du bist eine wundervolle Frau. Es tut mir leid, wenn ich deinen Geburtstag ruiniere.«

»Ach, du ruinierst ihn doch nicht. Ich habe eine Schwäche für gute Liebesgeschichten. Jetzt geh zu ihr und gesteh ihr deine Gefühle.«

Er lachte. Dann stand er auf, beugte sich zu ihr hinunter und küsste sie auf die Wange. »Happy Birthday. Ich danke dir.«

Mit einer Handbewegung bedeutete sie ihm zu verschwinden, und er verließ das Pub.

Als er im Auto saß, wusste er nicht, was er tun sollte. Er wollte sie nicht noch einmal anrufen. Aber welche Wahl hatte er? Sie war nicht rangegangen. Wie sollte es weitergehen? Er musste sie doch warnen. Nur, würde er damit Ärger machen oder sie beschützen? Er wusste es nicht. Sicher war er sich allerdings, dass er nicht hierbleiben und zusehen konnte, wie man ihr wehtat. Er hatte die Schlagzeile in der morgigen Zeitung gesehen und wusste, dass sie am Boden zerstört sein würde.

Also machte er einen Screenshot von dem Foto, das er zugeschickt bekommen hatte, und leitete es an Morgan weiter. Wenn sie schon seinen Anruf nicht erwiderte, würde sie hoffentlich seine Nachricht sehen und den schmierigen Dreckskerl so in den Hintern treten, dass er es sein Lebtag nicht mehr vergaß.

SECHSUNDDREISSIG

Morgan nippte an ihrem Champagner, während sie den verbrannten Nudelauflauf aus dem Kühlschrank holte und zum Aufwärmen in den Ofen steckte.

»Willst du jetzt oder später essen?«

»Später ist okay. Ich bin nicht hungrig.«

Sie wollte nicht sagen, dass sie selbst durchaus hungrig war, ja, sogar völlig ausgehungert, weil sie heute Morgen nur eine Scheibe Toast und am Nachmittag ein halbes Sandwich, das Ben mit ihr geteilt hatte, gegessen hatte. Fin lehnte sich in dem übergroßen Sessel zurück und klopfte auf den Platz neben sich.

»Komm, setz dich. Du hattest einen langen, anstrengenden Tag.«

Sie quetschte sich neben ihm in den Sessel. Der Champagner schmeckte gut, zu gut, und bevor sie sichs versah, hatte sie das ganze Glas geleert. Fin stand auf, nahm die Flasche und goss den Rest in ihr leeres Glas. Sie protestierte nicht. Schon von dem einen Glas war sie betrunken geworden und hatte rosige Wangen bekommen. Eigentlich hätte sie vorher noch etwas essen sollen, das wusste sie, aber sie hatte nicht die Stimmung verderben wollen.

»Ich hole den restlichen Champagner.« Er ging zum Auto und kam kurz darauf mit zwei weiteren Flaschen zurück. Eine legte er in den Kühlschrank, die andere öffnete er. Dann setzte er sich wieder neben sie. Sie kuschelten sich aneinander. Als sie durch das Fenster auf die dunklen Gärten hinausblickte, konnte sie ihr Spiegelbild sehen und hatte auf einmal das Gefühl, als würde sie ein anderes Leben leben. War das wirklich sie neben diesem talentierten Prachtkerl, der gerade im Begriff war, Verlagsautor zu werden und ein Buch zu veröffentlichen? Im Schlafzimmer begann ihr Handy zu klingeln. Sie hatte es dort gelassen, um es zu laden. Gerade als sie loseilte, um den Anruf anzunehmen, hörte es auf zu klingeln. Sie blieb stehen und beschloss, es nicht zu holen. Wenn es dienstlich war, konnte sie jetzt sowieso nichts tun, dazu war sie etwas zu betrunken. Außerdem hatte sie keine Bereitschaft. Also setzte sie sich wieder und sie sprachen über alles Mögliche außer über das Thema von Fins Buch und ihre Arbeit. Ben hatte Fin völlig falsch eingeschätzt: Er war nicht wie die meisten Journalisten, sondern das genaue Gegenteil.

Nachdem sie ein weiteres großes Glas geleert hatte, stand sie auf und merkte überrascht, wie wackelig sie auf den Beinen war. »Ich muss zur Toilette, bin gleich zurück.« Sie stolperte davon und ließ ihn allein. Auf dem Weg ins Bad hörte sie, wie sein Handy vibrierte.

Als sie zum Sessel zurückkam, war Fin gerade mit seinem Smartphone beschäftigt und tippte eine Nachricht, weshalb er sie nicht hörte. Sie sah ihm über die Schulter und las, was er schrieb.

Ich kann es gar nicht erwarten, dich wiederzusehen, Darling. Ich vermisse dich so sehr xx.

Noch bevor die Worte vom Display verschwanden, wurde ihr schon übel. Sie spürte scharfe Galle durch die Speiseröhre aufsteigen. Im Schlafzimmer begann ihr Handy erneut zu klingeln. Dieses Mal ging sie hin, um den Anruf anzunehmen. Sie brauchte etwas Zeit, musste darüber nachdenken, was sie gerade gesehen hatte. Vielleicht hatte er ja seiner Mutter oder Großmutter die Nachricht geschrieben, es musste nicht unbedingt eine andere Frau sein. Außerdem konnte er irgendwo ein Kind haben. Sie schloss die Schlafzimmertür hinter sich, während das Telefon wieder klingelte.

»Hallo?«

»Ich bin's. Hast du meine Nachricht bekommen?«

»Nein. Was ist los, Ben?«

»Lies, was ich geschrieben habe, und ruf mich dann zurück. Morgan, hast du getrunken?

Sie lachte laut auf. »Ja, Champagner. Warum?«

»Bist du betrunken?«

»Himmel, Ben, du bist nicht mein Vater. Ich bin alt genug, um mich zu betrinken, wenn mir danach ist. Warum rufst du mich überhaupt an, wenn du unterwegs bist und mit Emily auf ihren Geburtstag anstößt?«

»Sieh dir an, was ich dir geschickt habe. Und ganz egal, was passiert, setz dich nicht hinters Steuer und fahr.«

»Wovon zum Teufel redest du?«

Sie beendete das Gespräch, öffnete ihre Nachrichtenliste und sah das Bildschirmfoto einer Zeitungsschlagzeile. Die Worte wirkten etwas unscharf, aber der Mann auf dem Bild war klar zu erkennen: Fin. Außerdem sah man ein kleines Bild von ihr selbst in der Ecke. Ihr wurde immer mulmiger. Sie vergrößerte den Screenshot. Tatsächlich, das war Fin mit seinem unverkennbaren strahlenden Lächeln. Und das Fotos von ihr war vor einigen Monaten entstanden, als sie angegriffen und scheinbar halb tot ins Krankenhaus transportiert worden war. Die Schlagzeile verstand sie zunächst nicht. Sie musste sie mehrmals lesen, bevor sie den Sinn erfasst hatte.

Autor erhält sechsstellige Summe für Buch über die wahre Geschichte von Taylor und Skye Marks: ein Good-Cop-Bad-Cop-Drama über den Kampf zwischen Gut und Böse.

Im Artikel war zu lesen:

Fin Palmer, besser bekannt als Fin Holmes, Ehemann der Daytime-TV-Queen Ellie Holmes, hat sich einen Buchdeal gesichert, der es verdient, gefeiert zu werden. Er hat exklusiven Zugang zu Insiderinformationen über den Fall bekommen und sich mit Skye Marks angefreundet, um die Story des Jahrzehnts zu schreiben.

Sie merkte, wie ihr das Handy aus der Hand glitt. Mit einem Mal wurde ihr alles klar. Ihr Unbehagen steigerte sich zu ohnmächtigem Zorn. Sie hatte das Gefühl, als würden ihre Lungen brennen. Das Atmen fiel ihr schwer. Er war verheiratet und hatte sie nur benutzt, um ein Buch über ihre elende Kindheit zu schreiben. Die ganze Welt würde erfahren, wer ihr Vater und Bruder waren. Sie packte das Handy und marschierte zurück ins Wohnzimmer, wo Fin gerade das Essen aus dem Herd geholt hatte und verbrannten Nudelauflauf vom Teller aß.

»Ist gar nicht so schlecht«, meinte er. Dann sah er ihr Gesicht. »Stimmt etwas nicht, Morgan?«

»Raus.«

»Was?«

»Du hast mich schon verstanden. Wie kannst du es wagen? Verlass meine Wohnung, bevor ich dich wegen Hausfriedensbruchs festnehme. Wie kannst du mich nur so benutzen?«

Er nickte. »Ich wollte es dir sagen und habe nur auf den richtigen Zeitpunkt gewartet.«

Sie machte einen Schritt auf ihn zu. »Mir was sagen? Dass

du verheiratet bist? Dass du nur hier bist, um deine Story zu bekommen? Dass ich dir völlig egal bin?«

»Ja, ich bin verheiratet. Aber die Ehe ist nicht so toll. Wir haben unsere Probleme. Und ja, ich möchte ein Buch über deine Geschichte schreiben. Sie ist erstaunlich, unglaublich. Aber ich wollte damit in keiner Weise respektlos dir gegenüber sein. Ich wollte alles aus deiner Perspektive schildern. Wir hätten das Buch gemeinsam geschrieben.«

»Raus!«, schrie sie ihn an. Tränen traten ihr in die Augen. Sie blinzelte sie wütend weg. Vor ihm wollte sie nicht weinen, auf keinen Fall. Er ging rückwärts zur Tür und hob beschwichtigend die Hände.

»Lass es mich erklären. Dann findest du es vielleicht nicht mehr so schlimm.«

Sie sah sich nach dem nächstbesten Gegenstand um, mit dem sie ihn bewerfen konnte – und packte den Nudelauflauf. Ehe sie sich davon abhalten konnte, flog er schon durch die Luft. Fleischbällchen und Nudelsoße klatschten auf sein weißes Hemd. Die ofenfeste Glasschale landete mit einem Klirren auf dem Holzboden, während der restliche Auflauf sich auf den Wänden und über das ganze Wohnzimmer verteilte.

»Bist du verrückt? Das Teil war teuer!«

Ein Gemisch aus Tomatensoße, Zwiebeln und Knoblauch klebte auf seinem Hemd. Die Flüssigkeit saugte sich im Handumdrehen in den weißen Stoff und breitete sich aus wie eine Blüte, die sich entfaltete. Morgan begann zu lachen, während ihr Tränen über die Wangen liefen. Noch lauter lachte sie, als Fin sich umdrehte und durch die Tür nach draußen und, wie sie hoffte, aus ihrem Leben stapfte. Sie war so außer sich, dass sie ihm nachlief, die leere Champagnerflasche packte und ihm hinterherschleuderte, obwohl er bereits im Auto saß und rückwärts aus der Einfahrt fuhr. Die Flasche war so schwer, dass sie nicht weit flog, sondern mit einem lauten Geräusch auf dem Kies landete. Den ganzen Tag hatte es immer wieder geregnet.

Nun verwandelte die Kälte die Tropfen in winzige Hagelkörner. Morgan stand da und sah zu, wie sich die Rückleuchten von Fins Auto auf der Straße entfernten. Sie konnte die Tränen nicht länger zurückhalten und ließ ihnen freien Lauf. Da stand sie nun in der Dunkelheit im eisigen Schauer und konnte sich nicht mehr bewegen, obwohl die harten Geschosse auf sie herabprasselten und sie bis auf die Haut durchnässten. Sie war schon angegriffen worden und beinahe gestorben, aber nichts hatte so wehgetan wie das hier. Der Schmerz in ihrer Brust war so stark, dass sie schreiend zusammenbrach. Ihr verzweifeltes Schluchzen ging im Prasseln des Hagels unter. Sie setzte sich auf den riesigen Findling neben der Eingangstreppe, unfähig, sich zu bewegen, während die Kälte die Wirkung des Champagners allmählich vertrieb, sodass sie immer nüchterner wurde. Wie hatte sie nur so dumm, so verdammt naiv sein können? Sie hätte doch wissen müssen, dass jemand wie er nicht an ihr interessiert war, sondern Hintergedanken hatte.

In der Einfahrt erschienen Scheinwerfer. Sie erstarrte. Sollte es noch einmal er sein, würde sie die Polizei rufen. Sie sah sich um und hoffte, dass es nicht Fin war. Oder Emily – nicht auszudenken, wenn sie jemandem erklären müsste, welche Idiotin sie gewesen war. Das Auto blieb stehen und für einen Augenblick legten die grellen Scheinwerfer schonungslos offen, in welch desolatem Zustand sie sich befand. Dann ging die Wagentür auf und sie hörte Schritte auf sie zukommen. Sie hielt inne, bis sie Bens Rasierwasser roch. Als er bei ihr war, schlang er seine Arme um sie. Er half ihr auf und zog sie nah zu sich. Obwohl sie ein tropfnasses, durchweichtes Elend war, ließ er sie nicht los. So stand er da und hielt sie fest, während der Hagel allmählich nachließ und ihr stoßweiser Atem sich beruhigte. Er sagte nichts, sondern wiegte sie nur und drückte sie an sich. Morgan wünschte, dass sie immer so bleiben könnten, sie in seinen Armen. Er rieb ihr den Rücken und küsste sanft ihre Stirn. Sie waren patschnass, doch keiner wollte sich vom anderen lösen. Schließlich ließ er sie doch los und nahm sie bei der Hand.

»Komm, wir gehen hinein, bevor du dir den Tod holst.«

Sie nahm seine Hand ganz fest und ließ sich von ihm in die Wohnung zurückführen. Er schloss die Tür hinter sich, blieb im Flur stehen und sah sich die Bescherung an.

»Um Himmels willen, Morgan, das sieht ja aus wie ein Tatort nach einem Gewaltverbrechen. So schlecht kochst du nun auch wieder nicht.«

Sie lächelte ihn an und schüttelte den Kopf.

»Komm schon, du musst dir die nassen Sachen ausziehen und heiß duschen. Geh ins Bad. Ich mache unterdessen hier sauber.«

»Du brauchst die Sauerei hier nicht wegzumachen«, flüsterte sie. »Ich habe sie angerichtet und räume sie selbst weg.«

Er sah sie an. Sie hatte das Gefühl, als würden seine Augen nach ihrer Seele suchen, so intensiv war sein Blick.

»Ich möchte es aber aufräumen. Ich möchte dir helfen und sichergehen, dass du okay bist, Morgan. Ich möchte für dich da sein.«

Wieder begannen ihr Tränen über die Wangen zu laufen. Sie drehte sich weg, bevor er es bemerkte, nickte und ging in Richtung Bad. Mit einem Mal erkannte sie, dass Fin nichts weiter als eine Ablenkung gewesen war, während sie versucht hatte, ihre Gefühle für Ben zu verdrängen. In ihrem Kopf herrschte Chaos und noch schlimmer sah es in ihrem Herzen aus. Sie hatte keine Ahnung, wie sie das alles wieder in den Griff bekommen konnte. Aber sie war dankbar, dass Ben ihr Freund und Teil ihres Lebens war. Selbst wenn das alles war, was sie je zusammen erreichten, war es schon genug.

SIEBENUNDDREISSIG

Nachdem sie heiß geduscht hatte, putzte sich Morgan die Zähne. Sie hatte vom Champagner pochende Kopfschmerzen und ihr war übel. Als sie aus dem Bad kam, hatte Ben die Nudeln und die Soße weggeputzt und die Überreste einschließlich der zerbrochenen Glasschale in den Abfall geworfen. Er hatte etwas Schinken aus dem Kühlschrank geholt und briet ihn gerade. Auf der Frühstückstheke stand ein großer Becher Kaffee. Sie setzte sich auf einen der Stühle und sah ihm stumm zu. Was sollte sie auch sagen? Dass sie eine Idiotin war, eine naive Närrin, die geglaubt hatte, jemand wie Fin Palmer sei an jemandem wie ihr interessiert? An einer Anfängerin im Polizeidienst mit Todessehnsucht und haarsträubend schlechten Kochkünsten. Ben reichte ihr ein getoastetes Schinkensandwich, das er in Tomatensoße getränkt hatte.

»Iss das und du fühlst dich gleich besser, glaub mir, ich weiß das. Ich habe viel mehr Erfahrung mit Katern als du.«

»Danke, dass du sauber gemacht hast und …« Wieder blieben ihr die Worte im Hals stecken. Sie brachte nichts mehr heraus und biss stattdessen in das Sandwich, das hervorragend schmeckte.

»Es tut mir leid, Morgan, ich hätte nicht herumschnüffeln sollen. Aber als ich das gesehen habe, musste ich es dir sagen. Ich entnehme der Sauerei, die du hier veranstaltet hast, dass du nicht die leiseste Ahnung hattest, auf was er aus war?«

Sie schüttelte den Kopf.

»Gut. Denn als ich hierhergefahren bin, ist mir in den Sinn gekommen, dass du vielleicht sogar einverstanden hättest sein können, das Buch gemeinsam mit ihm zu schreiben.«

Dieses Mal fehlten ihr die Worte nicht. »Absolut nicht. Denkst du, ich wäre gern Thema eines Buchs über ein Verbrechen?«

»Du magst doch Bücher über wahre Kriminalfälle?«

»Ja, wenn sie von anderen handeln und nicht von meinem eigenen verpfuschten Leben. Verdammt noch mal, ich bin eine wandelnde Netflix-Serie. Eine Katastrophe! Bekomme ich wegen der Sache Stress in der Arbeit?«

»Nein. Wir erzählen es Tom morgen Früh als Erstes. Du hast überhaupt nichts falsch gemacht.«

»Ich schäme mich so, Ben. Es ist schon schlimm genug, dass ihr, du und das Team, meine Vergangenheit kennt und wisst, dass Gary Marks mein Vater ist. Da muss es nicht auch noch ein dummes Arschloch von Reporter in die ganze Welt hinausposaunen – ein Scheißkerl, der mir mein ganzes Leben ruiniert.«

»Unsere Rechtsabteilung kann da möglicherweise intervenieren und das Ganze unterbinden. Du bist Polizeibeamtin im aktiven Dienst, deshalb werden die das nicht so einfach durchgehen lassen.«

»Wo ist Emily?«

»Sie hat mich weggeschickt und eine Freundin mobilisiert. Ich war keine besonders angenehme Gesellschaft.«

»Ist das nicht absurd? Wir haben beide die Gelegenheit, uns mit jemandem zu treffen und etwas Spaß zu haben – und sieh, was daraus geworden ist. Tut mir leid, lag es daran, dass du mich immer wieder zu erreichen versucht hast?«

Ben zuckte die Schultern. »Ich musste das tun. Ich arbeite mit dir und wir sind Freunde, das hast du neulich selbst gesagt.«

Sie musste lachen und fühlte sich gleich besser. »Ein sauberes Paar sind wir. Verrate aber Amy nichts. Das würden wir nicht überleben.«

Ben nickte. »Ich muss ständig an die beiden Kinder denken.«

»Ich weiß, auch ich dachte mir, ich könnte für ein paar Stunden auf andere Gedanken kommen. Ich versuche, nicht daran zu denken, dass Charlie einsam in einer Kühlzelle im Leichenschauhaus liegt und Macy verängstigt und allein irgendwo festgehalten wird, aber die Gedanken wandern immer wieder zu ihnen. Wir kommen nicht voran. Was sollen wir machen, Ben?«

»Den Scheißkerl finden, der sie entführt hat. Das machen wir.«

Morgan hob die Hand und Ben beugte sich vor, um ihr ein High five zu geben.

»Amen. Keine Ablenkung mehr, Chef. Wir können das schaffen. Wir haben den Mörder der Potters und von Taylor Marks gefunden, auch wenn er genau genommen mich gefunden hat. Aber das sind unwichtige Details.«

»Als Erstes aber schläfst du deinen Rausch aus, meine Meisterdetektivin, obwohl ich glaube, dass du den Alkohol durch deine Wut abgebaut hast. Ich wusste gar nicht, dass du so wütend werden kannst. Das gefällt mir. Ich bin froh, dass du dich noch besser durchsetzen kannst, als ich dachte.«

»Was machst du jetzt? Du kannst hierbleiben, wenn du willst.«

Sie sah seinen skeptischen Gesichtsausdruck, als sein Blick zum Sessel, dann zur Schlafzimmertür und wieder zurück wanderte.

»Nennt man beim anderen übernachten«, fügte sie schnell hinzu. »Weißt du, das ist unter Freunden gang und gäbe und erlaubt. Du kannst verkehrt herum schlafen, mit deinem Gesicht zu meinen Füßen. Ich lasse dich jedenfalls nicht im Sessel schlafen.«

»Ich muss keine Gesichtsmaske auflegen und mir die Haare waschen?«

Morgan gluckste. »Auf keinen Fall. Du bist zu alt, eine Gesichtsmaske hilft da nicht mehr. Und ich vergeude doch nicht mein teures Shampoo für deinen kahl geschorenen Kopf.«

»Tritt nur einen Mann, der schon am Boden liegt, nur zu. Wenn du mich in Ruhe lässt, bin ich dabei.«

Morgan lächelte ihn an. Sie würde ihn in Ruhe lassen. Eines Tages, an einem anderen Ort und zu einer anderen Zeit, würden sie vielleicht feststellen, dass sie mehr sein konnten als nur Freunde. Aber jetzt, in diesem Augenblick, hatten die Mädchen Priorität.

ACHTUNDDREISSIG

Ben ließ Morgan schlafen. Sie war ins Bett gekrochen, hatte sich zusammengerollt, ihm Gute Nacht zugeflüstert und war binnen Sekunden weggetreten. Die Kombination aus Erschöpfung, Champagner, Tränen und Traurigkeit hatte ihr vermutlich geholfen, in einen tiefen Schlaf zu fallen. Er hätte gern die Arme um sie gelegt, ließ es jedoch sein – im Moment waren sie nur Freunde, mehr nicht, was vielleicht auch gut so war. Er musste Macy finden: Sie hatte höchste Priorität. Zudem wusste er instinktiv, dass er, wenn er sie fand, auch Charlies Mörder hatte.

Er öffnete die Haustür und wurde von sturzflutartigem Regen begrüßt. Mit der Hand vor dem Gesicht rannte er zu seinem Wagen. Der Schlag an seinen Kopf kam völlig unvermittelt aus der Dunkelheit. Geschockt stolperte er und krachte gegen sein Auto. Nur weil er eine Hand bereits am Türgriff gehabt hatte, ging er nicht in die Knie. Wieder traf ihn etwas Hartes seitlich am Kopf. Ihm wurde schwarz vor Augen. Silbrige Sterne tanzten durch sein Blickfeld. Er drehte sich um und sah erneut eine dunkle Gestalt auf sich zukommen. Diesmal hob er die Hände, um sein Gesicht zu schützen. Der Mann senkte den Kopf und ging auf ihn los. Ben erwiderte den Angriff mit einem rechten Haken gegen den Schädel seines Kontrahenten. Dann rammte der Kerl mit seinem Kopf Bens Magengrube, dass ihm die Luft wegblieb. Ben stöhnte und fiel auf die Knie. Er hob den Kopf, um zu sehen, wer zum Teufel auf ihn losging, und blickte in zwei schwarze Augen. Der Mann verpasste ihm einen Schlag auf die Nase, sodass er nichts mehr sah. Schon spürte er, wie ihm ein Schwall warmes Blut über das Gesicht lief. Er musste auf die Beine kommen, das wusste er – wenn der andere die Oberhand gewann, war er ein toter Mann. Aber der Angreifer holte aus und trat ihm mit einem schweren Wanderstiefel mit aller Kraft in die Seite. Er hörte eine Rippe brechen. Wieder versuchte er, mit einer Hand seinen Kopf zu schützen, und tastete in seiner Tasche nach dem Handy. Als er einen weiteren Schlag gegen die Kinnlade bekam, ging ihm ein letzter Gedanke durch den Kopf: *Morgan.* Er spürte nur noch, wie er nach vorn kippte und mit dem Gesicht in eine Pfütze fiel. Dann verlor er das Bewusstsein.

Emily öffnete die Haustür und warf einen Blick in den Vorgarten. Sie sah einen ganz in Schwarz gekleideten Mann hastig weglaufen und rief: »He, Sie! Was machen Sie? Ich rufe die Polizei.«

Der Mann lief weiter und drehte sich nicht um. Sie sah hinüber zu den Autos, ob dort alles in Ordnung war, und erkannte Bens Wagen. Dann bemerkte sie die mit dem Gesicht nach unten liegende leblose Gestalt in der Einfahrt. Sie stieß einen Schrei aus und lief los, stellte jedoch fest, dass sie keine Schuhe trug. Sekundenschnell waren ihre Füße eiskalt. Rasch machte sie kehrt und rannte zurück.

»Au, au, Morgan. Morgan!« Emily wusste nicht, ob sie

schon jemals so laut geschrien hatte. Sie lief zurück ins Haus, schlug an Morgans Wohnungstür und brüllte: »Ruf einen Rettungswagen. Er ist verletzt.«

Morgan riss die Tür auf und sah sie an, als sei sie verrückt geworden. Blass und zitternd deutete Emily auf die offene Tür.

»O Gott, er ist verletzt und bewegt sich nicht mehr.«

Die Angst, die in Morgan aufstieg, ließ sie rasch handeln. Sie steckte ihre nackten Füße in ein Paar Converse Chucks, packte ihr Handy und lief zur Tür hinaus. Als sie Bens leblosen Körper mit dem Gesicht nach unten liegen sah, schrie sie noch lauter als Emily soeben. Schon als sie zu ihm lief, wählte sie den Notruf.

»*Polizei Cumbria. Wie kann ich Ihnen helfen?*«

»Beamter am Boden. Verletzt. Wurde angegriffen. O Gott, ich weiß nicht, ob er noch atmet.«

»Wer spricht?«

»Detective Constable Morgan Brookes. Ich bin in der Singleton Park Road. Der Verletzte ist Detective Sergeant Ben Matthews. Schicken Sie sofort einen Rettungswagen.«

Sie beendete das Gespräch. Als sie bei Ben war, sah sie, dass er in einer Regenpfütze lag. Sie beugte sich zu ihm hinab und flüsterte: »Ben, mein Gott, bitte bleib bei mir.« Sie drückte ihm zwei Finger an die Halsschlagader. Der Hals war noch warm. Obwohl er auf dem nassen Kies lag, spürte sie einen Puls. Emily, die sich inzwischen Stiefel von Morgan angezogen hatte, tauchte neben ihr auf.

»Atmet er?«, fragte sie.

»Ja, aber wir müssen ihn aus der Kälte schaffen. Wenn er hier liegen bleibt, kann er unterkühlen. Kannst du mir helfen, ihn nach drinnen zu bringen?«

Gemeinsam gelang es ihnen, Ben auf den Rücken zu rollen. Er stöhnte auf. Sein Gesicht war eine blutige Masse. Sie beugten sich zu ihm hinunter, packten ihn unter den Armen und versuchten, ihn hochzuziehen. Seine Lider flatterten. Er öffnete die Augen und stöhnte noch lauter als zuvor.

»Sorry, aber wir können dich nicht hier im Nassen liegen lassen«, sagte Morgan. »Du erfrierst uns. Wir versuchen, dich zum Eingang zu tragen. Hilfe ist unterwegs, Ben. Das wird wieder.«

Morgans Stimme zitterte. Sie wünschte, sie wäre so sicher, wie sie klang. Wer zum Teufel hatte ihm das angetan? Und warum? Es gelang den beiden, ihn halb schleifend und halb tragend zur Eingangstreppe zu bekommen, doch schafften sie es nicht, ihn die Stufen hochzuschleppen – er war viel zu schwer. Morgan setzte sich und lehnte ihn so gut es ging zwischen ihre Beine. Emily lief nach drinnen und kam wenige Augenblicke später mit Morgans Bettdecke und einigen Kissen zurück.

»Sollen wir ihn hinlegen?«

Morgan wollte ihn nicht loslassen. Sie wollte ihn beschützen und fühlte sich besser, wenn sie ihn mit ihren Armen aufrecht hielt.

»Nein, schon okay. Ich denke, es ist besser, wenn er ganz nah bei mir sitzt, sodass er etwas von meiner Körperwärme abbekommt. Was zur Hölle ist passiert? Denkst du, dass er hingefallen ist?«

Emily schüttelte den Kopf. »Nein. Ich habe Geräusche gehört und dachte, jemand wolle eines unserer Autos stehlen. Als ich die Haustür geöffnet habe, habe ich einen schwarz gekleideten Mann weglaufen sehen. Zuerst ist mir gar nicht aufgefallen, dass Ben da war und verletzt dort lag.«

Morgan wurde übel. Wer war hierhergekommen und hatte Ben angegriffen? Kannte er ihn? Oder hatte es jemand auf sie abgesehen? Der Erste, der ihr in den Sinn kam, war Fin: Hatte er gesehen, wie Ben weggegangen war, und ihn attackiert? Oder war derjenige hier aufgetaucht, der Charlie umgebracht und Macy entführt hatte? Während sie auf den kalten Steinstufen saß und Ben in den Armen hielt, flüsterte sie Emily zu: »Halt dein Handy bereit. Wenn du da draußen auch nur die geringste Bewegung siehst, wähl sofort den Notruf.«

Emily war bleich, nickte aber und hielt mit zitternden Händen ihr Smartphone fest, um sofort die Polizei zu alarmieren, wenn sie den Angreifer wieder sah. Als Morgan in der Ferne Sirenen vernahm, atmete sie erleichtert auf – noch nie war sie so froh gewesen, sie heulen zu hören. Während sie Ben festhielt, wurde ihr klar, wie er sich gefühlt haben musste, als sie ohnmächtig gewesen war und geblutet hatte: Ihre Verbindung war wesentlich stärker als die meisten Freundschaften.

Der Rettungswagen schien wie in Zeitlupe durch die Pfützen zu gleiten. Sein Blaulicht erleuchtete den tintenschwarzen Nachthimmel. Es erinnerte an eine bizarre Disco. Als Morgan hinter der Ambulanz einen Kastenwagen der Polizei sah, war sie erleichtert. Sie wusste, dass Ben lebte, aber sein Atem ging flach, als kämpfe er darum, Luft in seine Lungen zu bekommen. Sie hatte Angst, dass er wesentlich schwerer verletzt war, als es aussah. Einer der Sanitäter sprang aus dem Auto und stapfte durch die Pfützen herbei, während der andere so nah wie möglich an sie heranzufahren versuchte.

»Was ist passiert?«, fragte er.

»Ich weiß es nicht«, antwortete Morgan. »Er wurde angegriffen. Wir haben ihn bewusstlos und mit dem Gesicht nach unten liegend gefunden.«

Zwei Polizisten kamen herbeigelaufen. Einer war Cain, den sie kannte, aber den anderen hatte sie noch nie gesehen. Cain murmelte: »Shit. Ist er okay?«

»Ich weiß nicht«, erwiderte Morgan. »Sieht es danach aus?«

Cain schüttelte den Kopf. »Der Hundeführer ist unterwegs. Weißt du, wer das getan hat?«

»Nein, aber meiner Meinung nach kommen zwei Täter infrage: Finley Palmer oder ...«

»Oder?«

»Derjenige, der das eine Mädchen umgebracht und das

zweite entführt hat. Er könnte ihn oder uns daran hindern wollen, ihm zu sehr auf den Pelz zu rücken.«

»Himmel, das ist ja wie im Film. Madds ist unterwegs, die Spurensicherung auch. In welche Richtung ist er gelaufen, hast du das gesehen?«

Morgan deutete zur Straße. »Dorthin.«

»Okay. Vielleicht kann der Spürhund seine Fährte aufnehmen.«

Die beiden Sanitäter hoben Ben auf eine Trage. Er stöhnte, öffnete aber nicht die Augen. Sie begannen Elektroden an seiner Brust zu befestigen.

»Wie heißt er?«

»Ben Matthews.«

»Ben, Ben, können Sie mich hören?« Ein Sanitäter hob Bens Lid und leuchtete ihm mit einer Lampe ins Auge.

»J-ja.«

Er sprach undeutlich und schleppend, als sei seine Zunge auf das Doppelte angeschwollen. Morgan hätte den Sanitäter neben ihr am liebsten umarmt.

»Junge, Sie sehen aus, als hätten Sie gerade zehn Runden im Boxring hinter sich. Aber fürs Erste sind Sie okay. Tut sonst noch etwas weh, abgesehen von Ihrem zugerichteten Gesicht?«

»Meine Rippen. Sie schmerzen, wenn ich einatme.«

Morgan kam näher an sein Gesicht heran. Sie beugte sich zu ihm hinunter und flüsterte: »Hast du gesehen, wer es war?«

»Tut mir leid, Morgan.« Er begann zu husten, stöhnte und hielt sich die rechte Seite.

»Hast du ihn erkannt?«

Ben schloss die Augen. »Nein.«

Die Sanitäter schoben ihn auf einer Trage in den Rettungswagen.

»Tut mir leid, wir müssen ihn in die Notaufnahme bringen, bevor die Straßen zu sehr unter Wasser stehen. Das Fahren ist im Augenblick ein Albtraum. Kommen Sie mit?«

»Ich komme nach. Zuerst muss ich mich anziehen und mit der Polizei reden.«

»Alles klar, Sie wissen, wo Sie uns finden. Wir fahren ins Krankenhaus Westmorland General.«

Sie nickte. »Danke.«

Dann winkte sie Cain und den Beamten in Ausbildung, der ihn begleitete, zu sich. »Wir können nicht ausschließen, dass Charlies Mörder Sergeant Matthews angegriffen hat. Ebenso wenig können wir ausschließen, dass der Täter bewaffnet ist oder sich noch in der Umgebung aufhält.«

Der Polizeischüler sah zuerst Morgan, dann Cain mit großen Augen an. Er tat ihr leid, denn er wirkte verschreckt. Aber es war noch nicht vorbei. Sie würde den Täter nicht einfach davonkommen lassen. Was hatte er hier gewollt? Hatte er es auf sie selbst abgesehen? Wollte er sie attackieren und war stattdessen auf Ben losgegangen? Ganz gleich, was der Grund gewesen war, sie würde alles in ihrer Macht Stehende tun, um den Dreckskerl zu finden und dorthin zu bringen, wo er hingehörte.

»Wir müssen so viel Leute wie möglich mobilisieren. Ich will, dass die ganze Gegend von Streifenpolizisten wimmelt, damit er aufgescheucht wird. Gib mir dein Funkgerät.«

Cain nahm das Gerät von seiner Schutzweste und gab es Morgan. Sie übermittelte alle nötigen Informationen über Funk, damit der Disponent in der Einsatzleitstelle über die Lage vor Ort informiert war.

»Ich gehe hinein und ziehe mich um. Es dauert nicht lang. Willst du eine erste Aussage von Emily dort drüben aufnehmen? Sie hat das Ganze gehört, ist rausgelaufen und hat den Kerl vertrieben.«

Cain nickte. »Jack, kannst du bitte mit der Zeugin drüben reden? Geh mit ihr ins Haus, es ist kalt hier draußen.«

Das musste man Jack nicht zweimal sagen. Er lief hinüber zu Emily. Morgan konnte es ihm nicht verübeln. Er fragte sich vermutlich, in was er da hineingeraten war und ob das wirklich der Beruf war, den er sich erträumt hatte: Ein bewusstlos geschlagener Kollege, stundenlang am Tatort ausharren und dabei bis zu den Knöcheln im eiskalten Wasser stehen war nichts für schwache Gemüter.

NEUNUNDDREISSIG

Als Morgan aufbrach, um ins Krankenhaus zu fahren, sah es vor ihrem Haus aus wie in einem Katastrophenfilm. Madds war gekommen, um die Leitung am Tatort zu übernehmen. Zu allem Unglück war der Regen inzwischen in matschigen Graupel übergegangen und hatte alle Spuren verwässert oder weggewaschen. Der Suchhund hatte der Spur des Täters bis zu einem Feld folgen können, sie aber auf der anderen Seite verloren. Dort verlief ein stark frequentierter Gehweg, der nach Rydal Falls hineinführte und von Schulkindern, die auf den Bus zur Queen Anne's School in Kendal warteten, viel benutzt wurde. Doch das war nicht ihre Ermittlung: Sie war hier nur eine Art Zeugin und außerdem befand sich der Tatort zu nah an ihrer Wohnung. Auf dem Weg ins Krankenhaus rief sie über die Freisprechanlage Amy an.

»Ben wurde angegriffen. Er ist auf dem Weg in die Notaufnahme.«

Amy sagte einen Augenblick lang nichts.

»Was, wo und von wem?«

Morgan wurde klar, was es für Folgen haben würde, dass

Ben bei ihr übernachtet hatte: Die ganze Dienststelle würde über sie reden. Dabei war nicht einmal etwas passiert, zumindest nichts Nennenswertes, was den wochenlangen Klatsch rechtfertigen würde, den der Vorfall mit Sicherheit nach sich zog. Sie hatte pochende Kopfschmerzen und ihr Mund fühlte sich trocken an. Sie hatte noch nie einen Champagnerkater gehabt, aber so schien er sich anzufühlen. Und das konnte sie im Moment am allerwenigsten brauchen.

»Das ist eine lange Geschichte.«

»Dann rate ich dir dringend, sie jetzt loszuwerden, Mädchen. Denn ich lege nicht eher auf, bis ich weiß, was gelaufen ist?«

»Willst du die ganze Geschichte oder die Kurzversion?«

»Zunächst einmal, Morgan, geht es ihm gut?«

»Ja. Sein Gesicht ist übel zugerichtet, er wurde bewusstlos geschlagen und hat womöglich ein paar gebrochene Rippen. Aber es geht ihm den Umständen entsprechend gut.«

Amy stieß einen Pfiff aus.

»Klingt spannend. Also: die ganze Story. Lass bloß nichts aus.«

»Er hat mir gestern Abend einen Besuch abgestattet, weil er mir etwas mitteilen wollte. Aber ich war betrunken, hatte gerade Fin vor die Tür gesetzt und war ziemlich mit den Nerven fertig. Ben ist mit reingekommen, um mich zu beruhigen.«

»Yeah, das ist genau die Art von Anruf, den eine Frau um diese Tageszeit braucht, bevor sie ihre Morgendosis Koffein bekommen hat. Warte, ich gehe schnell zum Kiosk und besorge mir etwas Milch. Brauche ich für den Rest der Geschichte auch eine Tüte Popcorn?«

Morgan lächelte. »Wahrscheinlich.«

Amy quietschte vor Vergnügen, dann wurde es still am anderen Ende. Morgan hörte, wie sie jemandem dankte, dann erklang ihre Stimme wieder.

»Jetzt zu Teil zwei, du darfst weitererzählen. Aber warum hast du Fin, den Journalisten, hinausgeworfen? Verdammt, Mädchen, du bist ein ganz stilles Wasser. Aber die sind angeblich ja die schlimmsten.«

»Dieser Journalist ist der größte Scheißkerl. Ben ist über Nacht geblieben.«

»Wow. Wurde aber auch Zeit.«

»Nicht, was du denkst. Er hat auf dem Sofa geschlafen.« Morgan versuchte, ihm spätere Peinlichkeiten zu ersparen.

»Er soll auf diesem Sessel geschlafen haben? Ganz sicher nicht. Aber erzähl weiter.«

»Ich war betrunken und völlig fertig. Er hat dafür gesorgt, dass ich mich wasche und allein ins Bett gehe. Am Morgen ist er aufgebrochen, ohne mich zu wecken. Und das Erste, was ich höre, ist Emily von der Wohnung über mir, die an meine Tür trommelt und um Hilfe schreit. Ich bin nach draußen gelaufen und …«

»Und?«

»Amy, es war schrecklich. Ich dachte, er sei tot. Er lag mit dem Gesicht nach unten auf dem Boden und hat sich nicht bewegt. Ich hatte noch nie im Leben eine solche Angst. Zum Glück ist er zu sich gekommen. Dann waren auch schon die Sanitäter da und haben sich um ihn gekümmert.«

»Heilige Scheiße, Morgan!«, rief Amy plötzlich.

»Ist krass, ich weiß.«

»Nein, das meine ich nicht. Du bist auf der Titelseite des Express. Mit einem Foto deines schnuckeligen Lovers, Fin.«

Morgan hatte noch nie im Leben so ein Verlangen gehabt wie jetzt, zu schreien und auf etwas, irgendetwas einzudreschen. Es war so ungerecht, alles war so unfair.

»Wusstest du das? Warst du damit einverstanden oder war das der Grund, warum du ihn hinausgeworfen hast?«

»Ja, besser gesagt, nein, ich wusste nichts, und ja, genau deshalb. Ben hat herausgefunden, was er vorhat, und mir gestern Abend einen Screenshot von dem Artikel geschickt. Deshalb ist er auch hergekommen. Ich war betrunken und jetzt ist mein Leben wieder mal ein Scherbenhaufen, der in aller Öffentlichkeit ausgebreitet wird, damit jeder sich das Maul darüber zerreißen und seine Nase hineinstecken kann. Ben hat dafür bezahlt, dass er mit mir befreundet ist. Wenn ich also du wäre, würde ich niemandem erzählen, dass du mehr bist als meine Kollegin, denn wer weiß, was sonst als Nächstes passiert. Es ist alles so ungerecht und ich habe alles gründlich satt, Amy.«

Sie beendete das Gespräch, bevor ihre Stimme versagte. Sie wollte nicht, dass Amy hörte, wie sie vor lauter Frustration heulte. Niemand sollte das hören. Sie wollte ihr Leben zurück – das Leben, das sie geführt hatte, bevor sie zu Bens Team gestoßen war. Als sie eine junge Polizistin gewesen war, die keine Ahnung gehabt hatte, wie schlecht Menschen sein konnten. Als Stan noch gelebt hatte und der einzige Vater gewesen war, den sie gekannt hatte, bevor sie herausgefunden hatte, dass ihr biologischer Vater ein Vergewaltiger und Killer war, und sie fast von einem anderen Mörder umgebracht worden wäre.

Sie parkte ihr Auto vor dem Krankenhaus, wischte sich mit dem Ärmel ihres Pullovers ihre rot geweinten Augen trocken und holte ihr Umhängeband mit dem Dienstausweis aus dem Handschuhfach. Sie musste Ben sehen, musste wissen, ob es ihm gut ging. Dann würde sie Macy finden. Sobald das Mädchen in Sicherheit war, würde sie Charlies Mörder aufspüren, ganz allein. Denn das war ihr Kampf. Sie wusste, dass er es war, der Ben so zugerichtet hatte. Er schien Angst zu haben und hatte versucht, sie zu überfallen. Nun hatte sie eine Rechnung zu begleichen, nicht nur wegen ihr, sondern auch wegen Ben. Es war ihr auch völlig egal, welche Folgen es hatte, wenn sie sich ihn vorknöpfte. Finden würde sie ihn auf jeden Fall. Schließlich war sie die Tochter eines Mörders. Sie musste etwas von ihm in sich haben, musste es nur aus den tiefsten Tiefen ihrer Seele hervorholen, in die sie es gepackt hatte. Der Angreifer hatte den Kampf zu ihr gebracht. Nun würde sie ihn zu ihm zurückbringen. Und nur einer von ihnen beiden würde überleben.

VIERZIG

Morgan nahm im Wartezimmer Platz. Nach nicht allzu langer Zeit öffnete sich die Flügeltür zur Station und eine Pflegerin rief ihren Namen. Sie sprang auf, denn sie konnte es nicht erwarten, Ben zu sehen. Die meisten Vorhänge um die Behandlungszellen waren zugezogen, aber sie wusste, in welcher er lag, denn Cain lehnte daneben an der Wand und wirkte etwas fehl am Platz.

»Morgan.«

»Cain, hast du schon eine Aussage von ihm?«

Er schüttelte den Kopf. »Die Ärztin ist eine ziemliche Zicke. Sie meinte, ich solle später noch einmal kommen. Ich war mir nicht sicher, was ich machen soll. Allein lassen wollte ich ihn nicht, obwohl sie mich nicht zu ihm hineinließ. Ich glaube, sie ist sich gar nicht bewusst, dass er einer von uns ist. Sie denkt wahrscheinlich, ich will etwas von ihm.«

Morgan lächelte. »Das liegt an der Uniform. Manche mögen sie und für andere ist sie ein rotes Tuch. Vielleicht hast du ihr einmal einen Strafzettel verpasst und sie hat sich dein Gesicht gemerkt.«

Cain wurde knallrot. »Hoffentlich nicht. Sie hätte schon

eine ziemlich miese Fahrerin sein müssen, um einen von mir zu bekommen. Ich verteile sie nur, wenn ich einen nervigen Polizeischüler dabeihabe.«

»Ruhe. Hier liegen schwer kranke Leute. Wer sind Sie überhaupt?«

Morgan drehte sich langsam um, um zu sehen, wem die strenge Stimme hinter ihr gehörte. Da stand eine Frau in einem grünen OP-Kittel und starrte sie beide an.

»Tut mir leid. Ich bin hier, um Ben Matthews zu besuchen.«

»Und wer sind Sie?«

Cain hörte stumm zu.

»Eine gute Freundin. Er hatte gerade meine Wohnung verlassen, als er überfallen wurde.«

Morgan hatte nicht die Absicht, ihr zu verraten, dass sie ebenfalls Polizistin war, sonst hätte sie womöglich auch nicht zu ihm gedurft. Sie warf einen Blick nach unten und sah erleichtert, dass ihr Dienstausweis sich mit der Vorderseite nach hinten gedreht hatte und die Ärztin ihn deshalb nicht sehen konnte.

»Ich bin Dr. White und kümmere mich um Mr Matthews. Wir haben ihn geröntgt. Abgesehen von den gebrochenen Rippen und starken Hämatomen in der Rippengegend konnten wir keine inneren Blutungen oder sonstigen Verletzungen feststellen.«

Morgan atmete erleichtert auf. »Danke. Kann ich zu ihm?«

»Nur Sie allein, ja, aber er ganz sicher nicht.« Sie deutete auf Cain und wandte sich ihm zu. »Er hat eine leichte Gehirnerschütterung und musste sich ein paarmal übergeben. Im Augenblick ist er noch nicht in der Lage, eine Aussage zu machen. Deshalb weiß ich ehrlich gesagt nicht so recht, warum Sie noch hier sind.« Dann sah sie wieder Morgan an. »Wie heißen Sie überhaupt?«

»Morgan.«

»Mein Chef hat mich beauftragt, ein Auge auf ihn zu haben und dafür zu sorgen, dass es ihm gut geht«, fügte Cain hinzu.

»Sagen Sie Ihrem Chef, es ginge Mr Matthews besser, wenn er sich keine Gedanken um eine Aussage machen müsste. Sie sollten dem Mann etwas Zeit geben. Kommen Sie in ein paar Stunden wieder und wir sehen, was dann möglich ist.«

Cain nickte. »Ja, Doktor.« Er sah Morgan an, die nur mit den Schultern zuckte. Dann marschierte er in Richtung Ausgang. Die Ärztin zog einen Vorhang beiseite und ging in die Behandlungskabine.

»Mr Matthews, Sie haben eine Besucherin, Morgan. Wollen Sie sie sehen?«

»Ja.«

Sie drehte sich zu Morgan um, winkte sie herein und schloss den Vorhang hinter ihr. Man hatte Bens Gesicht inzwischen vom Blut gereinigt, doch war es mit unzähligen violetten und schwarzen Flecken übersät. Bald würden seine geschwollenen Augen in schönstem Blau erstrahlen. Aber er lächelte sie an. Sie fühlte sich gleich viel besser.

»Du siehst …« Sie wusste nicht, was sie sagen sollte. *Fürchterlich aus? Angeschlagen? Großartig?*

Er musste lachen. »Autsch. Meine Rippen tun am meisten weh. Nein, sag es lieber nicht. Ich kann mir schon vorstellen, wie ich aussehe – wahrscheinlich so, wie ich mich fühle. Obwohl das Mittel, das sie mir verpasst haben, den schlimmsten Schmerz dämpft.«

Sie zog sich einen Plastikstuhl an sein Bett. »Es tut mir so leid, Ben. Ich habe nichts mitbekommen.«

Er nahm ihre Hand. »Hör auf damit, Morgan. Was soll dir leidtun? Es war doch nicht deine Schuld.«

Sie senkte den Kopf und schluckte den Kloß hinunter, der sich in ihrer Kehle gebildet hatte.

»Doch«, entgegnete sie. »Du bist bei mir geblieben, weil ich so betrunken war. Dieser Überfall galt mir, der Kerl war vor meinem Haus und hat es gar nicht auf dich abgesehen, sondern nach mir Ausschau gehalten. Du warst nur zur falschen Zeit am falschen Ort. Er hätte dich umbringen können.«

»Unter anderen Umständen wäre ich schon mit ihm fertig geworden. Dieser hinterhältige Bastard hat mich erwischt, als ich völlig arglos war. Ist aus der Dunkelheit auf mich losgegangen. Ich habe ihn nicht einmal gehört, weil der Regen die Schrittgeräusche geschluckt hat. Sobald ich gehen kann, holst du mich ab und bringst mich ins Büro. Ich kann hier nicht den ganzen Tag rumhängen. Wir müssen Macy finden.«

»In diesem Zustand kannst du nicht arbeiten.«

»Ich kann nicht fahren, aber im Büro sitzen und euch Anweisungen geben. Das ist eigentlich auch mein Job. Ich mache ihn nur nicht, weil ich lieber draußen bin, bei den Ermittlungen helfe und Zeit mit euch verbringe. Kannst du herausfinden, wie der Stand der Dinge ist? Wurde die Suche nach Macy schon fortgesetzt?«

»Ja, aber alle suchen auch deinen Angreifer. Ich denke, es könnte Charlies und Macys Entführer sein. Er oder Brett Mosely. Wenn es Charlies Mörder war, muss er einen Grund für den Überfall haben. Vielleicht fühlt er sich bedroht. Ich denke, wir sind näher an ihm dran, als uns bewusst ist.«

»Gut. Ich will, dass alle verfügbaren Kräfte für die Suche nach Macy eingesetzt werden. Wir müssen die Möglichkeit in Betracht ziehen, dass sie den Ort, an dem sie festgehalten wird, nicht mehr lebend verlässt, denn inzwischen ist sie schon wesentlich länger verschwunden als Charlie. Ich glaube nicht, dass sie im Wald ist, und wenn, dann nur als Leiche. Andererseits hat er Charlie auch nicht dort abgelegt. Warum sollte er also diesmal seine Vorgehensweise ändern und Macys Leiche verstecken?«

»Vielleicht, weil so viele Suchtrupps unterwegs sind. Er

könnte glauben, dass sie nach ihm Ausschau halten, und deshalb nicht mehr ganz so dreist agieren. Aber ich denke, er bekommt allmählich Angst, weil wir ihm näher auf den Fersen sind, als wir denken.«

»Wenn alle den Wald durchsuchen, wäre das die ideale Gelegenheit für ihn, die Leiche loszuwerden. Ich habe die ganze Nacht darüber nachgedacht. Falls er ein Gewohnheitstier ist, wird er wiederholen, was beim ersten Mal funktioniert hat. Ich will, dass du, Amy, Des und wen ihr sonst noch mobilisieren könnt, dass ihr euch auf die unmittelbare Umgebung um die beiden Adressen der Mädchen konzentriert und zur Sicherheit zusätzlich Beamte in Zivil in der Nähe des Piggy-Lane-Spielplatzes postiert.«

Morgan nickte. Das bekam sie hin. Es gefiel ihr, dass er noch immer im Organisationsmodus war und ihnen sagte, was sie tun sollten. Sie hatte zudem das unbestimmte Gefühl, dass er versuchte, sie zu beschäftigen und gleichzeitig aus Schwierigkeiten herauszuhalten. Aber das machte ihr nichts aus. Sie war dankbar, dass sie tun konnte, worum er sie bat, und seine Verletzungen nicht schlimmer waren. »Verstanden. Noch etwas, was dir einfällt?«

»Im Augenblick nicht, Morgan. Sei vorsichtig. Ich glaube nicht, dass er den Mumm hat, noch einmal einen Versuch zu starten und auf dich loszugehen, weil er nun weiß, dass wir hinter ihm her sind. Jetzt verschwende keine Zeit mehr und schnapp dir Amy und Des. Am besten, du gehst Tom und Claire aus dem Weg, damit sie dich nicht bei der Suche im Wald einsetzen.«

»Mach ich, keine Angst.« Sie stand auf, beugte sich zu ihm hinunter und fuhr ihm mit den Lippen über seinen kahl geschorenen Schädel.

»Werde jetzt bloß nicht sentimental, Brookes. Du hast einen Killer zu fürchten und musst ein vermisstes Mädchen seiner Mutter zurückbringen.«

Morgan salutierte und ging durch den Vorhang nach draußen. Zum Glück war Dr. White nirgends zu sehen. Eilends verließ sie die Abteilung und ging zu ihrem Auto. Sie hatte einen Plan. Er war ein bisschen verrückt, aber er konnte funktionieren. Und wenn nicht, hatten sie zumindest getan, was sie konnten.

EINUNDVIERZIG

Morgan kam sich vor wie eine Verbrecherin, als sie sich in die Dienststelle schlich. Sie schlüpfte durch die Tür, die normalerweise das Büropersonal nahm. So musste sie nicht am Versammlungsraum, dem diensthabenden Sergeant und den Büros der Inspektoren vorbei. Dann stieg sie über die Feuertreppe in den dritten Stock, in dem sich das Büro der Kriminalpolizei befand. Der große Befragungsraum im zweiten Stock war gerade besetzt – im Vorbeigehen sah sie Claires Hinterkopf und erkannte Toms Stimme. Mit gesenktem Kopf ging sie weiter nach oben zu ihrem Büro, in dem nur Amy und Des waren. Beide blickten auf, als sie eintrat.

»Wie geht es Ben?«

»Den Umständen entsprechend gut. Er hat einige gebrochene Rippen und reichlich blaue Flecken, ist aber guter Dinge. Wir sollen uns auf die direkte Umgebung der Adressen von Charlie und Macy konzentrieren, meint er. Er glaubt nicht, dass Macy oder ihre Leiche im Wald ist. Ich übrigens auch nicht.«

Des atmete tief durch. »Unten haben sie alles mobilisiert, was laufen kann. Der Angriff auf Ben hat für viel Wirbel gesorgt. Hinzu kommt, dass das Mädchen noch immer vermisst wird.«

Amy sah ihn an. »Das ist hart, aber sie haben genug Leute. Wir machen, was Ben uns aufgetragen hat, schließlich ist er unser Vorgesetzter. Morgan, ich weiß, ich treffe da einen wunden Punkt, aber wie gut kennst du diesen Fin?«

»Warum fragst du?« Morgan wusste nicht, worauf Amy hinauswollte, schaltete aber automatisch auf Abwehr.

»Nun, er ist nicht von hier, oder? Er hat sich von Anfang an förmlich auf dich gestürzt. Schon ein komischer Zufall, dass er ausgerechnet dann auftaucht, wenn ein Mädchen tot aufgefunden und ein anderes vermisst wird. Hat ihn jemand im System gecheckt? Er könnte ein registrierter Sexualstraftäter sein.«

»Er ist ein Journalist und ein Arschloch, Amy, aber ich glaube nicht, dass er ein Sexualstraftäter ist, wenn er in allen Zeitungen auf der Titelseite steht und seinen beschissenen Buchdeal feiert. Denkst du nicht, die Presse hätte es schon herausgefunden, wenn es so wäre?«

»Nicht, wenn sie gar nicht auf die Idee gekommen sind. Vielleicht hat er schon im ganzen Land Kinder umgebracht. Clever ist er ja.«

»O Gott, bitte nicht, lass das nicht wahr sein. Mir sind bei ihm die Hände gebunden. Wenn ich ihn überprüfen oder befragen würde, hätte ich im Handumdrehen eine Beschwerde am Hals. Wir sind gestern Abend nicht gerade im Guten auseinandergegangen.«

Amy kicherte. »Himmel, du hattest ja gestern echt eine aufregende Nacht. Nein, du hast recht, du selbst überprüfst ihn am besten nicht, denn wenn er mit einer Beschwerde kommt, bist du ruckzuck suspendiert. Aber ich kann ihn überprüfen. Oder Des. Wir schnüffeln ein bisschen in seiner Vergangenheit herum und reden mit ihm. Wann warst du das letzte Mal in seiner Wohnung? Wäre es möglich, dass er Macy dort versteckt hält?«

Das Zimmer begann sich zu drehen. Morgan hatte das Gefühl, gleich ohnmächtig zu werden. Musste ihr höllischer Kater sie gerade jetzt außer Gefecht setzen? »Vor ein paar Tagen«, erwiderte sie.

»Warst du noch einmal dort, nachdem Macy verschwunden ist?«

»Ich glaube nicht. Nein, sicher nicht. Aber ich war bei ihm, als Ben wegen ihr angerufen hat, wenn auch nicht lange.«

Amy sah Des an. »Was meinst du, Desmond? Es kann nicht schaden, wenn wir ihm einen Besuch abstatten, oder? Wir fragen ihn, was er gestern Abend gemacht hat und wo er war, als Ben überfallen wurde.«

Des zuckte die Schultern.

Morgan loggte sich in ihren Computer ein und rief eine Karte des Stadtteils auf, in dem Charlie verschwunden war. Macy war in einer Gasse entführt worden, die in ihre Straße mündete. Sie druckte die Karte vergrößert aus, ging durch das Büro, um sie aus dem Auswurfschacht zu holen, und pinnte sie an das Whiteboard.

»Stimmt, es kann nicht schaden, ihn zu überprüfen. Immerhin ist er neu hier. Aber ich glaube, wer Charlie entführt hat und zurzeit Macy gefangen hält, lebt in der gleichen Gegend wie sie und kennt beide Mädchen. Die Kinder kommen aus ähnlichen Familien: alleinerziehende Mütter, abwesende Väter, keine Angehörigen oder Freunde, die auf sie aufpassen. Wir wissen, dass Charlie sich viel auf der Straße herumgetrieben hat und Macy zum Laden gegangen ist. Auf dem Hinweg hat sie den langen Weg genommen, den Rückweg aber abgekürzt, indem sie durch die Gasse lief. Dort ist es dunkel, die Straßenlaternen sind kaputt. Er konnte Macy dort also kidnappen, ohne dass es jemandem aufgefallen wäre, wenn sie viel Wirbel gemacht hätte. Ich glaube nicht, dass er sie weit transportieren hätte können, ohne gesehen zu werden. Mörder morden beim ersten Mal recht oft in der Nähe ihres eigenen Zuhauses. Cloisters Lane, Bay Fell Grove und Peel Street liegen nah beieinander und sind miteinander verbunden. Ich glaube, wir müssen von der Cloisters Lane ausgehen und von dort aus den Radius erweitern. Gehen wir in jedes Haus und durchsuchen es von oben bis unten. Ich weiß, wir haben schon einige Nebengebäude und Garagen gecheckt, nachdem Charlie als vermisst gemeldet worden war. Aber ich meine, dass wir selbst und alle verfügbaren Kräfte – Streifenbeamte, Kontaktbereichsbeamte und Hilfspolizisten – jedes einzelne Gebäude durchkämmen müssen.«

Sie zog rote Striche entlang jeder Straße, um den beiden zu zeigen, wo sie anfangen mussten. Dann sah sie Amy und Des an.

»Was bleibt uns auch anderes übrig? Wir wissen, dass die Zeit für Macy abläuft. Wir müssen alles tun, bevor es zu spät ist.«

»Aber jedes Haus?«, wandte Des ein. »Dafür brauchen wir viel Leute und Zeit. Und im Augenblick sind alle bei der Suche im Wald im Einsatz.«

»Dann machen wir den Anfang, bis Madds ein paar Beamte der nächsten Schicht freigeben kann.«

»Wir können nicht für die ganzen Anwesen Durchsuchungsbeschlüsse besorgen. Das dauert ewig«, brummte Des.

»Die brauchen wir auch nicht. Wir appellieren an die Vernunft und Bereitschaft der Leute, uns bei der Suche nach einem vermissten Mädchen zu helfen. Wenn uns jemand nicht hineinlässt, frage ich mich, was er zu verbergen hat. Für die, die sich weigern, besorgen wir richterliche Verfügungen. Uns läuft die Zeit davon, Des. Ich fürchte, wir haben keine andere Wahl.«

»Da könntest du recht haben. Aber wir sollten es mit dem Detective Chief Inspector besprechen. Vielleicht müssen wir auch noch das Okay von weiter oben in der Hierarchie einholen.«

»Können wir nicht schon loslegen, nachdem du Fin einen Besuch abgestattet hast?«, meinte Morgan.

»Morgan, ich schätze dein Engagement wirklich und das ist eine exzellente Idee. Aber wir müssen bestimmte Regeln und Vorschriften beachten. Ich glaube nicht, dass unsere Zeit am sinnvollsten genutzt ist, wenn wir jeden, der in der von dir abgegrenzten Gegend wohnt, auffordern, uns einzulassen.«

Morgan seufzte. Amy lächelte sie an.

»Ich glaube, Morgans Vorschlag ist sehr gut«, meinte Amy. »Warum sollten wir das nicht machen? Hast du eine bessere Idee, Des?«

Des zuckte mit den Schultern. »Mein Gott, jemand muss es doch Tom sagen.«

Morgan und Amy riefen im Chor: »Nein.«

»Verrate ihnen nichts. Sie würden uns nicht lassen. Komm schon, Des, bringen wir den Besuch bei diesem Fin Palmer hinter uns. Wer weiß, vielleicht entdecken wir ja Macy bei ihm und können diesen Arsch verhaften. Dann ersparen wir uns das Klingelputzen in der ganzen Gegend.«

Des stand auf. »Ich weiß nicht, warum ich so ein Weichei bin und mich von dir immer so leicht bequatschen lasse, Amy.«

Sie schüttelte den Kopf. »Das nennt man Eigeninitiative. Ben kann uns nicht sein Okay geben, weil er nicht da ist. Also nehmen wir die Dinge selbst in die Hand. Was kann schon schiefgehen? Wir machen lediglich gute, altmodische Polizeiarbeit.«

»Was schiefgehen kann? Wir könnten alle für diese Eigenmächtigkeit suspendiert werden.«

»Seit wann bist du so ein Feigling, Des? Warum gehst du nicht nach unten in die Einsatzzentrale und bietest ihnen deine Hilfe an, wenn du deswegen solche Magenschmerzen hast?«

»Will ich ja gar nicht. Wir sind schließlich ein Team.«

»Genau. Also: Mach mit oder lass es bleiben.«

»Dann mal los. Je früher wir es hinter uns bringen, desto besser.«

Sie gingen zur Tür und über die Feuertreppe, die Morgan hochgekommen war, nach unten. »Gibst du uns seine Adresse?«, fragte Amy Morgan. »Und was machst du inzwischen? Schnapp dir doch ein Auto, parke um die Ecke und warte, bis wir wieder da sind. Dann fangen wir drei an, die Häuser abzuklappern. Hol dir etwas zu essen und Paracetamol. Dann fühlst du dich gleich besser, als du jetzt aussiehst, wenn wir wieder da sind.«

»Er wohnt in einem Haus in der Steel Street unweit des Co-op-Supermarkts. Nummer fünfzehn. Das Gebäude wurde in mehrere Apartments umgewandelt. Seines liegt im obersten Stock. Und ja, danke, das ist eine gute Idee. Mach ich.«

Sie sah ihnen nach. Dann nahm sie die Karte vom Whiteboard und schnappte sich einen Autoschlüssel. Endlich konnte sie zur Cloisters Lane und auf eigene Faust die Häuser abklappern. Es kam gar nicht infrage, dass sie sich ins Auto setzte, während die beiden mit Fin redeten und seine Wohnung durchsuchten. Bis sie fertig waren, konnte sie schon die Hälfte der Adressen abgearbeitet haben. Sie öffnete die Schubladen des Schreibtischs, nahm eine Packung Ibuprofen, holte zwei Tabletten heraus und schluckte die kleinen rosa Dinger trocken hinunter. Hoffentlich musste sie sich deswegen nicht übergeben. Sie würde allerdings keine Zeit mehr verschwenden, sich etwas zu essen zu besorgen, denn sie konnte es gar nicht erwarten, loszulegen und die Häuser zu überprüfen. Schon allein durch die Gewissheit, etwas Sinnvolles zu tun zu haben, fühlte sie sich gleich etwas besser. Hoffentlich wirkten die Tabletten bald. Dann würde sie wieder in Topform sein.

ZWEIUNDVIERZIG

Des sagte auf dem ganzen Weg zur Steel Street kein Wort zu Amy. Sie warf ihm immer wieder einen Seitenblick zu, doch er starrte nur geradeaus auf die Straße. Dabei umklammerte er das Lenkrad so fest, dass seine Hände regelrecht blutleer wirkten.

»Was ist los? Stimmt etwas nicht?«

»Das alles hier stimmt nicht. Wir hätten zuerst den Chef fragen und um seine Erlaubnis bitten sollen. Ich mag Morgan, sie ist in Ordnung, aber auch ein wandelnder Katastrophenmagnet. Sieh dir Ben an, er wäre gestern Abend beinahe umgebracht worden. Immer wenn etwas schiefgeht, ist sie im Spiel. Sie bringt Unglück, Amy.«

»Ist das dein Ernst? Erzähl mir nicht, dass du den Mist, den du da verzapfst, wirklich meinst, Des. Seit sie zum Team gestoßen ist, ist es hoch hergegangen, das stimmt, aber das kannst du wohl kaum ihr vorwerfen. Glaubst du, ihr gefällt es, dass ihre ganze Familie aus Psychopathen besteht? Sie kann doch nichts dafür. Mir tut sie leid.«

»Dir tut sie leid? Dir tut doch niemand leid.«

»Doch. Du hast mir leidgetan, als du gewürgt wurdest. Habe ich dir nicht den Arsch gerettet?«

»Das schon. Aber ich sehe auf einem Auge noch immer nicht gut, weil du mit dem Reizgas so schlecht gezielt hast.«

»Mein Gott, bist du undankbar.«

Er parkte das Auto vor Nummer fünfzehn. »Hast du schon einen Blick in die Zeitung von heute Morgen geworfen?«

»Ja. Sie war entsetzt, als ich ihr erzählt habe, was dieser Journalist über sie geschrieben hat.«

»Was, wenn sie selbst es ist, Amy? Wenn Morgan die Kinder kidnappt und umbringt?«

»Warum sollte sie das verdammt noch mal tun, Des? Nenn mir einen guten Grund, warum du so einen Quatsch auch nur aussprichst?«

»Du hast gerade gesagt, dass ihre komplette Familie aus Psychopathen besteht. Wer sagt, dass sie nicht auch eine ist und nur gut darin, ihren Wahnsinn zu verbergen? Hat der Mörder Ben attackiert oder war es nicht vielleicht sie?«

Amy hob die Hände. »Hör auf damit, du redest absoluten Unsinn. Die junge Frau, die in der Wohnung über Morgan lebt, hat das Ganze beobachtet. Sie hat einen Mann weglaufen sehen und musste Morgan durch ihr Klopfen aufwecken, weil sie ihren Rausch ausgeschlafen hat. Um Himmels willen, wenn du noch einmal so einen Blödsinn von dir gibst, erwürge ich dich selbst.«

Sie stieg aus und schlug die Tür so laut zu, dass es in der ganzen menschenleeren Straße hallte. Des sprang ebenfalls aus dem Auto.

»Amy, es war doch bloß so ein Gedanke.«

Sie hob nur eine Hand, woraufhin er nichts mehr sagte. Dann klingelte sie, aber nicht bei Fin, sondern an den Wohnungen ganz unten und in der Mitte, denn sie wollte ihn nicht darauf aufmerksam machen, dass sie hier waren. Nach einer Weile hörten sie eine Stimme durch die Sprechanlage.

»Ja, wer ist da?«

»Polizei. Können Sie uns bitte einlassen? Wir müssen einige Nachforschungen anstellen.«

»Moment, ich öffne Ihnen.«

Es war ein Summen zu hören. Amy drückte die Tür auf und betrat das Haus. Des folgte ihr. Die Tür im Erdgeschoss ging auf. Ein älterer Herr steckte den Kopf heraus.

»Danke, dass Sie uns hereingelassen haben«, sagte Des. »Wir versuchen, ein vermisstes Kind zu finden. Hat hier jemand Kinder?«

»Ach, Sie meinen das arme Mädchen? Ihre Mutter muss außer sich vor Angst sein. Nein, nicht dass ich wüsste. Meine Kinder sind alle erwachsen und haben selbst Kinder. In der mittleren Wohnung lebt eine junge Frau, die im Krankenhaus arbeitet. Und ganz oben wohnt so ein nobler Typ aus Südengland. Er redet nicht viel.«

»Hat er Kinder?«

»Ich habe keine gehört. Die Wohnungen hier sind eigentlich nicht groß genug für Kinder, obwohl man schlechter wohnen könnte.«

»Danke.«

Inzwischen hämmerte Amy bereits an Fins Tür. Des nahm zwei Stufen auf einmal, um zu ihr zu gelangen. Die Tür ging auf und vor ihnen stand ein halbnackter Mann.

»Was ist los?«

»Polizei. Wir sind auf der Suche nach einem vermissten Mädchen. Können wir reinkommen und uns umsehen?«

Er schüttelte den Kopf. »Können Sie. Aber warum denken Sie, dass sie hier sei?« Er verschränkte die Arme. »Hat Morgan Sie geschickt?«

»Wer? Nein, wir sind da, weil Sie neu hier sind und seit Ihrer Ankunft ein Mädchen ermordet wurde und ein weiteres seit über achtundvierzig Stunden vermisst wird. Sie können uns hineinlassen oder wir kommen mit einem Durchsuchungsbeschluss wieder. Aber durchsuchen werden wir Ihre Wohnung auf jeden Fall, Mr Palmer.«

Er öffnete die Tür weit und trat zur Seite. »Wenn Sie meinen. Bitte.«

Amy ging in die Wohnung und zog dabei ein Paar Einweghandschuhe an. Des folgte ihr und entschuldigte sich bei Fin, der ihnen konsterniert zusah, aber nichts sagte. Amy öffnete jeden Schrank und jede Schublade. Selbst unter dem Bett und im Bad sah sie nach.

»Gehört zur Wohnung ein Dachboden, zu dem Sie Zugang haben?«

Er zuckte die Schultern. »Keine Ahnung. Darüber habe ich mir noch keine Gedanken gemacht.«

Des starrte Amy an, die es genoss, Fin Unbehagen zu bereiten. Sie ignorierte ihn und setzte ihre Suche nach etwas fort, das ihnen einen Grund gab, ihn zur weiteren Befragung mit auf die Dienststelle zu nehmen. Nach einer gründlichen Durchsuchung jedes Quadratzentimeters der kleinen Wohnung musste sie jedoch klein beigeben.

Des lächelte ihn an. »Danke für Ihre Bereitschaft, Mr Palmer. Wir wissen das sehr zu schätzen. Eine letzte Frage noch: Wo waren Sie heute Morgen?«

Fin zuckte die Schultern. »Ich war hier, allein. Ich bin kein Verbrecher, sondern Journalist. Mein Beruf ist es, zu schreiben.«

Amy tat diese Bemerkung mit einem Achselzucken ab. »Das glauben auch nur Sie, Mr Palmer.«

Sie verließ die Wohnung und ärgerte sich, dass sie nichts gefunden hatten und Macy nicht gefesselt im Badezimmer gelegen hatte. Keiner der beiden sagte ein Wort. Erst als sie wieder im Auto saßen, fragte Des: »Was war denn das? Dachtest du wirklich, wir würden das Mädchen dort drinnen finden?«

»Nein, aber ich wollte es. Ich wollte, dass er es ist. Nervt es dich nicht fürchterlich, dass wir die Kleine noch immer nicht entdeckt haben?«

»Natürlich, und wie. Es kotzt mich an.«

»Gut. Dann bin ich ja beruhigt.«

Amys Handy hatte die ganze Zeit, in der sie in Fins Wohnung gewesen waren, unaufhörlich geklingelt. Aber es war auf lautlos gestellt gewesen und sie hatte es nicht beachtet. Jetzt klingelte Des' Smartphone. Er zog es aus der Tasche.

»Es ist Tom.«

»Geh nicht ran.«

»Guten Morgen, Chef.« Stille. Dann: »Wo wir sind?«

Amy schüttelte den Kopf. Er zuckte die Schultern.

»Wir sind in der Stadt und gehen einer Spur nach. Ja, ich weiß, was mit Ben passiert ist. Okay, geht in Ordnung. Wir waren sowieso schon auf dem Rückweg.«

Er steckte das Handy wieder in die Jackentasche. »Sieh mich nicht so böse an. Wir müssen zurückfahren. Tom tobt, weil wir das Briefing verpasst haben. Er meinte, wenn wir wüssten, wo Morgan sei, sollten wir sie uns schnappen und ihr ebenfalls sagen, dass sie ins Revier zurücksoll.«

»Ich schreibe ihr. Du fährst zurück. Es ärgert mich, dass du rangegangen bist.«

»Ich mag meinen Beruf, Amy, und ich würde ihn gern noch ein paar Jahre lang ausüben. Es ist das Einzige in meinem Leben, was mich am Morgen aufstehen lässt. Wenn du deine Arbeit aufs Spiel setzen möchtest, ist das deine Sache. Aber zieh mich bitte nicht mit rein.«

Sie merkte, dass sie etwas rüde mit ihm gewesen war, und stieß ihn mit dem Ellbogen in die Seite. »Sorry, ich mag meinen Beruf auch. Ich habe etwas übertrieben. Ich wollte nur das Mädchen finden und den Fall abschließen. Dieser Fin erschien mir einfach verdächtig, besonders nach dem, was er Morgan angetan hat, du weißt schon, diese Geschichte über sie, die er für die Zeitung geschrieben hat.«

»Der Mann ist ein Arschloch, keine Frage, aber wir dürfen uns davon nicht verleiten lassen, das Falsche zu tun, Amy. Claire leitet die Ermittlungen und Tom ist ihr unterstellt. Beide sind erfahrene Beamte und haben Familie. Ich bin ziemlich sicher, sie wollen Macy ebenso sehr finden wie wir. Wir stehen auf derselben Seite, also müssen wir zusammenarbeiten.«

»Ja, du hast recht. Holen wir uns den Anschiss ab.«

Sie wartete, bis Des losgefahren war, und schickte Morgan dann eine Nachricht.

Palmers Wohnung war sauber. Wir sind zum Briefing ins Revier zurückkommandiert worden. Tom ist auf hundertachtzig. Er sucht nach dir und möchte, dass du ebenfalls zurückkommst. Ich habe dich gewarnt. Wenn du aber vor Ort weiter ermitteln möchtest, komme ich, sobald ich kann.

Sie schickte die Nachricht ab, rechnete jedoch keine Sekunde damit, dass Morgan ihre Ermittlungen abbrechen und sich zum Briefing einfinden würde. Zumindest hatte sie ihre Kollegin gewarnt. Und Palmer konnte von der Liste gestrichen werden.

DREIUNDVIERZIG

Morgan fuhr die Cloisters Lane entlang und suchte einen Parkplatz. Sie hatte beschlossen, in der Nähe von Charlies Haus mit der Suche zu beginnen. Ben war wie sie der Meinung gewesen, dass Charlie sich nicht weit von ihrem Haus entfernt haben konnte. Sie stellte das Auto ab und holte ihr Arbeitshandy hervor. Hatte jemand inzwischen den Häusern einen Besuch abgestattet, in denen sie beim ersten Mal niemanden angetroffen hatten? Sie scrollte durch ihre E-Mails, die sich darauf bezogen, und sah, dass neun noch nicht aufgesucht worden waren. Wie hatten sie das nur übersehen können? Sie war wütend – das war ein dummer Fehler gewesen. Sicher, die ganze Suchaktion war für ihre relativ kleine Dienststelle ein Riesenaufwand gewesen und Charlies Leiche zu finden hatte sie alle sehr mitgenommen. Aber was, wenn es vermeidbar gewesen wäre und sie nur die Adressen ins Visier hätten nehmen müssen? Der Akku ihres Handys war fast leer. Deshalb schrieb sie die Nummern der Häuser, die noch nicht überprüft worden waren, auf ihren Handrücken, steckte das Handy ans Ladegerät und legte es ins Handschuhfach. Sie hatte keine Ahnung, ob es auch laden würde, wenn der Motor nicht lief, hoffte aber, dass es wenigstens etwas brachte. Dann stieg sie aus. Der Schneematsch hatte sich in spülwassergrauen Schlamm verwandelt. Sie war froh, dass sie ihre Stiefel angezogen hatte, denn sonst wären ihre Füße innerhalb von Minuten völlig nass geworden, und sie hasste nichts mehr als nasse, durchweichte Füße.

Morgan holte das Schlüsselband mit ihrem Dienstausweis aus dem Mantel, zog sich die Mütze ins Gesicht und ging zum ersten Haus auf der Liste. Sie klopfte. Eine alte Frau mit Lockenwicklern und breitem Lächeln öffnete ihr.

»Hallo, tut mir leid, dass ich Sie störe. Ich bin Detective Constable Morgan Brookes. Wir suchen ein vermisstes Mädchen namens Macy. Können Sie etwas dazu sagen oder haben Sie die Kleine gesehen?«

»Warten Sie, ich muss zuerst mein Hörgerät hochdrehen. Ah, so ist es besser. Ein vermisstes Mädchen? O ja.«

Morgan hielt gespannt den Atem an und wartete, was die Alte zu sagen hatte. Sie hoffte, von ihr zu hören: Ja, sie ist hier.

»Ich habe in der Zeitung darüber gelesen. Eine schreckliche Sache. Und auch die bedauernswerte Charlie. Ständig war sie auf der Straße, die Arme.«

»Kannten Sie die beiden Mädchen?«

»Charlie und ich haben uns immer gegrüßt. Sie hat meinen Kater gemocht, hat sich zu ihm gesetzt und mit ihm geredet.«

Morgan spürte, wie ihr Herz schneller zu schlagen begann. Der Kratzer auf Charlies Arm könnte von einer Katze stammen. Das würde beweisen, dass sie vor ihrem Tod hier gewesen war.

»Kann ich reinkommen und mir Ihren Kater ansehen?«

»Hereinkommen können Sie, aber sehen können Sie ihn nicht, fürchte ich. Ich musste ihn im Sommer einschläfern lassen. Er war zu alt und seine Hinterbeine haben immer wieder versagt. Hat mir das Herz gebrochen. Ich kann mir vorstellen, wie es den Müttern der Mädchen geht.«

Das Adrenalin, das Morgans Körper auszustoßen begonnen hatte, verebbte wieder. Sie lächelte die Frau an.

»Gibt es in der Straße viele Katzen?«

Sie rechnete damit, dass die Frau »Hunderte« sagen würde.

»Die Leute im Haus drei Türen weiter haben ein schreckliches Vieh, das ständig faucht und auf andere losgeht. Eine große rote Katze, immer am Miauen. Ich musste sie schon mit Wasser begießen, um sie zu verjagen. Die meisten Leute hier haben Hunde, man sieht sie oft spazieren gehen. Katzen gibt es nicht so viele. Manchmal läuft hier auch eine große weiße Katze herum, aber ich glaube nicht, dass sie jemandem in diesem Straßenabschnitt gehört.«

Morgan sah hinüber zu dem Haus drei Türen weiter: Es musste die Nummer dreizehn sein, Elliot Flemings Haus, in dem auch Eleanor gewohnt hatte. Sie warf einen Blick auf die Nummern, die sie auf ihren Handrücken geschrieben hatte: Sie war nicht darunter. Das hieß, dass schon bei den ersten Befragungen jemand dort gewesen war. Außerdem hatte sie später noch einmal mit Elliot gesprochen. Plötzlich kam ihr ein schrecklicher Gedanke. Sie hatten etwas übersehen.

»Vielen Dank.«

»Aber gern doch, meine Liebe.«

Die Frau schloss die Tür. Morgan verließ das Grundstück und ging die Straße entlang zu Nummer dreizehn. Sie sah sich das Eingangstor an: Es hatte schon bessere Tage gesehen. Auch das Haus selbst konnte einen frischen Anstrich gut gebrauchen. Die Holzfenster schienen noch aus der Zeit zu stammen, als das Haus gebaut worden war, denn alle anderen in der Straße hatten inzwischen Doppelverglasung. Sie waren einmal grün und gelb gestrichen gewesen, doch hatte sich die Farbe gelöst und blätterte ab, sodass das Holz darunter verwittert war und faulte. Sie blickte sich nach einer Katze um, entdeckte jedoch keine. Als sie sich umdrehte, sah sie schräg gegenüber Charlies Haus. *Bist du hierhergekommen, Charlie, hast die Katze gesehen und sie hat dich gekratzt? Oder lasse ich mich von meinem Wunschdenken leiten? Und du, Eleanor, bist du wirklich weggelaufen oder noch hier?* Sie klopfte und wartete eine ganze Weile, aber niemand öffnete ihr. Sie legte ihr Ohr an die Tür, konnte drinnen aber nichts hören.

Statt Zeit zu verschwenden, ging sie zum nächsten Haus auf ihrer Liste, beschloss jedoch, den Vorgarten von Nummer dreizehn im Auge zu behalten. Sie würde es später noch einmal probieren. Die Bewohner der anderen Häuser auf der Liste öffneten ihr und baten sie, einzutreten und sich umzusehen. Als sie mit dem letzten Haus fertig war, fühlte sie sich ausgelaugt und leer. Gerade als sie sich von der Frau mit den drei Kindern von Nummer sechsundzwanzig verabschiedete, bemerkte sie eine Gestalt, die mit gesenktem Kopf durch das Tor von Nummer dreizehn spähte.

»Hallo? Hallo!«

Die Person ging ins Haus, ohne sich umzudrehen. Morgan lief auf dem Gehweg zu dem Gebäude. Die Haustür war schon wieder geschlossen, aber zumindest wusste sie nun, dass jemand zu Hause war. Wenn ihr niemand öffnete, würde sie mit einem Durchsuchungsbeschluss wiederkommen. Sie pochte etwas zu laut an die Tür, damit niemand sagen konnte, er hätte nichts gehört. Diesmal vernahm sie im Flur drinnen Schritte, dann ein Geräusch, als ob ein schwerer Riegel zurückgeschoben würde. Die Tür öffnete sich weit.

»So sehen wir uns wieder, Elliot.«

Er strahlte sie mit freundlichem Lächeln an. Elliot trug einen altmodischen violett-gelben Trainingsanzug und violett-rosa Nike-Turnschuhe. Die Hände steckten in lila Handschuhen. In diesem Aufzug hätte er sogar Prince den Rang ablaufen können.

»Hallo. Sie verbringen ja ganz schön viel Zeit hier in der Gegend.« Er beugte sich vor und flüsterte: »Ich habe heute Morgen gebacken. Möchten Sie einen Cupcake?«

»Kann ich reinkommen?«

Er zögerte und warf einen Blick nach hinten. Dann sah er sie wieder an.

»Ich möchte nur kurz mit Ihnen plaudern, falls das okay für Sie ist«, sagte Morgan. »Keine Sorge, wir stellen nur noch immer Nachforschungen wegen des vermissten Mädchens an.«

Er hob einen Finger an die Lippen. »Solang Sie still sind, können Sie reinkommen. Mutter mag weder Lärm noch Fremde. Besser, wir wecken sie nicht auf.«

Morgan lächelte ihn an. Er war schon ein seltsamer Kauz. »Natürlich, ich bin ganz still«, flüsterte sie zurück.

»Gut. Dann kommen Sie herein.«

Er ging zur Seite, um sie vorbeizulassen, und schloss die Tür hinter ihr. Dann führte er sie durch einen langen Flur in die Küche, wo der Anblick einer großen Platte mit Cupcakes ihren Magen knurren ließ.

»Was haben Sie denn gebacken? Die duften ja himmlisch und sehen auch lecker aus.«

»Danke. Ich backe zu gern. Heute Morgen habe ich Cupcakes mit gesalzenem Karamell und weißer Schokolade gemacht. Glasiert habe ich sie noch nicht. Ich mag Buttercreme sowieso lieber als Glasur – ich finde die Textur besser. Aber Sie dürfen sich gern einen Cupcake nehmen und eine Tasse Tee dazu trinken. Ich musste vorhin zum Laden springen und noch Butter holen. Mutter jammert ständig, dass Backen zu teuer ist und ich zu viel Zeit damit verbringe. Aber wenn sie das Gebäck erst einmal isst, beschwert sie sich nicht mehr.«

Morgan unterdrückte ihr Lachen, prustete und schlug sich schnell die Hand vor den Mund. Obwohl das Haus außen heruntergekommen aussah und drinnen wie eine blumige Reminiszenz an die Siebzigerjahre wirkte, war die Wohnung sauber und aufgeräumt. Trotzdem wollte sie nichts essen, denn es war durchaus möglich, dass Elliots Handhygiene so schlecht war wie sein Kleidergeschmack.

»Danke, das ist sehr nett von Ihnen. Aber ich möchte nichts.«

Da stupste sie etwas mit ziemlicher Kraft am Bein an. Morgan sah nach unten und entdeckte eine riesige rote Katze von der Größe eines kleinen Hundes. Sie begann sich an ihrem Hosenbein zu reiben und miaute laut.

Elliot drehte sich mit großen Augen um. »Pst, du dummer Kater«, schimpfte er. Das Tier nahm jedoch, wie für Katzen üblich, keine Notiz von ihm und miaute noch lauter. »O Gott. Er will, dass Sie ihn streicheln, sonst gibt er keine Ruhe. Würde es Ihnen etwas ausmachen?«

»Natürlich nicht. Ich mag Tiere, obwohl ich selbst keine habe.« Sie beugte sich nach unten und begann ihn zwischen den Ohren zu streicheln, was der Kater mit einem Schnurren von der Lautstärke eines Rasenmähers quittierte.

»Oh, er mag Sie. Aber er nervt. Ständig ist er hungrig und will Aufmerksamkeit.«

Morgan strich ihm über den Rücken. Plötzlich schrie sie auf. »Autsch.« Als sie die Hand hob, sah sie einen langen dünnen, blutenden Kratzer auf dem Handrücken. In ihrem Nacken sträubten sich die Haare. Sie sah Elliot an, der die Katze zur Tür hinausjagte. Er drehte sich zu ihr.

»Das tut mir sehr leid. Ich weiß nicht, warum er das macht. Man denkt, er sei zufrieden, weil er Aufmerksamkeit bekommt, dann überlegt er es sich plötzlich anders und macht so garstige Sachen.«

»Kratzt er oft?«

Er nickte. »Kommen Sie, ich versorge die Wunde. Unter der Spüle habe ich einen Erste-Hilfe-Kasten.«

Morgan spürte, wie sie eine Gänsehaut bekam, als die Angst ihr den Rücken hochkroch. Ihr Magen verkrampfte sich: Er hatte noch immer die Handschuhe an. »Schon okay, ich bin allergisch auf Pflaster. Kann ich vielleicht Ihre Toilette benutzen? Ich muss dringend mal. Dann kann ich die Wunde gleich unter dem Wasserhahn spülen.«

Elliot warf einen Blick zur Treppe und sah sie an.

»Können Sie schon, aber Sie dürfen meine Mutter nicht wecken. Sie mag es nicht, wenn ich Fremde ins Haus lasse. Oben, dritte Tür rechts.«

»Danke. Ich bin ganz leise, versprochen.« Morgan stand auf. Sie versuchte, ruhig zu bleiben und sich nicht anmerken zu lassen, dass sie ihn durchschaut hatte. Ihr war, als würden ihre Beine gleich nachgeben. Sie war mit einem potenziellen Mörder allein in diesem Haus. Charlie hatte wahrscheinlich die Katze gestreichelt und war gekratzt worden. War sie deshalb hier hereingeraten? Sie lächelte ihn an und begann in Richtung Treppe zu gehen. Hätte sie doch nur ihr Handy eingesteckt. Sie blickte sich suchend um und sah auf einem Tisch am unteren Ende der Treppe ein altmodisches Telefon mit Wählscheibe stehen. Zur Not konnte sie von dort aus Hilfe anfordern. Gleichzeitig fiel ihr ein, dass wohl auch Macy nicht weit war. Sie horchte angestrengt nach oben, während sie die Treppe hochging. Das Haus war wesentlich größer, als es von außen wirkte. Sie blieb stehen und zählte die Türen – es waren insgesamt sechs, obwohl eine eher aussah wie ein Einbauschrank.

»Dritte Tür rechts«, flüsterte Elliot vom unteren Ende der Treppe.

Sie nickte und ging dorthin. Dabei überlegte sie, wie lange es wohl dauern würde, alle anderen Türen zu öffnen und einen Blick in jedes Zimmer zu werfen. Sie hatten allesamt alte Schlösser, in denen die Schlüssel von außen steckten. Lediglich an einer Tür im vorderen Teil des Hauses war der Schlüssel abgezogen worden. Morgan ging ins Bad, drehte den Kaltwasserhahn auf und hielt ihre brennende Hand darunter. Ihr rasendes Herz pochte im Rhythmus des Schmerzes in ihrer Hand. Sie wischte die Wunde an einem sauberen Handtuch ab.

Sollte ihr etwas zustoßen, wären zumindest Blut- und DNA-Spuren von ihr darauf zu finden.

Sie ließ das Wasser laufen, öffnete langsam die Tür und blickte zur Treppe. Elliot war nirgends zu sehen. Sie trat auf den Flur und schlich zu der Tür, in der kein Schlüssel steckte, bückte sich und warf einen Blick durch das Schlüsselloch. »Macy«, flüsterte sie. Da spürte sie einen massiven Schlag auf den Kopf und brach zusammen.

VIERUNDVIERZIG

Amy starrte Des während des gesamten Briefings immer wieder wütend an. Er bemühte sich krampfhaft, nicht in ihre Richtung zu sehen. Sie war aufgebracht, weil er kein Rückgrat hatte und umgekehrt war, um zur Dienststelle zurückzufahren. Tom stand mit Claire im brechend vollen Raum vor versammelter Mannschaft und sah die beiden immer wieder an, aber das war ihr egal.

»Danke, dass Sie gekommen sind. Wir haben heute viel zu tun, es ist einiges los. Oberste Priorität hat die Suche nach Macy Wallace. Außerdem glauben wir, dass ihr Entführer heute Morgen Detective Sergeant Matthews angegriffen hat. Er befindet sich zurzeit mit zwei gebrochenen Rippen, einem Nasenbeinbruch und zahlreichen Verletzungen im Gesicht sowie am Kopf im Krankenhaus. Der Täter ist gefährlich, das hat er uns mehr als deutlich zu verstehen gegeben. Seien Sie also auf der Hut. Ich will, dass niemand allein unterwegs ist, sondern dass sie immer zu zweit sind.«

Schließlich wandte Amy ihren Blick von Des ab und holte ihr Handy heraus, um Morgan eine Nachricht zu schicken.

Hey, bleib im Auto. Der Inspector hat den Befehl ausgegeben, dass alle nur noch zu zweit unterwegs sein dürfen. Warte auf mich und Des, bevor du etwas unternimmst.

Tom deutete auf eine Karte des Flussabschnitts und des Waldes, den sie gestern durchkämmt hatten.

»Wir haben gestern gut und gerne drei Viertel des Waldes geschafft, auch dank der Unterstützung der Bergrettung. Ich will, dass wir uns heute das restliche Areal vornehmen. Und auch die Gegend um den Piggy-Lane-Spielplatz suchen wir zur Sicherheit ab.«

Amy hob die Hand. »Wir übernehmen Piggy Lane.«

Tom nickte.

»Claire informiert Sie nun, wie es mit der Suche nach Macy weitergeht.«

Er ging zur Tür, beugte sich zu Amy hinunter und flüsterte ihr ins Ohr: »Kann ich Sie kurz sprechen?«

Sie stand auf und ging mit ihm nach draußen. Alle im Raum sahen ihnen nach. Er blieb nicht stehen, sondern stapfte mit ihr im Schlepptau nach oben in sein Büro. Erst als sie beide drinnen waren und er die Tür geschlossen hatte, begann er zu sprechen.

»Wo genau ist Morgan? Wenn Sie mir erzählen, dass sie bei Ben im Krankenhaus ist, ist das okay. Aber alles andere finde ich nicht in Ordnung. Und was läuft da zwischen Ihnen und Des? Sie starren ihn an wie Christine mich, wenn ich sie wieder mal richtig auf die Palme gebracht habe. Raus mit der Sprache, Amy. Ich weiß, Sie sind ein eingespieltes Team, und ich schätze Ihre gegenseitige Loyalität. Aber wir wissen, was passiert, wenn wir Morgan freie Hand lassen. Ich bin um ihre Sicherheit besorgt. Vor ihrer Wohnung wollte ihr ein potenzieller Mörder auflauern. Er könnte als Nächstes auf sie losgehen. Ich werde nicht zulassen, dass sie wieder verletzt wird. Nicht, wenn ich die Leitung innehabe.«

Er schrie nicht, ja, er hatte nicht einmal die Stimme gehoben, sondern sah ernsthaft besorgt aus. Sie beschloss, reinen Tisch zu machen.

»Bei allem Respekt, Sir, wenn man Morgan freie Hand lässt, löst sie in der Regel einen Mordfall. Sie sucht nach Macy. Eigentlich hatten wir es zu dritt vor, aber Des bekam kalte Füße und wollte unbedingt zurück zum Briefing. Morgan denkt, dass ihr Entführer auf jeden Fall in der näheren Umgebung wohnt. Wir wollten diesmal jedem einzelnen Haus einen Besuch abstatten und es durchsuchen. Denn als wir nach dem Verschwinden beider Mädchen von Tür zu Tür gegangen sind, haben wir allen Bewohnern geglaubt, ohne zu überprüfen, ob es stimmte, was sie sagten.«

Er rieb sich das Kinn und kratzte sich den Stoppelbart, den Amy jetzt erst bemerkte. Tom war normalerweise stets glatt rasiert und wie aus dem Ei gepellt, aber jetzt trug er ein zerknittertes Hemd und hatte seine Krawatte gelockert. Ihn in diesem derangierten Zustand zu sehen, machte ihr erst so richtig klar, mit was für einem Fall sie es zu tun hatten und wie sehr er ihn belastete.

»Sie wollen wirklich ohne Durchsuchungsbeschlüsse in die Häuser?«

»Wie sollen wir für so viele Häuser in so kurzer Zeit Durchsuchungsbeschlüsse bekommen, Sir? Vorläufig sind wir auf den guten Willen der Leute angewiesen. Wer sich weigert, kommt auf die Liste derer, mit denen wir uns näher befassen. Ich weiß, es klingt verrückt, aber wir haben keine bessere Strategie und ich finde sie gar nicht so schlecht. Der Mörder hat Charlies Leiche nicht in den Wald gebracht. Warum also sollte er Ihrer Meinung nach Macy dort festhalten?«

Tom nickte. »Finden Sie Morgan und ermitteln Sie in dieser Richtung weiter. Wenn jemand Ihnen die volle Unterstützung verweigert, sagen Sie mir Bescheid. Ich lasse Tracy von Intel bei allen Anwohnern Hintergrundchecks durchführen. Und seien Sie vorsichtig.«

»Was ist mit dem Piggy-Lane-Spielplatz?«

»Ich fahre selbst hin. Amy, bitte passen Sie auf sich auf und lassen Sie Morgan nicht aus den Augen.«

Sie nickte und dachte: *Dafür ist es jetzt ein bisschen spät, Boss*, behielt es aber für sich.

»Danke, Chef.«

FÜNFUNDVIERZIG

Macy saß aufrecht im Bett und hatte die Knie an die Brust gezogen. Sie war sich sicher gewesen, eine Frauenstimme gehört zu haben, die ihren Namen rief. Vor Angst, dass seine Mutter sie gefunden haben könnte, gefror ihr das Blut in den Adern. Nur gut, dass sie eine Hand frei und die Schere bei sich hatte. Sie würde sich zu wehren wissen. Allerdings war sie die ganze Zeit so müde. Was machte er mit ihr? Gab er ihr vielleicht eine Art Medizin? Da ging die Tür auf und Macy hielt den Atem an. Er hatte den Rücken zu ihr gedreht und zog etwas Schweres über den Boden. Dann sah sie, dass er an einem Körper zog und zerrte. Er schleifte ihn an den Knöcheln ins Zimmer und brummte: »Wie kannst du es wagen, hierherzukommen, dumme Fragen zu stellen und dann in meinem Haus herumzuschnüffeln? Wenn du nun Mutter geweckt hast? Dann stecken wir alle in Riesenschwierigkeiten. Wieso bist du überhaupt so verdammt schwer?« Vor Ärger war seine Stimme immer lauter geworden.

Macy hatte die Augen weit aufgerissen. Ihr Entsetzen war so groß, dass sie einen wimmernden Laut ausstieß, den sie nicht unterdrücken konnte. Sie hatte noch nie im Leben einen toten Menschen gesehen und wollte es auch jetzt nicht. Er zog die Frau weiter bis zum Heizkörper.

»Sie schläft. Als sie gefallen ist, hat sie sich den Kopf angestoßen. Halt den Mund und mach nicht so einen Lärm. Ich lege sie nur hier ab, bis sie aufwacht. Dann könnt ihr beide nach Hause gehen, weil ich das alles nie gewollt habe.«

Macy nickte.

»Gut. Herrgott, ist die schwer.«

Er ließ ihre Beine fallen und verschwand, nur um Augenblicke später mit einem Strick wiederzukommen. Damit fesselte er ihre Hände. Er wickelte den Strick um ihre Handgelenke und verknotete ihn immer wieder, in der Hoffnung, dass sie so nicht entkommen könnte. Die Frau stöhnte leise. Da merkte Macy, dass sie noch lebte. Vielleicht konnte sie ihr ja helfen zu entkommen. Er knebelte die Frau, so wie er es mit ihr gemacht hatte. Dann nahm er den Schal, band ihn ihr um den Mund und verknotete ihn. Schließlich stand er auf und nickte zufrieden. Macy starrte gebannt auf die Frau.

»Was möchtest du zum Frühstück? Ich wette, du hast einen Bärenhunger. Musst du pinkeln? Ich habe etwas gebacken und wollte dir gerade etwas zu essen bringen, als ich unverschämterweise unterbrochen wurde.«

Sie warf einen Blick auf die Frau am Boden, sah ihn an und schüttelte den Kopf.

»Bist du sicher? Jetzt wäre es viel einfacher, die Toilette zu benutzen, denn Mutter schläft. Danach musst du den Eimer benutzen und das ist nicht sehr schön, oder?«

Sie schüttelte weiter den Kopf, denn sie wollte nicht weg von der Frau.

»Wie du willst. Aber ich bringe dir trotzdem etwas.«

Er ließ sie allein und verschloss die Tür hinter sich. Macy konnte den Blick immer noch nicht von der Frau wenden, die am Kopf blutete. Sie hörte, wie der Mann die Treppe hinunterlief. Dann wurde irgendwo ein Radio eingeschaltet. Macy wusste, dass sie nicht viel Zeit haben würden, bis er mit dem Frühstück kam. Sie begann wie wild an den Fesseln um ihre Handgelenke zu zerren.

SECHSUNDVIERZIG

Ben hatte soeben Bescheid bekommen, dass er wegen seiner Kopfverletzungen für vierundzwanzig Stunden auf Station fünf verlegt werden würde. Er nickte nur, denn mit Dr. White zu diskutieren wagte er nicht. Kaum war sie allerdings weg, holte er sein Handy hervor und rief Morgan an. Noch bevor es bei ihr klingelte, wurde er auf die Mailbox umgeleitet.

»Hey, bitte komm und rette mich, sobald du diese Nachricht hörst. Ich kann nach Hause. Danke.«

Schon das Strecken nach dem Handy auf dem Tisch hatte ihm trotz des Analgetikums enorme Schmerzen in der Seite beschert, aber das war ihm egal. Er atmete aus – er würde keine Sekunde länger hierbleiben als nötig.

»Hallihallo«, hörte er eine Stimme auf der anderen Seite des Vorhangs. Cain steckte seinen Kopf herein.

»Wo ist sie?«

»Wo ist wer?«

»Die Ärztin mit den Haaren auf den Zähnen.«

»Sie ist auf der Suche nach einem Pfleger, der mich auf Station fünf bringt. Hilf mir hoch, Cain, ich muss hier raus.«

Cain sah ihn entsetzt an. »Niemals, Chef. Das traue ich mich nicht.«

»Mach es. Ich übernehme die Verantwortung. Das ist ein Befehl.«

Cain seufzte. »Ich will dir ja die Illusion nicht rauben, aber du trägst Krankenhauskleidung, Chef. Wir haben deine Sachen der Spurensicherung zur Untersuchung gegeben.«

»Ist mir egal. Leg mir Handschellen an und tu so, als hättest du mich verhaftet.«

»Chef, das ist verrückt.«

»Mach es einfach. Aber du musst mir aus dem Bett helfen.«

Cain nahm Bens Beine und hob sie über die Bettkante. Dann packte er ihn unter dem Arm und zog ihn auf die Beine. Der Schmerz war so stark, dass Ben die Zähne zusammenbeißen musste, um nicht laut aufzustöhnen. Er streckte die Arme vor.

»Leg mir Handschellen an und führ mich durch den nächsten Ausgang hinaus. Aber halt diesen Kittel hinten zu. Ich will nicht, dass das ganze Wartezimmer in der Notaufnahme meinen Hintern sieht. Cain, das ist jetzt wirklich ein Befehl.«

Cain tat, wie ihm geheißen. Er führte Ben durch die Tür und das Wartezimmer zu seinem Kastenwagen, der auf dem für die Polizei reservierten Parkplatz stand.

»Kannst du einsteigen?«, fragte Cain. Er öffnete die Tür und stellte sich hinter Ben, damit er ihn schnell in das Heck schieben konnte, falls die Ärztin antanzte. Ben hob ein Bein und stöhnte, zog sich aber an der Lehne nach drinnen. Dort fiel er in den Sitz und hielt sich die Seite. Kalter Schweiß hatte sich auf seiner Stirn gebildet. Cain schloss die Tür, lief zur Fahrerseite und fuhr davon, als habe er gerade einen Notruf erhalten.

»Alles okay da hinten, Chef?«

»Ja. Bring mich bitte nach Hause«, stieß Ben zwischen zusammengebissenen Zähnen hervor.

Er rief Amy an, die sofort abnahm.

»Ich habe Morgan zu erreichen versucht, aber ihr Handy ist ausgeschaltet. Was geht da vor? Ich fahre gerade nach Hause.«

»Was soll das heißen – ihr Handy ist ausgeschaltet? Und wie kannst du auf dem Nachhauseweg sein? Ich dachte, sie wollten dich zur Beobachtung dabehalten.«

»Ihre Mailbox hat sich eingeschaltet. Nein, nein, mir geht es gut, Amy. Warum überrascht dich das, dass Morgan nicht an ihr Handy geht?« Eine kalte, vertraute Angst erfasste ihn und ließ ihn frösteln.

»Sie ist unterwegs und sucht Macy. Des und ich hätten ihr helfen sollen, aber wir wurden zur Dienststelle zurückbeordert. Morgan ist nicht mit uns mit. Ihr Akku ist wahrscheinlich leer. Ich hole dich ab.«

»Sucht sie allein nach Macy?«

Er hätte nicht einmal fragen müssen – was für eine dumme Frage. Mit wem sollte sie sonst unterwegs sein, wenn Amy bei Des war? Normalweise agierten sie zu zweit und er war nicht bei ihr.

»Ja, sie ist in der Umgebung der Cloisters Lane. Wir fahren hin und suchen sie. Weit kann sie nicht sein.«

»Gut, danke.«

Cain fuhr zu Ben. Er hatte ihn schon einige Male nach Hause gebracht und wusste daher, wo er wohnte. Die ganze Fahrt über versuchte Ben, Morgan zu erreichen, aber es schaltete sich immer nur die Mailbox ein. Er bemühte sich nach Kräften, die aufkommende Panik zu unterdrücken. Der Kastenwagen blieb vor seinem Haus stehen. Da fiel ihm ein, dass er seinen Hausschlüssel nicht dabeihatte.

»Ich gehe ums Haus. Vielleicht muss ich ein Fenster einschlagen, um hineinzukommen. Kannst du hindurchklettern und die Hintertür für mich aufmachen?«

Ben hatte den Eindruck, dass Cains Gesicht noch schmerzverzerrter war als das seine. Er konnte sich ein Lächeln nicht verkneifen.

»Ich unterschreibe in deinem Notizbuch, dass du nur meine Befehle befolgt hast, Cain. Auch erwarte ich nicht, dass du einen Zimmermann holst, der es wieder zunagelt, oder es bewachst, bis einer kommt. Aber ich muss jetzt zur Cloisters Lane. Sofort.«

Er wusste, dass seine Stimme verzweifelt klang, doch das war ihm egal. Cain half ihm aus dem Wagen.

»Was für eine verrückte Schicht«, meinte er. »Ich weiß nicht, ob ich dir helfen oder dich abholen lassen und in der nächsten psychiatrischen Klinik in die Geschlossene sperren lassen soll.«

»Wenn wir das alles hinter uns haben, Macy Wallace in Sicherheit ist und Morgan nicht mehr in Gefahr schwebt, kannst du mich einweisen lassen. Aber lass uns fürs Erste so tun, als wüsste ich, was ich tue, okay?«

Cain zuckte die Schultern, nahm Ben die Handschellen ab und half ihm aus dem Wagen. »Dir ist schon klar, dass Madds durchdreht, wenn er das alles erfährt, oder? Wahrscheinlich müssen wir ihn mit dir in die Gummizelle stecken.«

Ben lächelte und humpelte durch das seitliche Gartentor zur Rückseite seines Hauses. Er war froh, dass er es nicht abgesperrt hatte, als er gestern Morgen die Mülltonnen hinausgestellt hatte. Zuerst sah er nach, ob er nicht die Hintertür offen gelassen hatte, doch sie war verschlossen und zudem aus massivem Holz. Er deutete auf Cains Schutzausrüstung und sagte: »Schlagstock.«

Cain nahm den Stock aus seiner Halterung und reichte ihn Ben. Der schlug ihn so hart er konnte ans Küchenfester. Ein stechender Schmerz in seinem Brustkorb ließ ihn laut aufstöhnen. Die Scheibe hatte zwar einen Sprung bekommen, war aber nicht zersplittert. Cain nahm ihm den Schlagstock ab. Er bückte sich, griff einen Brocken aus dem Steingarten und warf ihn durch das Fenster, das laut klirrend zerbrach. Ben lächelte. Er musste daran denken, wie Morgan ihn zum ersten Mal besucht und das Fenster ebenfalls zerschmettert hatte, um nach drinnen zu kommen. »Wo hast du das gelernt?«, fragte er. »In der Morgan-Brookes-Polizeischule?«

Cain hatte keine Ahnung, wovon er sprach, und zuckte mit den Schultern. Mit dem Schlagstock klopfte er die letzten Glasreste aus dem Fensterrahmen und kletterte hindurch, damit er für Ben die Hintertür von innen öffnen konnte.

»Danke. Du kannst im Kastenwagen warten, wenn du willst.«

»Kommst du allein zurecht?«

»Ja.«

Als Cain zum Auto gegangen war, öffnete Ben als Erstes eine Küchenschublade und holte die Schmerztabletten heraus, die er dort aufbewahrte. Er schluckte zwei Paracetamol und zwei Ibuprofen und ging nach oben, um sich etwas zum Anziehen zu holen. Nachdem er in eine Jogginghose und einen dicken Pullover geschlüpft war, wagte er einen Blick in den Spiegel. Schockiert schüttelte er den Kopf und dachte bei sich: *Mann, bin ich zugerichtet!* Dann ging er zurück zum Kastenwagen, in dem Cain auf ihn wartete. Er streckte ihm ein Paar Socken hin.

»Ein letzter Gefallen.«

»Verdammt, Ben, das geht weit über meine polizeilichen Pflichten hinaus.« Aber er nahm sie und zog sie seinem Chef an. Zum Schluss schlüpfte Ben wieder in seine Turnschuhe.

»Danke.«

Als Cain in Richtung Cloisters Lane losfuhr, hoffte Ben, dass es Morgan gut ging und lediglich der Akku ihres Handys leer war, er sich also völlig ohne Grund Sorgen um sie machte.

SIEBENUNDVIERZIG

Morgan wusste nicht, wo sie war oder was passiert war. Ihr Kopf fühlte sich an, als sei ein Lastwagen darübergefahren. Dann spürte sie, wie kleine Hände sie an den Schultern packten und rüttelten. Sie öffnete die Augen und sah verschwommen eine Gestalt, die sich über sie beugte.

»Wach auf, wach auf. Er kommt gleich und bringt Frühstück.«

Sie hatte keine Ahnung, wer da auf sie einredete, und fragte sich, ob sie noch mit einem Riesenkater im Bett lag und träumte. Als sie die Augen schloss, spürte sie wieder diese Hände, die an ihr rüttelten. Die Stimme war drängend, fast panisch.

»Bitte, Frau, du musst aufwachen. Wir müssen hier raus.«

Wieder öffnete sie die Augen und sah ein Mädchen, das sie anstarrte. Sie machte den Mund auf, um etwas zu sagen, merkte aber, dass es nicht ging: Jemand hatte sie mit einem dicken Band geknebelt. Das Mädchen begann es aufzubinden. Sie spürte, wie es sich lockerte und schließlich abfiel.

»Macy?«, fragte sie. Die Erleichterung in ihrer Stimme war unverkennbar.

»Ja, ich sehe mal, ob ich dir die Hände losbinden kann.«

Morgan merkte, dass sie in einem Zimmer auf dem Boden lag und an einen alten Heizkörper gefesselt war. Sie versuchte, ihre Hände davon wegzuziehen. Noch konnte sie nicht klar denken – in ihrem schmerzenden Kopf ging alles wild durcheinander. Sie schloss die Augen und genoss die Erleichterung: Macy lebte und war hier bei ihr. Gott sei Dank.

»Ich schaffe es nicht, er hat zu fest zugebunden.«

»Kannst du in den Schubladen nachsehen, ob darin etwas ist, mit dem du die Fesseln durchschneiden kannst? Wie hast du dich befreit?«

»Wir haben gestern Abend Scrabble gespielt und er hat vergessen, meine Hand wieder festzubinden, als er hörte, wie seine Mutter zurückkam. Ich wollte aus dem Fenster klettern, aber er hat mir etwas zu trinken gegeben, das ganz ekelhaft geschmeckt hat, und dann bin ich eingeschlafen. Ich habe eine Schere, die ich aus dem Badezimmer mitgenommen habe.« Sie zog eine kleine Schere hervor. Besser als nichts, dachte Morgan bei sich.

Sie lächelte – sie mochte dieses Mädchen. »Gut, sehr gut. Du bist jetzt in Sicherheit. Ich bin Polizistin und werde nicht zulassen, dass er dir etwas antut. Bald werden auch meine Freunde hier sein und nach uns beiden Ausschau halten. Wir haben dich überall gesucht, Macy.«

»Geht es meinem Hund gut? Ist er nach Hause gelaufen?«

»Ja, das ist er.«

Macy traten Tränen in die Augen. Sie stand auf und versuchte, die Stricke zu durchschneiden. Als sie zur Seite trat, sah Morgan eine Gestalt ganz still unter dem großen Himmelbett liegen. Sie stieß einen leisen Schrei aus. Macy drehte sich um und bedeutete ihr, still zu sein. Morgan nickte. Etwas war unter dem Bett und starrte sie an. Sie fragte sich, ob er vielleicht den Raum gar nicht verlassen hatte und sie beide beobachtete. Genoss er es, ihnen noch ein paar Minuten Hoffnung zu lassen, bevor er sie umbrachte? Aber die Gestalt bewegte sich nicht, atmete nicht einmal. Sie sah aus, als sei sie in ein schwarzes Leichentuch gehüllt.

»Eleanor?«, flüsterte Morgan.

Plötzlich waren schwere Schritte auf der Treppe draußen zu hören. Macy fuhr panisch herum und begann hektisch an den Stricken herumzusäbeln.

»Seine Mutter. Ich kenne sie nicht, aber sie ist unheimlich. Er hat schreckliche Angst vor ihr.«

Morgan flüsterte: »Es hat keinen Sinn. Die Schere reicht nicht aus, um den Strick zu durchtrennen. Kannst du versuchen, die Knoten damit zu lösen? Drück sie dort hinein, wenn es geht.«

Macy nickte und begann an den Knoten zu ziehen und zu zerren, bis sie so locker waren, dass sie sich mit den Fingern lösen ließen. Morgan zog ihre Hand aus den Schlingen und flüsterte: »Jetzt geh zurück ins Bett und tu so, als seist du noch gefesselt. Öffne auf keinen Fall die Augen, egal, was passiert. Ich sorge dafür, dass du nach Hause kommst.«

Macy hielt ihren kleinen Finger hoch. »Ehrenwort?«

Morgan hakte ihren kleinen Finger um den von Macy und flüsterte: »Großes Ehrenwort.«

Sie sah zu, wie das Mädchen wieder ins Bett kletterte und ihre Hand durch das Material steckte, mit dem er sie festgebunden hatte. Morgan schloss die Augen. Macy nickte, legte sich hin und tat es ihr nach.

Sie hörte, wie jemand zur Zimmertür ging und davor stehen blieb. Schnell legte Morgan die Hände hinter ihren Rücken. Dann setzte sie sich auf, lehnte sich gegen den kalten Heizkörper und packte mit ihrer rechten Hand die kleine Schere. Sie warf einen Blick unter das Bett. Wenn das wirklich Eleanor war, musste sie schon geraume Zeit dort liegen, denn das Zimmer roch nicht nach Tod und Verwesung.

Jemand klopfte leise an die Tür. Dann flüsterte eine Stimme: »Ich komme jetzt rein.«

Morgan schluckte den Kloß in ihrem Hals hinunter, als die Tür sich langsam öffnete. Da stand Elliot mit einem hölzernen Baseballschläger in der rechten Hand. Er hielt ihn so, dass er neben seinem Schenkel nach unten hing. Wie leicht hatte sie sich doch von diesem kleinen, scheinbar harmlosen Mann täuschen lassen, dachte sie bei sich. Er war wesentlich kräftiger, als sie sich hatte vorstellen können. Charlie hatte er mit einem einzigen Schlag auf den Kopf getötet und sie soeben bewusstlos geschlagen.

Sie warf einen Blick zum Bett, um sicher zu sein, dass Macy nichts sah. Ganz gleich, was passierte, sie musste sie schützen. Sie würde nicht zulassen, dass er sie noch mehr quälte, als er es bereits getan hatte. Er stand da und sah sich um. Sie wusste, dass er gerade überlegte, was anders war. Die Spannung war unerträglich. Sie versuchte abzuschätzen, was er vorhatte. Wo waren Amy und Des? Warum suchte niemand nach ihr? Ihr wurde klar, dass die Schere, die ihr Macy gegeben hatte, sie kaum vor Elliot schützen würde. Sie hatte rasende Kopfschmerzen, musste ihn jedoch ablenken, damit er nicht merkte, dass Macys Fesseln gelöst waren.

»Wo ist Ihre Mutter, Elliot? Haben Sie keine Angst, dass sie aufwachen könnte?«

»Halt den Mund. Sie schläft.«

»Wenn ich laut schreie, kommt sie dann und sieht nach, was Sie treiben?«

Er trat einen Schritt näher und klopfte sich den kleinen, aber todbringenden Schläger gegen den Schenkel.

»Wenn du schreist, dann bleibt mir nichts anderes übrig, als dir wehzutun, Morgan. So wie ich dem Mann vor deiner Wohnung wehgetan habe. Und das wollen wir doch nicht, oder?«

Morgan sah zum Leichnam unter dem Bett. »Wo ist Eleanor, Elliot? Ist das ihr Zimmer?«

Sein Blick flackerte und wanderte zum Bett. Sie hatte mit ihrem Verdacht also richtiggelegen.

»Ich habe dir doch gesagt, wir wissen nicht, wo sie ist.«

»Ich glaube, Sie wissen es schon. Ich denke nicht, dass sie dieses Haus je verlassen hat, stimmt's? Aber wie kann es sein, dass Ihre Mutter die Leiche nie entdeckt hat?«

In diesem Augenblick fiel es ihr wie Schuppen von den Augen: Seine Mutter war ebenfalls tot. Vermutlich schon seit Langem. Sie flüsterte: »Eigentlich ist es egal, wie laut ich schreie, Elliot. Deine Mutter wird nicht kommen und nachsehen, was du machst, nicht wahr? Ich weiß, dass du auch sie umgebracht hast.«

»Ich wollte Eleanor nichts tun, weißt du. Aber sie war so ein schreckliches, egoistisches, stures Mädchen. Sie hat ihren Koffer gepackt und zu Mutter gesagt, dass sie weggehen und zu ihrem Freund ziehen und nie zurückkehren werde. Ich habe Mutter noch nie so aufgebracht gesehen. Es war einfach nicht fair. Ich habe nichts weiter getan, als meine Schwester am Weggehen zu hindern. Mutter ist nie darüber hinweggekommen. Als sie nicht mehr bei uns war, wurde mir klar, dass ich allein war. Es ist schon so lange her, dass ich jemanden hatte, mit dem ich reden konnte. Ich dachte, es sei schön, mit jemandem befreundet zu sein, und dieses Mädchen hat immer allein gespielt. Sie hat mich so an die Zeit erinnert, als ich selbst noch klein war.«

»Warum sind Sie zu mir gekommen und haben meinen Freund angegriffen?«

»Du hast zu viele Fragen gestellt, Morgan. Das hat mich wütend gemacht. Ich wollte, dass du damit aufhörst, aber ich wusste nicht, wer er war, bis es zu spät war. Dabei wollte ich nur, dass du nicht mehr herkommst. Ich hätte dir nicht allzu sehr wehgetan. Aber er hat sich gewehrt und da hatte ich keine Wahl.«

Er starrte sie an. In seinen schwarzen Augen war Zorn und noch etwas. Er trat ins Zimmer und hob den Schläger. Morgan nahm ihre ganze Kraft zusammen. Sie sprang auf die Beine und ging auf ihn los. Nun ging alles blitzschnell. Elliot schrie auf und rannte ihr entgegen. Er schlug mit dem Schläger nach ihr, aber sie duckte sich rechtzeitig, sodass er dort, wo Sekundenbruchteile vorher noch ihr Kopf gewesen war, ins Leere traf. Der Schwung ließ ihn straucheln. Morgan gelang es, ihn aus dem Zimmer zu stoßen, weg von Macy, die vom Bett sprang und an das Fenster zu pochen begann. Ein Kastenwagen der Polizei und mehrere Streifenwagen kamen gerade die Straße entlanggefahren. Morgan hörte ein lautes Klirren, während sie mit Elliot kämpfte, der wesentlich kräftiger war, als sie gedacht hatte. Sie hörte Macy aus dem zerbrochenen Fenster »Hilfe!« nach draußen schreien.

Morgan warf sich auf Elliot und rammte ihm die kleine Schere so fest sie konnte in das weiche Fleisch seines Nackens. Sie drang nicht allzu tief ein, aber es reichte, um ihn aus dem Konzept zu bringen. Schon war sie hinter ihm, fixierte ihn mit einem Griff und zerrte ihn weiter von Macy weg, bevor er noch mehr anrichten konnte.

Elliot schrie: »Mutter, Mutter, komm, hilf mir! Jetzt sieh, was du gemacht hast!« Er löste sich aus Morgans Griff und hob erneut den Schläger. Morgan holte aus und schlug ihm die Faust mit aller Kraft auf die Nase. Sie spürte, wie der Knochen brach. Warmes Blut schoss ihm aus der Nase. Er fiel weinend auf die Knie.

Cain kam mit gezücktem Taser die Treppe hochgelaufen. Er zielte auf Elliot.

Hinter Cain erschien Ben, der seinen Augen nicht traute. Da war dieser kleine Kerl in einem violetten Trainingsanzug, mit gebrochener Nase und einer Schere im Nacken, und daneben Morgan, die abgesehen von getrocknetem Blut an der Seite ihres Kopfes relativ unbeschadet wirkte. Macy lief zu Morgan und schlang die Arme um sie. Morgan drückte sie fest und drehte das Gesicht des Mädchens weg von dem blutüberströmten Mann. Hinter Ben erschien Amy, ließ kurz den Blick über die Szenerie schweifen und meinte nur: »Brookes hat wieder zugeschlagen.«

Morgan führte Macy zu Amy. »Bring sie bitte nach Hause.«

Amy nahm das Mädchen behutsam an der Hand und führte sie nach unten. Die andere Hand hielt sie ihr so vor die Augen, dass sie das ganze Blut nicht sah. Cain und Des legten Elliot Handschellen an und traten einen Schritt zurück, damit Ben, Morgan und der stark blutende Elliot für sich waren. Morgan kniete sich neben den Mann, der so viele Leben zerstört hatte.

»Der Rettungswagen ist unterwegs.«

Er starrte sie an und öffnete den Mund, um etwas zu sagen, brachte jedoch kein Wort heraus. Inzwischen blutete er stark aus der Wunde in seinem Nacken. Dieser Mann, der Ben ohne zu zögern angegriffen hatte, weil er geglaubt hatte, er sei Morgan, der ein Mädchen umgebracht und ein anderes entführt hatte, er hatte nun überhaupt nichts mehr von einem Killer und Schreckgespenst an sich. Draußen waren Sirenen zu hören.

»Der Rettungswagen ist da.«

Zwei Sanitäter liefen die Treppe hoch. Ben trat beiseite, um sie durchzulassen.

»Lass sie machen, Morgan. Cain und Des fahren mit ihm ins Krankenhaus.«

Sie nickte. Dann drehte sie sich um und sah Ben an, der am Flurfenster stand und auf die Straße hinunterblickte.

»Warum bist du überhaupt hier?«, fragte sie ihn. »Solltest du nicht im Krankenhaus sein?«

Er lächelte und wandte sich wieder ihr zu. »Genau das

wollte ich dich auch fragen. Aber das kannst du mir später erzählen. Ich denke, da ist jemand draußen, der dich sehen will.«

Morgan runzelte die Stirn und trat ans Fenster, um hinauszusehen. Draußen kniete Macy und winkte ihr vehement mit einer Hand, während sie mit der anderen Max an ihre Brust drückte. Hinter ihr stand schluchzend ihre Mutter, die die Arme um ihre Tochter geschlungen hatte. Diesmal konnte Morgan die Tränen nicht zurückhalten – und wollte es auch gar nicht.

Wieder waren Schritte auf der Treppe zu hören. Toms Stimme dröhnte durch das Haus.

»Was um alles in der Welt geht hier vor? Ich lasse Sie zwei Stunden aus den Augen und Sie richten hier ein Blutbad an.«

Morgan senkte den Kopf. »Tut mir leid, Chef.«

»Gut gemacht, Brookes. Gute Arbeit.«

Er klopfte ihr auf die Schulter und trat ebenfalls beiseite, als die Sanitäter, die sich mit Elliot beschäftigten, ihnen einen Blick zuwarfen. Morgan brach Richtung Treppe auf, um zu Macy hinunterzugehen, drehte sich aber noch einmal zu Ben um.

»Sieh mal unter dem Bett nach. Es könnte sein, dass dort seine vermisste Schwester liegt. Weiß Gott, wie viele Leichen der noch hier versteckt hat.«

Als sie auf der Straße war, strömten aus allen Richtungen Nachbarn und andere Neugierige herbei und starrten auf das Haus. Macy löste sich aus der Umarmung ihrer Mutter und rannte so schnell sie konnte mit Max zu ihr. Sie drückte sie freudig. Morgan kniete sich auf den nassen, matschigen Weg, erwiderte die Umarmung und hielt sie fest. Plötzlich brandete Applaus in der Straße auf. Sie hob den Kopf und sah lauter lächelnde Gesichter und klatschende Hände. Obwohl sie noch immer rasende Kopfschmerzen hatte, lächelte sie Macy an und wuschelte Max hinter den Ohren. Dann erhob sie sich und ging mit Macy zurück zum Eingangstor, wo ihre Mutter mit Amy stand.

»Mum, das ist …«

»… Morgan. Ich weiß, wer sie ist, Macy. Sie war bei mir, als ich dich nicht finden konnte. Danke, Morgan, ich habe Sie gebeten, mein Mädchen zu finden, und das haben Sie auch getan.«

Amy schaltete sich ein. »Was halten Sie davon, wenn wir zu Ihnen gehen und uns ein bisschen aufwärmen? Es ist eisig hier draußen.«

»Kann ich eine heiße Schokolade haben?«, fragte Macy ihre Mutter.

»Und Sahne und Marshmallows, so viel du willst«, antwortete ihre Mutter.

Amy brachte sie zum Auto und öffnete ihnen die hintere Tür. Nachdem sie sie zugeschlagen hatte, wandte sie sich an Morgan.

»Ist er …?«

»Tot? Nein. Aber unter dem Bett liegt eine Leiche.«

»Echt? Krass.«

Morgan lächelte. »Der Typ hat wirklich einen mächtigen Schaden.«

Amy nickte. »Hast du gesehen, in welchem Zustand Ben ist? Warum blutest du überhaupt am Kopf?«

»Elliot hat mir eins übergebraten. Aber mir geht es gut. Ich habe nur schreckliche Kopfschmerzen.«

»Ein gut gemeinter Rat von mir: Hol Ben und lasst euch von Des zu seinem Haus fahren, wo ihr euch ein bisschen auf Vordermann bringen und entspannen könnt. Cain meinte, er würde sich keinesfalls mehr in die Nähe des Krankenhauses oder auch von Ben wagen. Es sei zuletzt ein Albtraum für ihn gewesen. Claire ist unterwegs. Sie und Tom übernehmen hier. Aber ich sage dir eines.«

»Was?«

»Wendy wird ziemlich angepisst sein, wenn sie das hier sieht. Eine Leiche und so viele verunreinigte Spuren! Ich würde mich vom Acker machen, bevor sie kommt.«

Morgan lächelte. Da hatte Amy wohl nicht ganz unrecht. Sie sah Ben vor der Haustür stehen. Er blickte zu ihr herüber und begann langsam auf sie zuzugehen. Des streckte Morgan die Hand hin.

»Die Autoschlüssel bitte. Ich habe Anordnung von oben, dass ich euch an einen sicheren Ort weit weg von neugierigen Blicken bringen soll. Da die ganze Welt weiß, wo du wohnst, Morgan, schlage ich Bens Haus vor.«

Sie protestierten nicht, sondern stiegen hinten ins Auto ein – ramponiert und zerschunden, aber glücklich, weil Macy in Sicherheit bei ihrer Mutter war, wo sie hingehörte, und sie endlich einen gefährlichen Mörder gefasst hatten.

ACHTUNDVIERZIG

ZWEI TAGE SPÄTER

Morgan hörte, wie jemand an Bens Tür klopfte. Sie stieg aus dem Gästebett, in dem sie zwei Tage lang nur geschlafen hatte, und sah nach, wer draußen war. Beide waren froh, in Sicherheit und am Leben zu sein, mehr brauchten sie im Augenblick nicht. Mit zerzaustem Haar ging sie nach unten und öffnete die Tür. Davor standen Amy und Des mit vier Kaffeebechern und einem Beutel frischer Donuts.

»Oh. Kommen wir ungelegen?«

»Wer Kaffee bringt, kommt nie ungelegen.«

Sie traten ein. Da erschien auch schon Ben oben auf der Treppe. Amy sah zu ihm hoch.

»Um Himmels willen. Du gehst demnächst am besten nicht ohne Sturmhaube auf die Straße. Du siehst nämlich zum Fürchten aus.«

»Vielen Dank, Amy.«

Angelockt vom Kaffee- und Donutduft schlurfte er die Treppe herunter. Morgan führte sie in die Küche, wo sie sich alle setzten.

»Was hat sich ergeben? War da wirklich eine Leiche unter dem Bett? Und wenn ja, wer war es?«

»Nun mal langsam.« Amy verteilte die Papierbecher mit dem Kaffee, öffnete den Beutel mit den Donuts und schnappte sich sogleich einen, in den sie herzhaft biss. »Manche von uns haben nonstop gearbeitet, während ihr euch gedrückt habt.«

»Es war tatsächlich eine Leiche, Morgan«, sagte Des. »Seine Schwester. Sie muss gut und gern fünfzehn Jahre dort gelegen haben, meint der Rechtsmediziner. Wegen der Bedingungen im Zimmer scheint sie mumifiziert worden zu sein. Hat wohl mit dem Durchzug und der trockenen Hitze zu tun.«

»Gab es da noch weitere Leichen?«

»Nein, aber wir haben seine Mutter bislang nicht finden können. Wir nehmen deshalb an, dass er sie ebenfalls umgebracht und irgendwo versteckt hat.«

Amy aß ihren Donut auf. »Krank, oder? Er wurde in eine geschlossene Psychiatrie gebracht, wo er begutachtet werden soll.«

»Ich bin sicher, dass er beide getötet hat. Wahrscheinlich findet ihr bald auch ihre Leiche. Wie geht es Macy?«

»Sehr gut. Sie hat Charlies Mutter besucht und ihr Blumen mitgebracht. Sie fragt immer wieder nach dir. Wenn sie mal groß ist, möchte sie Polizistin werden wie Morgan, sagt sie.«

»O Gott.«

»Du hast auf jeden Fall einen bleibenden Eindruck bei ihr hinterlassen.« Amy lachte. »Ach ja, ich habe gute Nachrichten für dich. Ein gewisser Journalist ist nach London zurück. Er bekam eine einstweilige Verfügung auferlegt, dass er nicht über den Fall und dich schreiben darf, weil es sich um laufende Ermittlungen handelt. Tom hat es richtig genossen, ihm die frohe Botschaft selbst zu überbringen.«

»Das ist ja toll. Richte ihm mein Dankeschön aus.«

»Kannst du selbst machen. Er sagt, du sollst morgen wieder zur Arbeit antreten. Bei dem Durcheinander, das du verursacht hast, gebe es eine Menge zu tun. Ben, du darfst erst wieder arbeiten, wenn du mit deinem Aussehen die arglose Öffentlichkeit nicht mehr erschreckst. Und wenn ich mir dich so ansehe, denke ich, er hat recht.«

»Herzlichen Dank, Amy, du verstehst es wirklich, einem Mann zu schmeicheln.«

Sie blinzelte ihm zu. »Gut. Aber bevor wir gehen, habe ich noch eine nicht ganz so gute Nachricht für dich, Morgan.«

»Und die wäre?«

»Gary Marks ist heute Morgen aus dem Gefängnis ausgebrochen. Er sollte mit Verdacht auf Blinddarmentzündung ins Krankenhaus gebracht werden und ist unterwegs getürmt.«

Alle Farbe wich aus Morgans Gesicht. »Hat man ihn schon erwischt?«

»Noch nicht. Aber Tom wollte, dass ich es dir sage, bevor du es aus den Nachrichten erfährst. Keine Angst, der taucht hier nicht auf – nicht, wenn er auch nur einen Funken Verstand hat. Er sollte wissen, wenn es jemanden gibt, der ihn aufspüren und seinen Hintern wieder hinter Gitter bringen kann, dann du. Nun gut, wir müssen jetzt los. Wir haben nur vorbeigeschaut, um zu sehen, ob ihr okay seid. Das ist doch der Fall, oder?«

Beide nickten.

»Gut. Wir finden allein raus.«

Sie verabschiedeten sich von Morgan und Ben, die noch in der Küche blieben und ihren Kaffee tranken. Ben klopfte beschwichtigend auf Morgans Hand.

»Sie hat recht. Wenn er schon abhaut, wird er sich nicht selbst wieder ins Gefängnis befördern, indem er hierherkommt.«

»Das hoffe ich, Ben.«

Ben stand auf und betrachtete sein Gesicht in dem kleinen Spiegel an der Wand. »Irgendwie hat sie schon recht. Ich sehe zum Fürchten aus.«

»Ich weiß nicht. Irgendwie siehst du auf Frankenstein'sche Weise gut aus.«

Er lachte.

»Ich habe da etwas, was gegen diese blauen Flecken hilft.«

»Wirklich? Was?«

»Eine Gesichtsmaske.«

Morgan lachte und wich dem Geschirrtuch aus, das er in ihre Richtung warf. Freunde wie Ben, Amy und Des sowie ihre Arbeit – mehr brauchte sie nicht. Es war die perfekte Kombination.

MEHR VON BOOKOUTURE DEUTSCHLAND

Für mehr Infos rund um Bookouture Deutschland und unsere Bücher melde dich für unseren Newsletter an:

deutschland.bookouture.com/subscribe/

Oder folge uns auf Social Media:

facebook.com/bookouturedeutschland
x.com/bookouturede
instagram.com/bookouturedeutschland

EIN BRIEF VON HELEN

Liebe Leser:innen,

vielen Dank, dass ihr *Das Versteck* gelesen habt. Wenn euch das Buch gefallen hat und ihr über alle meine neuesten Veröffentlichungen informiert werden möchtet, meldet euch einfach unter folgendem Link an. Eure E-Mail-Adresse wird nicht weitergegeben und ihr könnt euch jederzeit wieder abmelden.

deutschland.bookouture.com/subscribe/

Ich hoffe, *Das Versteck* hat euch gefallen. Ich würde mich sehr freuen, wenn ihr eine Rezension darüber schreiben würdet. Es liegt mir sehr am Herzen, von euch zu erfahren, was ihr davon haltet. Außerdem helfen Rezensionen interessierten Leser:innen, eines meiner Bücher zu entdecken.

Ihr dürft mich gern kontaktieren – über Facebook, X/Twitter, Instagram oder meine Website.

Vielen Dank, eure

Helfen Phifer

BLEIB IN KONTAKT MIT HELEN PHIFER

www.helenphifer.com

www.unleashyourcreativemagic.com

facebook.com/Helenphifer1
x.com/helenphifer1

DANKSAGUNG

Vielen Dank, dass ihr Morgan Brookes in euer Herz geschlossen habt und ihre Abenteuer genießt. Rydal Falls existiert wirklich und ist ein malerischer Wasserfall unweit von Rydal Mount, dem Haus, in dem der berühmte englische Dichter William Wordsworth einst gelebt hat. Das Rydal Falls von Morgan Brookes und Ben Matthews ist allerdings ein fiktiver Ort und etwa halb so groß wie die Städte Kendal und Barrow. Viele Bewohner der Grafschaft Cumbria, vor allem, wenn sie in Barrow leben, werden Straßennamen und andere geografische Bezeichnungen erkennen, da ich sie von dort ausleihe – oder stehle. Ich hoffe, das stört euch nicht; es ist einfach viel leichter, über Orte zu schreiben, die ich kenne und schon besucht habe.

Ein riesiges Dankeschön geht an meine großartige Lektorin Emily Gowers. Mit ihr zu arbeiten ist einfach ein Genuss. Vielen Dank, Emily, dass du die Rohfassungen meiner Bücher mit offenen Armen akzeptierst und sie mir nicht gleich zurückgibst oder in den Papierkorb knallst. Man muss schon hart im Nehmen sein, wenn man den ersten Entwurf eines Werks liest und nicht vor der Arbeit, die vor einem liegt, zurückschreckt. Um mit Tina Turner zu sprechen, Emily: »You're simply the best.«

Ein weiterer großer Dank geht an die fabelhafte PR-Abteilung von Bookouture, die unsere Bücher mit viel Engagement realisiert. Ich empfinde es als echtes Privileg, mit Noelle Holten arbeiten zu dürfen. Vielen Dank, Noelle, dass du mir bei der Coverauswahl und den Veröffentlichungsterminen den Rücken freihältst, wenn mir alles zu viel wird. Auch du bist – Tina lässt wieder grüßen – »einfach die Beste«. Ein weiteres dickes Dankeschön geht an Kim Nash, die sich so gut um ihre Autor:innen kümmert, und an die liebenswerte Sarah Hardy.

Unglaublich viel verdanke ich auch dem restlichen Team von Bookouture, das meine Werke so gekonnt umsetzt. Für das Gelingen eines Buchs sind hinter den Kulissen sehr viele Menschen im Einsatz, angefangen von dem überaus talentierten Designteam über die Lektor:innen bis zu den Korrektor:innen. Ich bin so dankbar, dass ich mit euch allen arbeiten darf, es ist ein in Erfüllung gegangener Traum. Ein großes Dankeschön verdient auch das Team der Audio Factory, die meine Storys als Hörbücher umsetzen. Besonderer Dank geht an Alison Campbell, weil sie meinen Charakteren und Geschichten Leben einhaucht. Du bist außergewöhnlich talentiert, um nicht zu sagen grandios.

Viel verdanke ich den wunderbaren Buchblogger:innen und Erstleser:innen. Dass ihr euch die Zeit nehmt, meine Bücher zu lesen und zu empfehlen, erfüllt mich mit großer Dankbarkeit. Leider seid ihr zu viele, als dass ich euch allen einzeln danken könnte, und ich würde mich auch fürchterlich ärgern, wenn ich jemanden vergessen würde, weil ich ein so schlechtes Gedächtnis habe (oft erinnere ich mich nicht einmal daran, wie meine Kinder heißen). Aber ihr sollt wissen, dass ich jedem von euch von tiefstem Herzen danke.

Wie immer geht ein besonderer Dank an meine Familie, die mich mit ihrer Zeit und Zuwendung unterstützt. Ich wundere mich immer wieder, wie ich es schaffe, diese Bücher zu schreiben, denn ihr haltet mich alle so auf Trab. Ich liebe euch – bleibt weiterhin die wundervollen, verrückten, liebevollen Menschen, die ihr seid.

Kann ich Kaffee danken? Ich finde, ich sollte. Denn ohne ihn würde mein Gehirn nicht funktionieren. Also, ein Hurra auf die großartigen Baristas, die mich mit einem Lächeln im

Gesicht und aufmunternden Worten mit Gehirnnahrung versorgen.

Was wäre ich ohne meine Freundinnen? Gar nicht auszudenken, wenn ich sie nicht hätte. Deshalb danke ich meinen Unterstützerinnen Sam Thomas und Tina Sykes, die immer für einen Gruppenchat via Messenger bereit sind. Hoffentlich können wir bald wieder unsere wöchentlichen Café-Meetings aufnehmen.

Danken möchte ich außerdem den mit mir befreundeten Autorinnen, die mit mir durch dick und dünn gehen, meine dummen Fragen beantworten und mich seit meinen ersten Gehversuchen unterstützen. Es sind dies Jo Bartlett, Jessica Redland, Sharon Booth, Jackie Ladbury, Rachel Thomas, Alex Weston, Deirdre Palmer, Helen J. Rolfe und Lynne Davies. Seht, was wir erreicht haben, Mädels: Früher haben wir von einer Schriftstellerkarriere geträumt, jetzt sind wir Bestsellerautorinnen und der beste Beweis dafür, dass man nie aufgeben sollte und mit viel harter Arbeit alles schaffen kann, was man sich vornimmt.

Das letzte Jahr war für alle unglaublich schwierig. Die Welt und unser Leben haben sich auf eine Weise verändert, wie wir es uns in unseren wildesten Träumen und schlimmsten Ängsten nicht hätten vorstellen können. Aber wir sind noch da. Am Ende des Tunnels ist Licht und wir haben es fast geschafft. Behaltet ein Lächeln auf den Lippen, passt auf euch auf und seid nett zueinander. Auch ihr werdet geliebt.

In Liebe

Helen

Printed in Poland
by Amazon Fulfillment
Poland Sp. z o.o., Wrocław

44809349R00183